GABRIELLE LEVY
Club der Schlaflosen

GABRIELLE LEVY

Club der Schlaflosen

Roman

Aus dem Französischen
von Monika Buchgeister

DIANA

Sollte diese Publikation Links auf Webseiten Dritter enthalten,
so übernehmen wir für deren Inhalte keine Haftung, da wir uns
diese nicht zu eigen machten, sondern lediglich auf deren Stand
zum Zeitpunkt der Erstveröffentlichung verweisen.

Penguin Random House Verlagsgruppe FSC®-N001967.

Deutsche Erstausgabe 08/2021
Copyright © 2019 by Edition Jean-Claude Lattès
Die Originalausgabe erschien 2019 unter dem Titel
Au rendez-vous des insomniaques bei JC Lattès, Paris
Copyright © der deutschsprachigen Ausgabe 2021 by Diana Verlag,
München, in der Penguin Random House Verlagsgruppe GmbH,
Neumarkter Straße 28, 81673 München
Redaktion: Antje Steinhäuser
Umschlaggestaltung: Nastassja Abel, Geviert GbR,
Grafik & Typografie, München
Umschlagmotiv: © Afanasia/Shutterstock.com
Satz: Buch-Werkstatt GmbH, Bad Aibling
Innenillustration: Stephanie Raba
Druck und Bindung: GGP Media GmbH, Pößneck
Printed in Germany
Alle Rechte vorbehalten
ISBN 978-3-453-36101-0

www.diana-verlag.de
Dieses Buch ist auch als E-Book lieferbar.

Für Paulo und Alexandra

2 Uhr. Das Bett gibt unter mir nach wie loser Grund. Ich sinke ein, und jede Regung meines schweren, angespannten Körpers verstärkt dies noch. Es ist feucht und kalt. Es herrscht tiefes Dunkel. Ich werde unter dem Erdreich begraben, und alles ist Finsternis. Jede Nacht verschwinde ich von der Oberfläche der Erde und verliere mich in den mäandernden Schleifen meiner unkontrollierbaren Gedanken.

Montag, 8.10 Uhr. Wie eine riesige Schlange windet sich die Masse der Reisenden im Zeitlupentempo Richtung Ausgang, wo ich doch ohnehin zu spät dran bin. Ungeduldig schlüpfe ich durch die sich auftuenden Lücken in der Menge, um ans Tageslicht zu gelangen. Der Himmel draußen ist grau, die Wolken hängen tief, und auf der Straße wimmelt es von Menschen, die mit geduckten Köpfen eilig ihres Weges gehen, als wollten sie der Kälte entfliehen.

Ich setze meinen Leidensweg fort, anders als meine Mitmenschen schwitze ich in meinem Pullover, der nun offenbar doch zu warm ist für diesen Tag Anfang Herbst. Die erste Sitzung habe ich absichtlich verpasst, und wenn ich den Termin heute nicht einhalte, werde ich nie wieder den Mut finden hinzugehen. In meiner heillosen morgendlichen Hast frage ich mich, was mein größeres Martyrium ist: der Tag oder die Nacht. Und ganz ehrlich, ich vermag es nicht zu sagen.

Nach einer Stunde Zugfahrt und zwanzig Minuten in der Métro erreiche ich mit einer halben Stunde Verspätung das moderne, am Tag zuvor auf Google Maps geortete Gebäude. Weitere fünf Minuten, um die richtige Etage auf den Hinweisschildern zu finden, dann drei Treppenläufe hinauf, bevor ich schweißgebadet, mit hochrotem Gesicht und außer Atem den Raum betrete. Meine Bemühungen um ein einigermaßen passables Erscheinungsbild sind durch diesen Parcours dahin. Ich setze mich zaghaft auf einen der vielen freien Stühle. Der Putzmittelgeruch verursacht mir Übelkeit. Das kalte Licht der Neonröhren, der beigefarbene Linoleumboden und der draußen vor dem Fenster mühsam erwachende Tag – all das weckt in mir die Erinnerung an frühe Schulstunden, in denen ich oft gegen das unbändige Verlangen einzuschlafen ankämpfte.

Ich blicke argwöhnisch auf meine Leidensgefährten. Es sind zwei. Nur zwei. Eine zeitlos elegant gekleidete Frau, deren schlichter, langer Pullover in der Taille von einem breiten, geflochtenen Ledergürtel zusammengehalten wird. Schwer zu schätzen, wie alt sie ist. Das feine weiße Haar trägt sie zu einem lockeren Knoten hochgesteckt, und ihre Haut ist von Falten durchzogen, aber ihr eigentümlich klarer Blick verströmt vor allem eine kindliche Freude. Ich entdecke nicht das geringste Anzeichen von Müdigkeit in ihren Zügen, ihr Gesicht strahlt. Die andere Frau hingegen wirkt vollkommen am Ende: ein schmales und hochgewachsenes junges Mädchen mit ursprünglich offenbar schwarzen, nun aber blond gefärbten Haaren. Sie rahmen ein fahles Gesicht ein, das es in seiner Farblosigkeit durchaus mit den Neonröhren an der Decke aufnehmen kann. Ihre Wangen sind hohl und ihre dunklen Augenringe gewaltig. Ich hatte mit einem vollen Raum gerechnet, in dem ich mich in die letzte Reihe hätte verdrücken können. Wenn wir nur zu dritt sind und um einen Tisch herum sitzen, werde ich mich aber kaum im Hintergrund halten können.

Die Frau, von der ich annehme, dass sie die Leiterin ist, schreibt etwas an ein Whiteboard, ohne sich dabei beirren zu lassen. Sie ist eher rundlich und klein, hat grau meliertes

Haar und trägt schlichte schwarze Kleidung. Sie bringt ihr Schaubild in aller Ruhe zu Ende, dann legt sie ihren Marker zur Seite.

»Ich bin Hélène, Psychologin und Schlafexpertin. Ich werde diese Treffen leiten. Sie sind Claire, nehme ich an?«

Eine unaufdringliche Herzlichkeit liegt in ihrem Tonfall, während meiner unfreiwillig verkrampft klingt: »Ich dachte, wir seien weitaus mehr Teilnehmer.«

»Wenn alles klargeht, sind wir zu fünft. Michèle und Lena sind ja bereits hier.«

Die Jüngere nickt mir nur kaum merklich zu, Michèle hingegen schenkt mir ein offenes Lächeln, das meine Stimmung gleich aufhellt.

Hélène gratuliert mir zu meinem Entschluss hierherzukommen und verspricht mir positive Ergebnisse. Mein Gesicht verzerrt sich zu einem Grinsen. Wäre es doch wenigstens meine Idee gewesen. Aber ich persönlich begegne solchen Treffen eher mit Misstrauen. Meine Anwesenheit hier ist allein der Tatsache geschuldet, dass mein Mann schon seit längerer Zeit Druck auf mich ausübt und ich nun schließlich nachgegeben habe. Offenbar beeinträchtigt meine Schlaflosigkeit auch seinen Schlaf. Wieder einmal hat er das letzte Wort gehabt, und wieder einmal habe ich jemand anderen für mich entscheiden lassen.

Zu fünft, wenn alles klargeht ... Ich werde also ganz sicher nicht in der Menge untertauchen können.

Hélène nimmt erneut ihren Marker zur Hand und gibt uns einen Überblick über den Inhalt der ersten Sitzung. Es geht um die innere Uhr. Ihre Stimme hebt sich ein wenig, das Thema liegt ihr offenbar sehr am Herzen.

»Sie schlummert in unserem Gehirn und gibt wie ein kleiner Dirigent unserem Organismus den zirkadianen Rhythmus vor – den Wechsel von Tag und Nacht, mit anderen Worten.«

»Ich kann Ihnen nachher eine Zusammenfassung vom letzten Mal geben«, flüstert Michèle mir zu.

Mit einem Vortrag hatte ich nicht gerechnet. Da hätte ich mir auch ein Buch zu diesem Thema kaufen können. Hélène wendet sich erneut an mich.

»Vor Ihrem Eintreffen habe ich die verschiedenen Schlafphasen erklärt. Ich werde das noch einmal aufnehmen. Zunächst einmal gibt es den orthodoxen Schlaf, der in drei Phasen unterteilt ist. Phase 1 ist eine Phase zwischen Wachsein und Schlaf, sie umfasst den Prozess des Einschlafens, also einen Übergang. Während Phase 2 schlafen Sie stabil, aber leicht. Ein Geräusch oder ein helles Licht würden Sie aufwecken. In Phase 3 sind Sie von der äußeren Welt vollständig abgeschottet. Sie befinden sich in einem Tiefschlaf, der die größte Erholung bringt. In dieser Phase ist es schwer, Sie aufzuwecken. Nach dem orthodoxen Schlaf kommt der paradoxale Schlaf, auch REM-Schlaf genannt. Hier ist Ihr Gehirn ungemein aktiv, die Träume sind lang und ausschweifend, Ihr Körper hingegen ...«

Ich höre nicht mehr zu. Diese tolle Phase 3 ist für mich ein unerreichbarer Traum, eine Utopie, eine Fata Morgana in der Wüste. Ich könnte jetzt fragen, ob einem Schlaflosen zwangsläufig dieser ideale Schlaf entgeht, aber ein vollkommen unangebrachter Stolz hält mich zurück. Michèle sieht mich an und stellt, als hätte sie es erraten, die Frage, die mir durch den Kopf ging.

»Das ist recht komplex«, antwortet Hélène. »Drücken wir es einmal so aus: Eine Depression oder bestimmte Stimmungsschwankungen können die Struktur des Tiefschlafs verändern. Diese Strukturabweichung ist der Auslöser für einen instabilen Schlaf. Darauf werden wir noch zurückkommen. Aber wie uns die neueste Forschung zu diesem Thema lehrt, gibt es auch andere Gründe, die das Empfinden eines schlechten Schlafes erklären können. Auf das Einschlafen folgt demzufolge ein stabiler Schlaf, Phase 1 und 2, und nach etwa zwanzig Minuten beginnt Ihr Tiefschlaf, der seinerseits ungefähr ...«

Ich schalte ab. Der Energieschub, den ich beim Betreten des Raumes verspürte, verpufft in der hier herrschenden Wärme. Ich falle in den mir wohlbekannten Zustand der Schläfrigkeit, wie ich ihn Tag für Tag durchlebe.

Lena zieht einen großen Spiralblock aus einem an allen Ecken eingerissenen und mit Sicherheitsnadeln wieder zusammengeflickten Rucksack. Ihr Gesicht wird von ihren Haaren vollständig verdeckt. Sie beginnt, sich Notizen zu machen. Michèle tut es ihr gleich, reißt aber zunächst ein paar Seiten aus ihrem Heft und reicht sie mir herüber, womit sie mich auf unschuldige Weise dazu zwingt, an dem Ganzen teilzunehmen. Ich hatte sie um nichts gebeten, nehme ihr Angebot aber an, um sie nicht zu kränken. Ihr schmales Handgelenk schmücken drei feine Goldkettchen, auf denen Namen eingraviert sind, die ich nicht zu entziffern vermag. Hélène ist mittlerweile bei den Schlafzyklen angelangt, als gellende Schreie, wie nur ein kleines Kind sie hervorzubringen imstande ist, das Ende ihres Satzes übertönen. Ihre Züge verfinstern sich. Ich erwache aus meiner Lethargie.

»Schon wieder ... Dabei habe ich für diese Sitzung extra um einen anderen Raum gebeten«, seufzt sie. »Es tut mir leid, aber im Nachbarraum hat ein Zahnarzt seine Praxis.

Wir werden vermutlich hin und wieder mit einer derartigen Geräuschkulisse beglückt werden.«

Ein paar Minuten lang werden die Schreie immer lauter, dann wird eine Tür zugeschlagen, und auf dem Flur sind schnelle, davoneilende Schritte zu hören. Bei uns herrscht derweil Schweigen. Ich nutze diese Pause für den Vorschlag, unsere Treffen an einen ruhigeren und freundlicheren Ort zu verlegen. Schließlich geht es um das Thema Schlaf, nicht um Umsätze und Geschäfte. Michèle, deren Stimme ihrem Blick in puncto Heiterkeit in nichts nachsteht, findet, dass wir gar nicht so schlecht untergebracht sind, schlägt jedoch vor, Tassen und Thermoskannen mitzubringen, um die Treffen gastlicher zu gestalten. Lena, die sie offenbar zum ersten Mal reden hört, dreht sich zu ihr um, und in ihrer Miene spiegelt sich Verwunderung über die gepflegte Art zu sprechen.

»Das macht vermutlich mein Beruf, liebe Lena. Ich habe Literatur in den Vorbereitungsklassen für die *Grandes Écoles* unterrichtet.«

»Bei mir ist es so, dass meine Mutter mich als Bauerntrampel bezeichnet, sobald ich den Mund aufmache. Ob dieses Zimmer oder ein anderes, das wird an unseren Nächten sowieso nichts ändern.«

Lena hat eines ihrer langen Beine hochgezogen und kaut auf einer Haarsträhne herum.

»Können wir weitermachen?«, fragt Hélène, ein wenig aus dem Tritt gebracht von unseren Abschweifungen. »Ich erklärte Ihnen gerade, dass ein Zyklus aus dem Wachzustand, dem orthodoxen und dem paradoxen Schlaf besteht.«

Sie will gerade zu einem neuen Tafelbild ansetzen, als

sich in der halb geöffneten Tür ein sorgenvolles Gesicht zeigt. Ein etwa vierzig- bis fünfzigjähriger Mann – sein Alter lässt sich nur schwer schätzen – von überdurchschnittlicher Größe tritt herein und fragt schüchtern, ob er hier richtig ist.

»Entschuldigen Sie die Verspätung. Die Métro kam nicht pünktlich. Und bei der ersten Sitzung bin ich zu dem anderen Zentrum in der Banlieue gefahren, das heißt genauso ... Entschuldigung, ich bin Hervé.«

Ein leichtes Zittern liegt in seiner Stimme, und er nickt ganz leicht mit dem Kopf, wenn er spricht. Hélène streicht schwungvoll einen Namen von ihrer auf dem Tisch liegenden Liste und fordert ihn auf, sich zu setzen.

Er ist groß und sehr dünn. Der Mann nimmt mit gebeugten Schultern Platz, zieht weder seinen Regenmantel aus, noch stellt er seine abgenutzte Ledertasche ab, die er stattdessen weiterhin an seinen Bauch presst. Er erinnert mich an das Bild eines neuen Schülers, der mitten im Schuljahr zu einer Klasse stößt.

Hélène ermuntert ihn, sich mit ein paar Worten vorzustellen, aber kaum hat der spindeldürre Mann zur ersten Silbe angesetzt, ertönen erneut Schreie. Sie hebt die Stimme, um sich Gehör zu verschaffen:

»Die Zeit ist ohnehin gleich um. Es tut mir leid, Hervé, aber wir werden Ihnen beim nächsten Treffen in zwei Wochen zuhören. Schreiben Sie sich das gut auf, die Abstände zwischen unseren Sitzungen sind nicht immer die gleichen. Und bevor ich es vergesse, ich hätte noch gern Ihre Schlafkalender!«

»Ich muss gestehen, dass es mir ziemlich schwergefallen ist, ihn auszufüllen.«

»Machen Sie sich keine Sorgen, Michèle. Das ist das Thema der nächsten Sitzung. Claire?«

»Ich habe gar nichts ausgefüllt.«

»Denken Sie bitte daran, ihn mir jedes Mal mitzubringen. Die Kalender sind mein Werkzeug. Und Ihnen liefern sie eine sehr viel genauere Vorstellung von Ihren Nächten, als Sie sie bisher haben. Sie werden überrascht sein. Ich verspreche Ihnen bessere Bedingungen für unser nächstes Treffen. Und vor allem: Geben Sie die Hoffnung nicht auf, bleiben Sie zuversichtlich – der Schlaf kehrt wieder zurück.«

Ich unterdrücke ein nervöses Lachen. Es kommt mir gerade so vor, als sei ich bei den Anonymen Alkoholikern.

Lena, bei der ich erst jetzt, wo sie aufsteht, sehe, wie unglaublich mager sie ist, eilt im Laufschritt davon und wirft noch rasch ein flüchtiges »Salut« in die Runde. Ich verlasse den Raum gemeinsam mit Michèle und Hervé.

Im Flur bleibt die Rentnerin vor der »Urheberin« des Lärms stehen: Neben einer machtlosen Mutter steht ein kleines Mädchen und schreit außer Rand und Band. Michèle geht in die Knie, sodass sie auf einer Höhe mit dem Kind ist, und murmelt ihm ein paar Worte ins Ohr. Auf der Stelle hört die Kleine auf mit dem Geschrei, sieht diese seltsame Person mit fragendem Blick an, lächelt schließlich und kehrt brav auf die Folterbank zurück. Ihre Mutter ist sprachlos und, wie ich annehme, zutiefst dankbar. Mit ungläubigem Staunen wohnen Hervé und ich der Szene bei. Michèle steht zufrieden wieder auf, richtet ihren Haarknoten und hakt sich wie selbstverständlich bei mir ein, als seien wir alte Freundinnen.

»Mit den Kindern ist es gar nicht so kompliziert, wie man oft glaubt.«

Während wir schweigend auf den ewig nicht erscheinenden Aufzug warten, räuspert sich Hervé, rückt seine Brille zurecht und verkündet: »Ich leide seit zwanzig Jahren an Schlaflosigkeit. Und Sie?«

DIENSTAG, 0.30 UHR. Michèle ist mit forschem Schritt unterwegs, um die Kälte zu bannen. Sie ist aufmerksam und wachsam, obwohl sie diesen Weg seit Jahren jede Nacht um die gleiche Zeit zurücklegt. Die kleine Kirche liegt eingezwängt zwischen zwei Gebäuden. Fällt sie schon tagsüber nicht ins Auge, so nimmt man sie im nächtlichen Dunkel erst recht kaum wahr. Michèle geht zielstrebig an ihr vorüber und biegt in ein Gässchen, das um den Sakralbau herumführt. Am Fuße einer zu einem überdachten Diensteingang führenden Treppe hebt sie einen Stein hoch und zieht darunter einen Schlüssel hervor.

Trotz des Halbdunkels macht sie sich nun so eifrig und zielstrebig zu schaffen, als wäre sie bei sich zu Hause. Sie streift ihren Mantel ab und verschwindet in einem kleinen Raum, wo sie so lange an dem elektrischen Schalter herumdreht, bis sich zaghaft ein gedämpfter Lichtschein ausbreitet. Sie greift nach einem bereits gefüllten Eimer sowie einem Aufnehmer und kehrt in einem himmelblauen Kittel, der mit Sicherheit nicht ihr gehört, in das Kirchenschiff zurück. Sie zieht ein paar Münzen aus ihrer Tasche und entzündet drei Kerzen, bevor sie mit der Arbeit beginnt. Die Hände liegen mit festem Griff an dem Holzstiel, der Rücken ist gebeugt – genau die dieser Hausfrauentätigkeit gemäße

Haltung, wenn sie mit Entschlossenheit ausgeführt wird. *Kinder, beeilt euch, Schluss jetzt mit den Leckereien, die Nachmittagspause ist um. Antoine, hast du denn mittags nichts in der Kantine gegessen? Und hört auf mit euerm Gezanke. Wie war es denn in der Schule? Mach dir nichts draus, Paula, solche Streitereien währen nie lange. Was hast du ihm erwidert? Meine Güte, wie grausam ihr Kinder untereinander sein könnt.*

Nach dem Haupteingang nimmt Michèle energisch die Seitengänge in Angriff. Vor einem an einer Seitenkapelle auf dem Boden abgelegten Blumenstrauß hält sie inne. Der Kerzenschein und die Lichtreflexe durch die bunten Kirchenfenster schaffen ein abgestuftes Helldunkel wie auf einem Renaissance-Bild. Michèle setzt sich auf einen der hier aufgereihten Betstühle und betrachtet das Stillleben eine Weile, dann nimmt sie ihre Arbeit wieder auf. In der vollkommenen Stille hallt selbst die geringste Regung, das leiseste Geräusch von einem Ende der Kirche bis zum anderen.

Alexandre, wie willst du deinen Abschluss schaffen, wenn du beim Lernen immer Stöpsel in den Ohren hast? Geh auf dein Zimmer, dort ist es ruhiger.

Eine Stunde später zieht sie den Kittel wieder aus, räumt den Eimer beiseite, ohne ihn zu leeren, steckt eine lose Haarsträhne in ihren Knoten zurück, legt ihre Armbanduhr wieder an und hüllt sich in ihren Mantel. Bevor sie die Kirche verlässt, bläst sie die drei Kerzen aus. *Schlaft gut, meine Engel der Nacht, bis morgen.*

Nachdem sie den Schlüssel an Ort und Stelle gelegt hat, geht sie den gleichen Weg zurück und begegnet in den zwanzig Minuten, die sie für den Heimweg benötigt, höchstens zwei oder drei Individuen. An die Küchenarbeitsplatte gelehnt, trinkt sie im Stehen rasch einen Kräutertee, dann legt sie ihre Kleider ab, zieht ihr langes, bis zu den Knöcheln reichendes Flanellnachthemd über und schlüpft so leise wie möglich ins Bett, um ihren Mann nicht aufzuwecken.

MITTWOCH, 4.30 UHR. *Scheiße*. Das ist der erste Gedanke, den Lena hat, wenn sie jeden Morgen oder jede Nacht – das hängt ganz von der Sichtweise des Schläfers ab – auf den Wecker sieht. Aber für Lena beginnt um 4.30 Uhr eindeutig der Tag. Sie würde den stummen Zeugen, der ihr Unglück mit seinen Zeigern so gnadenlos anzeigt, gern auf den Boden werfen, aber sie befürchtet, damit ihren kleinen Bruder aufzuwecken, der genau über ihr in dem Stockbett seinen seligen Kinderschlaf schläft. Lena windet ihren langen, mageren Körper unter der Bettdecke hervor, hebt die verwaschene Plüschkrabbe auf, der ein Scherenbein fehlt, und schiebt sie François wieder in den Arm. Auf dem Weg zum Badezimmer verscheucht sie die Katze, die sich miauend an ihr Bein schmiegen will. *Verschwinde*.

»Bist du das, Lena, was treibst du denn schon wieder?«
»Nichts, Mama. Schlaf weiter.«

Sie betrachtet ihr bleiches Gesicht im Spiegel und schminkt ihre vollen Lippen mit einem provokanten Rotton. Zufrieden mit dem Ergebnis, geht sie ins Schlafzimmer zurück und zieht sich an. Eine schwarze Strumpfhose, darüber eine nur das Nötigste bedeckende Jeans-Shorts. Dann zögert sie einen Augenblick, öffnet das Fenster. Ein eisiger Windstoß fährt ins Zimmer. Sie überlegt es sich anders und tauscht die knappe Shorts gegen eine enge, an den Knien zerrissene Hose. In der Diele schnappt sie ihren Mantel und ihren an der Tür abgestellten Rucksack. Natürlich fährt noch keine Métro, der öffentliche Nahverkehr hält noch artig seine Nachtruhe und alle anderen auch. Sie ist daran gewöhnt und macht sich zielstrebig auf den Weg zum Café. Zu dieser weder zum Tag noch zur Nacht gehörenden Stunde bringt die Stadt eine seltsame Bevölkerungsgruppe ans Licht. Die Nachtschwärmer sind nach Hause zurückgekehrt, und die Arbeiter der Morgenschicht sind noch nicht aufgestanden. Bleiben ein paar verstörte Gestalten oder Obdachlose, die auf der Straße schlafen: ihren von Geräuschen, Gerüchen und Kälte beeinträchtigten Schlaf, der obendrein nie frei von Angst ist. In den Gesichtern, die sich nur aus unmittelbarer Nähe offenbaren, liegt etwas Wildes. Aber Lena zuckt nicht zusammen, wenn etwa eine Gestalt sich nähert und sie ohne Umschweife um Feuer oder Geld bittet. Sie findet in diesem kurzen Moment, der dem Erwachen einer wohl geordneten und organisierten Welt vorausgeht, ein wenig Abstand von ihren Problemen.

Genau um 5 Uhr erreicht sie das Café, wo nun auch das rote Leuchtschild angeht und der Widerschein seiner Buchstaben den feuchten Boden erhellt.

Lena begrüßt Franck, den Besitzer des Lokals. Hautenges T-Shirt bei jedem Wetter, tätowierte Arme, Silberkette um den Hals. Sie rückt die bunt durcheinandergewürfelten Stühle an Ort und Stelle, während er die technischen Gerätschaften in Gang setzt. Als sie mit der Hand über die klebrige Oberfläche eines Tisches fährt, nimmt ihr Gesicht einen angewiderten Ausdruck an.

»Macht die Abendschicht denn überhaupt nicht sauber?«

Statt einer Antwort wirft Franck einen feuchten Wischlappen zu ihr hinüber. Lena scheuert leise vor sich hinfluchend die Schmutzspuren vom Abend weg, dann geht sie zum Tresen hinüber und stützt sich mit den Ellbogen dort auf. Franck stellt ein Körbchen mit warmen Croissants vor ihre Nase, das Lena auf der Stelle von sich schiebt.

»Am Ende bleibt gar nichts mehr von dir übrig!«
»Ein Kaffee reicht, danke.«

Franck seufzt und versucht, eine hörbare Frequenz in seinem kleinen Radio auszumachen. Aber viel mehr als ein Hintergrundrauschen kommt nicht zustande. Lena beobachtet ihn amüsiert.

»Salut, Kumpel!«

Amar taucht auf, der einzige andere Mensch, der das Café gewohnheitsmäßig um diese Zeit aufsucht. In seiner Lederjacke und seiner verwaschenen Jeans versinkt er geradezu. Beides ist ihm viel zu groß.

»Alles klar, Amar?«, fragt Lena.
»Alles klar, ich habe geschlafen gut.«
»Es heißt ›ich habe gut geschlafen‹, Amar, ›geschlafen gut‹ ist kein Französisch.«
»Komm, lass ihn in Ruhe.«

Amar ist seit zwanzig Jahren in Frankreich und lebt in einem kleinen Zimmer, das Franck ihm zu einem Spottpreis vermietet, über dem Café. Lena mag ihn gern, vielleicht wegen seines Akzents und vielleicht auch gerade wegen seiner Französischfehler. Es sind die gleichen Fehler, wie sie ihre Großeltern väterlicherseits machen, die sie seit fünf Jahren nicht mehr gesehen hat. Da haben sie nämlich aufgehört, die Strapazen der Reise auf sich zu nehmen, um Lena und François zu besuchen. Sie haben keine Kraft mehr, sind zu alt. Sie würde gerne zu ihnen fahren, aber ihre Mutter hat nie genug Geld, um ihr eine Fahrkarte zu bezahlen. Sie trinkt schweigend ihren Kaffee zu Ende und geht hinter den Tresen, um das Radio etwas besser einzustellen. Dann kehrt sie an ihren Platz zurück und kramt den Schreibmaschinenkurs aus ihrem Rucksack hervor. Um 6.30 Uhr tauchen die Müllmänner auf, dann ist es vorbei mit der Ruhe. Das ist der Zeitpunkt, an dem sie wegen François nach Hause zurückgeht, bevor sie zum Unterricht aufbricht. Sie sieht es als ihre Pflicht an, ihm jeden Morgen ein herrschaftliches Frühstück zuzubereiten.

DONNERSTAG, 22.18 UHR. Hervé klappt sein Buch zu und macht das Licht aus. Er ist erschöpft und hält es zu diesem Zeitpunkt noch durchaus für möglich, dass er ohne Schwierigkeiten einschläft trotz der Erfahrung, die ihm erbarmungslos immer wieder das Gegenteil beweist. Ein solches Maß angesammelter Müdigkeit muss sich doch irgendwann auszahlen, denkt er, und heute Abend ist es vielleicht so weit. Aber nichts da – auch heute, nach einer Phase der leisen Hoffnung, während der er sich dem Sieg nahe wähnte, haben ihn seine Gedanken wieder eingeholt. Nichts Außergewöhnliches. Was er den Tag über gemacht hat, was morgen ansteht, der fertigzustellende Jahresabschluss, die Agentur, die auf ihn zählt, um die Zahlungsfristen einzuhalten. In sechs Wochen ist die entscheidende Sitzung, und die Zeit vergeht wie im Flug. Anschließend eine kurze Pause, Zeit, um sich die Sinnlosigkeit seiner Sorgen klarzumachen, und dann geht es wieder von vorn los. Auch Weihnachten rückt bereits wieder in gefährliche Nähe, und damit der Anlass für das alljährliche Abendessen mit seinem Sohn. Wie alt ist er jetzt eigentlich genau? Fünfundzwanzig, sechsundzwanzig? Er hat im Dezember Geburtstag, das weiß er immerhin. Aber er muss ein paar Sekunden nachdenken, bis ihm das genaue Datum einfällt. Das sagt viel. Was soll er ihm schenken? Wie es anstellen, dass das Ganze nicht so jämmerlich verläuft wie in den vergangenen Jahren? Damit sein Sohn den Eindruck gewinnt, einem Vater gegenüberzusitzen und nicht einem verhuschten Wirrkopf? Die Agentur will er auch nicht enttäuschen. Sie sind dort so freundlich zu ihm, selbst wenn er ganz anders ist als sie. Sie, mit der selbstverständlichen Eleganz der Erfolgsverwöhnten. Immer topmodisch gekleidet. Immer das passende Wort parat, um einen Witz zu machen oder sich Gehör zu verschaffen. So locker und entspannt gegenüber den Vorschriften. Er dagegen ist – wie soll man es sonst nennen – gleichsam nicht existent. Aufs Nötigste beschränkte Gespräche, die gerade einmal an Unhöflichkeit vorbeischrammen. Das Mittagessen nimmt er vor seinem Computer ein, und in die Cafeteria wagt er sich nie, da hat er doch lieber seinen Kaffee in der Thermoskanne dabei.

Aber hinter ihren sympathischen Blicken, ihrem zwanglosen Auftreten und den Komplimenten über seine gründliche Arbeit verbirgt sich eine gehörige Portion Unnachgiebigkeit. Der Druck ist groß, und zwar jeden Tag. Immer wieder geht ihm jener harmlose Satz durch den Kopf, den sein Vorgesetzter im Vorbeigehen auf dem Flur hatte fallen lassen. Er grübelt über den verborgenen Sinn nach, die Untertöne. »Wie geht's denn so, Hervé? Sie sehen erschöpft aus, Vorsicht, wir zählen nämlich auf Sie!« Was sollte das heißen? War das eine Warnung? Ganz besonders dieses »Vorsicht« ist der Nährboden für Panik in seinen Gedanken. Ein weiterer Praktikant wäre durchaus angebracht, jetzt, wo die Agentur größer geworden ist. Diese Arbeit ist das Einzige, was er korrekt auszuführen versteht, aber allmählich fürchtet er, die Müdigkeit könnte sich auf sie auswirken. Es könnte ihm womöglich schwerer fallen, wichtige Informationen im Gedächtnis zu behalten, die man ihm gibt, es könnte ihn womöglich mehr Mühe kosten, sich auf harmlose Aufgaben zu konzentrieren. Was einmal einfach war, wäre es dann nicht mehr. Sein Puls wird schneller, Hervé legt seine Hand auf die linke Brustseite, um seinen Herzrhythmus zu prüfen. Er muss jetzt unbedingt an etwas anderes denken. Es gibt keinen Grund für seine Befürchtungen. Er hatte seine Müdigkeitszustände bisher immer sehr gut im Griff. Außerdem besucht er jetzt diese Sitzungen, wegen der Müdigkeit hat er sich eingeschrieben. Es wird alles besser werden.

23.10 Uhr. Er kann es nicht lassen und greift nach seinem auf dem Nachttisch abgelegten Handy. Er weiß, dass er das nicht tun sollte. Noch dazu, wo er nicht dazu verpflichtet ist. Aber wenn die Agentur ihm eine wichtige Nachricht schickt, würde er sich schuldig fühlen, nicht darauf zu antworten. Es gibt einige Mitarbeiter, die bis spätabends bleiben. Manchmal verbringen sie sogar froh und munter die ganze Nacht im Büro. Wenn er dann morgens eintrifft, sieht er, wie sie die Anzeichen ihrer Müdigkeit zur Schau stellen und stolz zu verstehen geben, in welchem Umfang sie in der Lage sind, ihr Leben hintanzustellen. Dass ihr Gehalt auf einer ganz anderen Stufe angesiedelt ist als seines, ist doch klar. Uff, keine Nachricht, Hervé seufzt erleichtert auf.

Ich versuche es noch einmal, sagt er sich mit einem Blick auf den Wecker. In dieser Phase fragt er sich immer, warum ein Arbeitstag ihm nicht auf natürliche Weise und ohne darüber nachzudenken einen erholsamen Schlaf beschert, eine Nacht, die einen neuen Menschen aus ihm macht und ihn am nächsten Morgen gestärkt und erhobenen Hauptes wieder in den Kampf ziehen lässt. Stattdessen verwandelt er sich jedoch im Lauf der Jahre immer mehr in ein menschliches Wrack.

Seine Aufmerksamkeit richtet sich jetzt ganz gezielt auf das Tropfen eines Wasserhahns, das aus dem Badezimmer zu ihm herüberdringt. Plopp, plopp, plopp. Unmöglich, jetzt noch darüber hinwegzuhören. Jeder neue Wassertropfen scheint lauter auf den Emailsockel der Dusche zu klatschen als der vorhergehende. Dieses uralte Leitungssystem behindert seinen Schlaf und seine innere Ruhe regelmäßig, aber der Gedanke, die Besitzerin, oder vielmehr den Sohn der Besitzerin, zu verständigen, flößt ihm solche Angst ein, dass er die Situation lieber stillschweigend erträgt. Seine kleine Wohnung, die aus einer engen Diele, einer noch engeren Küche und einem Wohnschlafzimmer besteht, welches ein Bett, ein Esstisch und ein Sofa füllt, gehört einer alten Dame. Spuren ihres Lebens an diesem Ort sind Blümchentapete und lange Samtvorhänge, deren einziger Vorteil es ist, dass sie gut abdunkeln. Jetzt, wo sie im Altersheim lebt, hat ihr Sohn die Hausverwaltung übernommen. Wenn man unter »Verwaltung« versteht, dass er keinen Cent in die mehr als dringlichen Renovierungsarbeiten steckt, die Miete jedoch Jahr um Jahr erhöht. Hervé hat zwar das Recht auf seiner Seite, könnte eine den heutigen Normen genügende Elektrizität einfordern, um nicht jedes Mal Gefahr zu laufen, bei der Berührung eines Schalters einen Stromschlag zu bekommen, aber besagter Sohn ist so unangenehm, dass ihn allein der Klang seiner Stimme rasch den Rückzug antreten lässt.

Ohnehin kommt niemals jemand hierher, also flickt er selbst notdürftig herum, und deswegen hält es auch nur notdürftig.

1.00 Uhr. Er weiß, dass an Schlaf jetzt nicht mehr zu denken ist, und verlässt sein Bett. Er zieht seinen abgewetzten Schlafanzug aus, greift nach seiner Velourshose, seinem unförmigen grauen Pullover und seiner Tweedjacke, die allesamt auf dem Boden herumliegen, wohin er sie achtlos geworfen hatte, bevor er zu Bett ging und noch von einem sinnlosen, aber für sein Weiterleben notwendigen Optimismus erfüllt war. Wenn seine Gedanken endgültig aus dem Ruder laufen, verlässt er seine Wohnung, um eine Angstkrise zu vermeiden. Eine echte Angstkrise, bei der man glaubt, man würde sterben. Herzrasen, Erstickungsgefühle, Schweißausbrüche, Lähmung der Extremitäten – bei ihm treten alle Symptome zugleich auf. Irgendwann hat er an einem Abend beschlossen, zumindest einen minimalen Einfluss auf seine unheilvollen Nächte zu nehmen. Und nachdem er diese Entscheidung getroffen hatte, war es nicht einmal allzu schwer, sich flanierend der Nacht zu überlassen, so wie sie sich ihm darbot. Er stellte fest, dass er bei seinen Streifzügen durch die dunklen Straßen im Schein der künstlichen Straßenbeleuchtung zu einer heilsamen Anonymität fand.

Freitag, 1.30 Uhr. All meine Sinne sind in Alarmbereitschaft. Angespannt lausche ich dem Heulen in der Ferne. Irgendwo zwischen Albtraum und Wachsein weiß ich nicht, ob es ernst zu nehmen ist oder nicht. Aber meine Angst, die ist vollkommen real.

»Paul, hörst du das auch? Das klingt doch beinahe wie ein Wolf.«

»Ja, aber das ist nichts weiter. Eine Eule. Wölfe gibt es hier nicht. Was glaubst du denn, wo du bist? Schlaf weiter.«

Schlaf weiter ... dazu hätte ich ja erst einmal richtig eingeschlafen sein müssen ... Sein Schlaf macht mich wütend. Schon seit Längerem ertrage ich das Schlafen der anderen nicht mehr.

Der vollkommen runde Mond leuchtet ins Zimmer wie ein Filmprojektor. Wenn ich mich ans Kopfkissen lehne und etwas aufrichte, kann ich ihn von meinem Bett aus betrachten, genau wie die dunklen Wipfel der Bäume. Fange ich erst einmal an, über die Entfernung nachzudenken, die mich von dem hellen Gestirn trennt, fühle ich mich wirklich schlecht. Aber diese einzige Lichtquelle an dem sonst tiefschwarzen Himmel, undurchdringlich wie ein grundloser Brunnen, übt eine hypnotische Wirkung auf mich aus. Wieder ertönen die Klagelaute. Wenn die Sonne sich von der Natur abwendet, wandelt sich diese zu einem feindseligen Territorium, einem Dickicht, in dem ungeahnte Gefahren lauern. Ein dumpfes Knacken reißt mich aus dem Dämmerschlaf, in den ich gesunken war. Ich fahre hoch. Es kommt aus dem Speicher. Ein tragender Pfeiler, der zusammenbricht. Das Haus wird über uns einstürzen. Ich wage es nicht, Paul ein zweites Mal aufzuwecken. Er wird sich ohnehin weigern nachzusehen. Als ich gerade wieder wegdämmere, vernehme ich ein anderes, dieses Mal leiseres Geräusch, das mich erneut daran hindert, in den Schlaf zu finden. Ich würde viel darum geben, allein zu schlafen. Nicht länger dieses heimtückische Schnarchen zu hören. Es gab schon so viele schlaflose Stunden neben selig schnarchenden Männern, die nichts aufzuwecken vermochte, während ich auf der anderen Seite des Bettes mit offenen Augen dalag und mich jämmerlich verlassen fühlte. In dieser Einsamkeit hatte ich nur noch einen einzigen Traum: meine Sachen packen und mich heimlich davonstehlen. So weit weg, bis ich ganz allein bin ... Wenn ich nur den Mut dazu gehabt hätte.

Es ist das gleiche Gefühl der Einsamkeit, das ich als Kind nachts in meinem Zimmer verspürte, wenn ich davon überzeugt war, ganz allein in unserem Haus zu sein. In diesem Haus, das fernab und verborgen in einem riesigen, wild wuchernden Garten lag, den meine Eltern – sei es aus Zeitmangel oder Lustlosigkeit – nicht instand hielten. Ich denke daran, wie ich damals stundenlang reglos in meinem Bett lag und starr auf die an der Decke klebenden phosphoreszierenden Sterne blickte. Viel später hat meine Mutter mir beteuert, dass es niemals auch nur einen einzigen Stern an der Decke meines Zimmers gegeben hat. Allerdings verbrachte sie so wenig Zeit dort, dass sie diese womöglich gar nicht bemerkt hat. Aber es stimmt, dass ich keinerlei Erinnerung daran habe, meine Mutter oder meinen Vater je auf einer Leiter gesehen zu haben. Und wer sonst hätte sie dort anbringen können? Meine Mutter glaubt, dass ich die Sterne erfunden habe. Mag sein, meine Erinnerungen sind sehr vage.

Meine Nächte ähneln immer noch den Nächten von Kindern, sind von unbegründeten Schrecknissen und beängstigenden Schatten bevölkert. Dabei habe ich mir viel Mühe mit der Einrichtung des Schlafzimmers gegeben. Am hellichten Tag lädt das Bett förmlich zur Ruhe ein, es steht mitten in dem großen, lichtdurchfluteten Raum, ist breit und hoch, weder zu hart noch zu weich, bestückt mit Kissen und Decken aus natürlichen, sorgfältig ausgewählten Materialien. Die Möbel verstellen den Raum in keiner Weise, und ihre Gebrauchsspuren zeugen nicht von Abnutzung, sondern erzählen eine Geschichte. Auch die Nachttischlampen sind das Ergebnis einer langen Suche. Sie verbreiten eine wunderbar gedämpfte Stimmung, beleuchten gerade genug, um zu lesen, ohne die Augen anzugreifen. Ich wollte aus meinem Schlafzimmer ein warmes und einladendes Ganzes machen, das mir ein Ort der Zuflucht sein kann. Aber nachts, wenn die Lichter gelöscht sind, verschwindet die Einrichtung unweigerlich in der Dunkelheit. Und ich könnte ebenso gut in einer Gefängniszelle oder einem Isolationsraum liegen.

4.30 Uhr. Die Klagegeräusche sind verschwunden, aber die Stille ist noch schlimmer. Es geschieht gar nichts mehr. Die Aufmerksamkeit, die ich darauf verwendet habe, die Geräusche draußen zu identifizieren, richtet sich jetzt auf mich selbst. Ich höre mein Herz schlagen und spüre, wie mein Puls im immer aufgeheizteren Rhythmus meiner wirren Gedanken nach oben treibt. Ich greife nach meinem Handy auf dem Nachttisch. Das Startbild schlägt mir eine Auswahl an Nachrichten des Tages vor. Von schäbigem Vermischten bis zu ernsten und sehr alarmierenden Themen – ich verliere mich im Labyrinth der digitalen Seiten, die mir nicht einmal mehr ein Umblättern abverlangen.

5.30 Uhr. Die Wipfel verschwinden in einem Dunst, der hinten im Garten aufsteigt. Meine Gedankenflut ebbt ab, mein Atem wird ruhiger, und meine Muskeln entspannen sich. Endlich schlafe ich ein.

7.30 Uhr. Das heiße Wasser verschafft mir Erleichterung. Ich habe mich hingesetzt und die Beine angezogen. Mir fehlt die Kraft stehen zu bleiben. Die Zeit vergeht, aber ich schaffe es nicht, mich aus dieser warmen Blase zu lösen. Ich mag mich nicht mehr rühren. Zusammengekauert, den Duschkopf auf meinen Nacken, dann auf meine Brust und wieder auf meinen Nacken gerichtet, folge ich mit meinen Augen dem über meine Körperrundungen herabfließenden und in den Falten meiner Haut verschwindenden Wasser. Ich mustere diesen Körper, der so vertrocknet ist wie ein morscher Zweig, weil ihn niemand mehr berührt. Das Wasser abzustellen verlangt eine Willenskraft, die ich nicht aufbringe. Der Schauder, der mich durchlaufen wird, bevor ich mich abgetrocknet und angezogen haben werde, erscheint mir unüberwindbar. Paul ruft nach mir, klar und unmissverständlich klingt seine tiefe und entschlossene Stimme. Ich schließe die Augen, als würde ich ihn dann nicht mehr hören müssen. Aber die Stimme dringt immer lauter, immer schärfer von unten über die Treppe bis zu mir ins Bad. Wir sind spät dran, er muss los, und Thomas ist immer noch nicht fertig. Was treibe ich denn auch seit einer halben Stunde im Badezimmer, ob ich denn glaube, ganz allein auf der Welt zu sein? Ich möchte schreien, dass man mich in Ruhe lassen soll, dass man mich einen Augenblick lang einfach vergessen soll, damit ich mich wieder sammeln kann, bevor ich wieder in die wilde und herzlose Wirklichkeit hinaustrete. Er weiß doch genau, dass ich nicht geschlafen habe. Ich möchte schreien, aber ich halte still und ersticke meine Wut. Nur niemanden verärgern, den Konflikt vermeiden, in Deckung bleiben. Das hat man mir beigebracht, darauf verstehe ich mich. Mit ungeheurer Anstrengung steige ich zitternd aus der Dusche.

Jemand macht sich an der Tür bemerkbar. Ein zaghaftes Klopfen von einem, der nicht stören will. Es ist Thomas, der sich die Zähne putzen muss.

2

Montag, 8.05 Uhr. Der Raum ist leer. Am Whiteboard prangt in roter Farbe ein Hinweis. *Sitzung Schlafseminar in der sechsten Etage, hinterste Tür im Flur.*

Bis ich dort oben ankomme, bin ich wieder zu spät dran. Offenbar bin ich aber nicht die Einzige.

Bereits von der Tür aus nehme ich die neuen Gegebenheiten in Augenschein. Der Raum ist kleiner, aber möglicherweise täuscht dies durch die abgehängte Decke. An den nicht gerade frisch aussehenden Wänden stehen IKEA-Regale älteren Datums mit einigen alten Schmökern darin. In einem bereits reichlich durchgesessenen kakifarbenen Samtsessel döst in einer Ecke des Raums ein wuchtiger Mann vor sich hin. Ich nutze seinen Dämmerzustand, um ihn eingehend zu mustern. Braune Kordjacke, marineblauer Rollkragenpullover, der mir tatsächlich aus Kaschmir zu sein scheint, tadellose dunkelblaue Jeans. Ohne Zweifel derjenige, der bei der letzten Sitzung noch gefehlt hat. Die in einem aus Transparentpapier selbst gebastelten Lampenschirm steckende Glühbirne ist so ausgerichtet, dass sie sein flächiges Gesicht mit einem gelblichen Lichtschein beleuchtet, der mit der sonst herrschenden gräulichen Tristesse kontrastiert. Trotz des in die Jahre gekommenen Mobiliars steht die Atmosphäre in keinem Vergleich zur dritten Etage. Ich gehe zu einem großen Fenster hinüber, das einen offenen Blick auf den Himmel und die Dächer der ganzen Stadt bietet. Doch viel Zeit bleibt mir nicht. Michèle trifft ein und hat Hervé im Schlepptau. Sie lacht freundlich und erklärt mir, dass sie ihn im Treppenhaus gefunden hat. Der Anblick des Holztisches stimmt sie zufrieden, und sie bittet ihren Weggefährten, den Weidenkorb dort abzustellen, aus dem sie nun eine bunte Sammlung an Tassen herausbefördert, eine Thermoskanne, kleine silberne Löffel und eine mit Zuckerstücken gefüllte Tupperdose.

Ich gehe zu ihr hinüber, um ihr behilflich zu sein. Ich mag ihre Gesellschaft. Sie trägt den gleichen Vornamen wie meine Großmutter väterlicherseits, die ich nie kennengelernt habe. Michèle gesteht mir wiederum, dass sie von jeher eine große Bewunderung für meine Namenspatronin hegt: die *Heilige Clara*, wie sie mehrmals lächelnd wiederholt. Kein Zweifel, der Glaube erfüllt sie. Das kleine goldene Kreuz, das sie um den Hals trägt, bestätigt das. Selbst wenn ich sie nur ungern enttäuschen will – ich weiß nicht recht warum, aber mir liegt daran, die Sympathie dieser Frau zu gewinnen –, muss ich ihr gestehen, dass trotz meiner religiösen Erziehung die Heiligen schon seit Langem meine Wertschätzung verloren haben. Michèle will gerade zu einer Erwiderung ansetzen, als Hélène hereinkommt und sich sogleich für ihre Verspätung entschuldigt. Ein Notfall hat sie aufgehalten. Ich frage mich, was für eine Art Notfall eine Schlafexpertin am frühen Morgen aufhalten kann.

»Haben Sie gut hierhergefunden? Claire, was meinen Sie zu den Räumlichkeiten?«

»Es ist jedenfalls viel besser, als Kinder im Nebenzimmer schreien zu hören.«

»Wir sind in einem Ärztehaus, nicht in einem Altersheim. Das hier ist der ehemalige Ruheraum des Pflegepersonals.«

»Könnten wir die Sitzungen nicht auf einen späteren Zeitpunkt verschieben? Ich stehe nie vor 11 Uhr auf, und um 8 Uhr hier zu sein, ist nicht einfach.«

Der Mann aus dem Sessel hat sich aufgerappelt und reibt sich seine von dicken Tränensäcken zugeschwollenen Augen.

Hervé zieht ein seltsames Gesicht – als wollte er etwas sagen, ohne es herauszubringen. Ich glaube, dass eine solche Verschiebung ihm Schwierigkeiten bereiten würde, er dies aber nicht zu sagen wagt.

»Nein, können wir nicht«, antwortet Hélène. »Sind Sie Jacques?«

Der Mann nickt und gesellt sich mit schleppendem Schritt zu uns.

Mittlerweile ist auch Lena aufgetaucht. Sie trägt einen ultrakurzen Jeansrock, darunter zerrissene Strumpfhosen und Stiefel, die vermutlich mehr wiegen als sie selbst. Mit skeptischer Miene blickt sie in die Runde. Ihre leichte, geblümte Jacke ist der Jahreszeit alles andere als angemessen.

»Hat was, die Schlaflosen in der Rumpelkammer.«

»Das ist der ehemalige Ruheraum des Pflegepersonals«, wiederholt Hélène. »Da wir heute vollständig sind, können wir jetzt zu einem wesentlichen Element kommen: dem Schlafkalender. Haben Sie ihn alle ausgefüllt?«

Diese Frau bringt mich auf die Palme, genau wie ihr Schlafkalender. Ich weiß nicht warum, denn sie ist doch eigentlich freundlich. Es ist ihre unerschütterliche Ruhe, die mich nervös macht. Sie zählt zu den Menschen, die nichts und niemand aus der Ruhe bringen kann, beinahe beängstigend ist das.

Wir nehmen um den Tisch herum Platz. Dort haben wir unsere Schlafkalender bereits abgelegt. Kalender ist ein hehres Wort für die paar Blätter, auf denen eine große Tabelle mit vielen Linien und Spalten vorgegeben ist. Die zahlreichen kleinen Kästchen sind mit einem Strich oder einem Kreuz versehen, durchgestrichen oder vollgekritzelt. Jedenfalls sind die Blätter nicht sonderlich gut lesbar, ausgenommen das Blatt von Hervé, das mustergültig, beinahe wohltuend sauber ist, und das von Michèle, das auch aus einem Handbuch für Kalligrafie stammen könnte.

Hélène prüft ein Blatt nach dem anderen, wobei sich hin und wieder winzige Anzeichen von Unverständnis auf ihrem Gesicht zeigen. Ich bin ihr erstes Opfer. Offenbar sind meine Pfeile ein Problem. Dabei habe ich doch die Anleitungen mehrmals gelesen. Aber die Tabelle ist mir trotzdem ein Rätsel geblieben.

Michèle wird mir vielleicht noch einmal alles erklären, wenn ich sie darum bitte. Hélène ist gerade dabei, die Nächte von Michèle anhand der Tabelle zusammenzufassen. Ihre Schlaflosigkeit ist auf ganz feste, klare Zeitzonen beschränkt, die nichts mit der verschwommenen Unklarheit meiner Nächte zu tun hat. Sie geht zwischen 2 und 3 Uhr morgens zu Bett, wird automatisch um 6 Uhr wach, schläft um 7 Uhr wieder ein und schläft dann bis 9 Uhr. Das ist jede Nacht so und verschiebt sich höchstens um eine halbe Stunde.

»Bis 2 oder 3 Uhr sind die Kästchen bei Ihnen leer. Dösen Sie denn nicht einmal ein bisschen vor sich hin?«, fragt Hélène verwundert.

»Ich habe immer etwas zu tun, wenn ich nicht schlafe«, antwortet Michèle ausweichend.

Wie kann eine Frau, die eine solche Heiterkeit verströmt, an Schlaflosigkeit leiden? Ich habe die Unfähigkeit zu schlafen immer mit Neurosen in Zusammenhang gebracht, mit einer zu schweren Verantwortung, die die Gesellschaft uns aufbürdet, oder mit einem gewissen ruhelosen Naturell. Aber sie wirkt so, als wäre sie in dieser Hinsicht vollkommen unbeschadet davongekommen. Während ich noch versuche, dieses Geheimnis zu ergründen, indem ich sie unauffällig beobachte, wundert sich die Leiterin über die Uhrzeit, zu der Lena jeden, tatsächlich jeden Morgen aufsteht: 4.30 Uhr.

»Und Sie gehen um 23 Uhr schlafen. Das ist dann in der Tat sehr kurz ... Gibt es kein Mittel, das Sie wieder einschlafen lässt?«

»Es ist mir nie wieder gelungen«, murmelt das junge Ding zwischen seinen Haarsträhnen hindurch.

»Nie wieder ... warum, seit wann?«

Lena brummelt irgendetwas von ihrem Vater, der immer um diese Uhrzeit aufstand, um zur Arbeit zu gehen. Hélène bemerkt, wie durcheinander Lena ist, und hakt nicht weiter nach, empfiehlt ihr nebenbei jedoch noch, die Kästchen ihrer Tabelle nicht mehr mit Monden und Sonnen zu verzieren, damit sie leichter zu lesen ist.

Diese Art und Weise, wie unsere Nächte auseinandergepflückt werden, bereitet mir Unbehagen. Selbst wenn es aus einer guten Absicht heraus geschieht, weckt die bloße Tatsache, dass unsere schlaflosen Stunden hier laut und deutlich vor allen ausgebreitet werden, bei mir den Eindruck eines Eindringens in unser Privatleben. Ich beobachte Hervé, der nervös seine kleine runde Brille zurechtrückt, und vermute, dass er seine Anspannung nicht mehr loswird, bis er an der Reihe ist. Auch wenn die Psychologin mit der gebotenen Umsicht zu Werke geht, huscht ein Anflug von Panik über sein hageres Gesicht, als sie ihn fragt, was er jede Nacht zwischen 1 und 4 Uhr macht, da alle Kästchen für diese Stunden leer sind. Während er noch überlegt, was er antworten soll, wird die Stille durch ein Schnarchen gestört. Den Kopf in seinen Händen vergraben, ist Jacques eingeschlafen.

Lena schlägt leise vor, ihn schlafen zu lassen. Michèle hingegen findet es bedauerlich, dass er auf diese Weise nicht von der Sitzung profitieren kann. Hervé, dem diese Ablenkung sehr gelegen kommt, flüstert, dass es schade wäre, einen an Schlaflosigkeit leidenden Menschen aufzuwecken. Ich schlage eine Abstimmung vor.

»Jacques!«

Mit aller Entschiedenheit ertönt Hélènes Stimme, was Lena mit einem beleidigten Blick quittiert. Der Mann fährt aus dem Schlaf hoch. Ohne ihm Zeit zu gewähren, zu sich zu kommen, beginnt die Analyse seiner Tabelle. Jacques geht jeden Abend um 22 Uhr schlafen, bis Mitternacht liegt er in einem Halbschlaf im Bett, danach herrscht ein ziemliches Durcheinander. Seine Kästchen geben keinen rechten Aufschluss. Diesmal sind es keine Pfeile, die Verwirrung stiften, sondern die wiederholte Verwendung des Buchstabens »S«. Jacques hatte damit auf »Schlafmittel« und nicht, wie vorgesehen, auf »Schlafzustand« verweisen wollen.

»Warum gibt es dann mehrere ›S‹ während Ihrer Nächte?«, fragt Hélène.

»Ich teile meine Schlaftabletten. Das ist alles. Ich verteile oder verdopple die Dosis, je nachdem«, antwortet der Mann, als sei dies vollkommen klar.

Er stützt seinen Kopf beim Reden in die Hände, reibt sich noch immer die Augen und trägt eine höchst lustlose Miene zur Schau. Er ist mir reichlich unsympathisch. Sein Phlegma, sein absichtlich zerzaustes graues Haar, sein Auftreten als verwirrter Professor mit dem entsprechend großen Ego.

»Über Medikamente werden wir noch sprechen. Sie haben paradoxerweise oft genau die gegenteilige der beabsichtigten Wirkung. Bleiben wir jetzt aber erst einmal bei Ihrem Schlafkalender.« Hélène hebt den Blick und sieht in unsere aufmerksamen Gesichter. »In Ordnung, ich fange noch einmal von vorn an.«

Eine weitere Belehrung steht an, und ich bemühe mich nach Kräften, den Faden nicht zu verlieren. Nur Hervé und Michèle blicken Hélène unverwandt an. Ich ertappe Lena dabei, wie sie unauffällig in ihrem aufgeschlagenen Ordner liest. Wahrscheinlich Unterrichtsstoff für die Schule. Hélène beginnt noch einmal damit, uns ruhig die Art und Weise zu erklären, wie wir die Tabelle jeden Morgen auszufüllen haben, um die Nacht zu dokumentieren, und jeden Abend, um den Tag zu dokumentieren.

»Die Zeilen entsprechen den Daten, die Spalten den vierundzwanzig Stunden einer Nacht und eines Tages. In dem Kästchen, das der Uhrzeit des Schlafengehens oder des Ausruhens entspricht, setzen Sie einen Pfeil nach unten; umgekehrt einen Pfeil nach oben in dem Kästchen, das der Uhrzeit des Aufstehens entspricht. Zwischen diesen beiden Pfeilen liegen Ihre Schlafstunden samt dem zwischenzeitlichen Aufwachen. Wenn Sie tatsächlich schlafen, schwärzen Sie das Kästchen. Für ein langes Wachsein kennzeichnen Sie die Kästchen abwechselnd weiß und schwarz. Der

Buchstabe R markiert einen Halbschlaf, und der Buchstabe S steht für Schläfrigkeit während des Tages. Ein Beispiel: Werden Sie mittags schläfrig, setzen Sie ein S in das entsprechende Kästchen.«

Immer wieder fallen mir die Augen zu. Um mich wach zu halten, male ich die Kästchen auf einer Seite meines Heftes an, immer jedes zweite, sodass eine Art buntes Schachbrett entsteht.

»Verstehen Sie jetzt, was es mit den Pfeilen nach oben und nach unten auf sich hat, Claire?«

Ich beantworte die Frage mit einem Kopfnicken.

»Schön, dann ist ja alles klar, nicht wahr?«, kommt Hélène befriedigt zum Schluss. »Sie sind hier, weil Sie alle gewissermaßen ein strenges Auswahlverfahren überstanden haben. Sie alle haben dieses zwanzigseitige Formular ausgefüllt, mit dessen Hilfe ich das gravierende Ausmaß Ihrer Schlaflosigkeit feststellen konnte. Dieser Schlafkalender wird es mir nun ermöglichen, die Vorgehensweise für jeden Einzelnen von Ihnen festzulegen. Das müssen Sie sich immer wieder vor Augen halten, damit wir eine fruchtbare Zusammenarbeit haben und zu positiven Ergebnissen gelangen.«

Jetzt herrscht Schweigen, verlegen nehmen wir ihre Predigt auf.

»Welche Vorgehensweise?«, fragt Lena.

»Das wird Thema unserer nächsten Sitzung sein. Für heute sind wir fertig. Wir sehen uns in genau zwei Wochen wieder. Bis dahin versuchen Sie, sich mindestens zwei Stunden vor dem Schlafengehen nicht mehr an Ihren Bildschirm zu setzen.«

Die große Wanduhr mit dem stählernen Rahmen zeigt

9.05 Uhr an. Lena macht sich als Erste auf den Weg und erklärt uns, während sie ihren dünnen, geblümten Blouson anzieht, stöhnend, dass ihr Buchhaltungskurs schon in einer knappen halben Stunde beginnt. Sie ist im letzten Jahr ihrer Ausbildung zur Geschäftsführungsassistentin an der Höheren Handelsschule und kann dem Unterricht nicht fernbleiben. Hervé bringt seine endlos langen Beine in Gang und folgt ihr, dann auch Michèle. Jacques hat offenbar keine Eile und sucht noch einmal seinen Sessel auf, während Hélène am Tisch sitzen bleibt und sorgfältig ihre Aufzeichnungen und ihren Kalender zusammenpackt. Ich stehe am Fenster, habe meinen Mantel über den Arm gelegt und rühre mich nicht. Die immerwährenden Veränderungen am Himmel, das Kommen und Gehen der Sonnenstrahlen, die unendlich feinen Schattierungen der Wolken lassen mich reglos an meinem Platz verweilen.

»Arbeiten Sie nicht, Claire?«

Es ist Hélène, die mit ihrer Frage meine Träumerei unterbricht. Sie hat ihren Mantel bereits um die Schultern gelegt und fordert mich nun diplomatisch dazu auf, den Raum zu verlassen.

»Doch, natürlich. Ich wollte gerade gehen.«

Ja, ich habe eine Arbeit, und es wäre Zeit, mich auf den Weg zum Zug zu machen, wenn ich sie auch behalten will. Mindestens zehn Texte warten in meinem Arbeitszimmer darauf, korrigiert zu werden. Ich lese Romane Korrektur. Billige Thriller, deren Plot von vornherein klar ist, versetzt mit etwas Erotik, extrem schlecht geschrieben. Schlichtweg Kitsch für all diejenigen, die etwas von Sprache verstehen. Meine Mutter, die gleich zwei Zulassungen für die Oberstufe besitzt und als hochdotierte Gymnasiallehrerin arbeitete, kann immer noch nicht begreifen, dass ich mich auf diese Arbeit einlasse. Aber ich weiß nun einmal, dass ich diesen Beruf gut mache, während ich mich in anderer Hinsicht nicht durchsetzen konnte. Eine Zeit lang habe ich das nämlich versucht. Abende, sogar ganze Nächte habe ich mit Schreiben zugebracht, wenn es mir gelang, die Angst über die verstreichende Zeit zu vergessen. Wenn mich die Gewissheit beflügelte, etwas zu sagen zu haben, und die Hoffnung, gehört zu werden. Ein Optimismus, der zwei dicke, mehrere Hundert Seiten lange Romane hervorbrachte. Jeweils abgelehnt mit einem kurzen, formalen, unwiderruflichen Schreiben. Obwohl meine schriftstellerischen Ambitionen bereits schwer erschüttert waren, begann ich noch einen dritten Roman, bevor ich dann endgültig vom Schreiben Abstand nahm. Ich konnte mir nicht vorstellen, dass das Schreiben für sich selbst auch Vergnügen bereiten kann. Trotzdem habe ich das Thema Paul gegenüber einmal angesprochen, als wir beide im Garten waren. Er war damit beschäftigt, irgendetwas zu schneiden, während ich müßig auf einem Liegestuhl lag und insgeheim auf seinen ehrlichen Zuspruch hoffte, der mich darin bestärken würde, meine Projekte wiederaufzunehmen: Liebling, gib nicht auf, arbeite weiter, bleib dran, ich glaube an dich. Aber nichts dergleichen. Er setzte bloß eine bekümmerte Miene auf und fand es ein wenig schade, dass ich mit einer Beschäftigung aufhörte, die mir guttat, dann wechselte er zu einem anderen Thema. Nicht einmal die Mühe, mich dabei anzusehen, machte er sich. Das stimmte mich traurig, und ich sah getroffen zu ihm hinüber. Von einem Bekannten oder einem Freund hätte ich dieses Verhalten hinnehmen können. Aber Paul, mit dem ich mein Leben teilte, musste doch wissen, wie wichtig mir dies war. Eine »Beschäftigung«. Als sei mein Schreiben ein Zeitvertreib, ein Hobby ... Das Schlimmste war, dass er damit den wunden Punkt getroffen hatte. Ich war eben eine Versagerin. Nach Luft ringend ging ich ins Haus. Man hatte mich enttarnt. Wie hatte ich mich dazu versteigen können, in der Schriftstellerei mein Heil zu suchen? Und dabei sogar auf Erfolg zu hoffen? Schamesröte stieg mir ins Gesicht. Ich weiß doch schon seit Schulzeiten, wie es ist. Nie ist es gut genug, immer geht es noch besser, ich bin eben einfach nur mittelmäßig. Trotz endloser Paukerei an den Wochenenden – Freunde, mit denen ich diese hätte verbringen können, gab es ohnehin nicht – hinkte ich immer hinterher. Das fassungslose Gesicht meiner Eltern beim Blick in mein Notenheft steht mir noch vor Augen. Um Haltung zu bewahren, hatte ich mir im Lauf der Jahre angewöhnt, das Bild einer etwas überheblichen, gleichgültig scheinenden Tochter abzugeben. Eine Art Doppelgängerin. Seither hantiere ich mit diesen beiden Versionen meiner selbst, und es kommt schon einmal vor, dass ich nicht mehr so genau weiß, welche das Original ist.

Ich hätte Paul zum Teufel schicken können, oder etwas vernünftiger, ihm erklären können, wie sehr seine Reaktion mich verletzte. Aber es gelang mir nicht, mein Herz auszuschütten, über meine Gefühle zu sprechen. Ergebnis: Ich stand wie eine Idiotin mitten in der Küche und unterdrückte mühsam meine Tränen.

Am nächsten Tag würde ich mich auf die Gartenarbeit stürzen. Sollte auch da nichts gedeihen, so konnte ich es immerhin auf den Klimawandel schieben.

Als ich mich vom Fenster abwende, stelle ich fest, dass

der Sessel leer ist. Der Koloss ist schweigend von dannen gezogen.

Montag, 2 Uhr. Auf dem Rücken liegend, die Arme eng am Körper, reißt Jacques unvermittelt die Augen auf. Er liest die Uhrzeit, die in großen roten Ziffern an seine Zimmerdecke geworfen wird. Monatelang hat er gegen die Versuchung angekämpft, er hat seinen Wecker verbannt und jeden Bildschirm entfernt, der ihm eine Zeitangabe liefern könnte – gerade so, als handele es sich um wahre Unglücksbringer. Bis er davon Abstand nahm. Wenn schon, denn schon – dann kann man dem Feind auch gleich ins Gesicht sehen. Jetzt wirft der Wecker nachts die Stunden, die Minuten und sogar die Sekunden direkt über seinem Bett an die Decke. Sein Computer steckt unter der Matratze, und sein Handy liegt unter dem Kopfkissen.

Er erinnert sich an das Klingeln um Mitternacht. Immer genau um Mitternacht. Es war das Telefon im Arbeitszimmer. Danach folgten zwei Stunden unruhigen Schlafs, in denen er von Bildern mit immer neuen Tabellen und ihren schraffierten Feldern geplagt wurde.

Er fühlt sich in einem zu engen Körper gefangen. Ein Schraubstock presst seine Muskeln, sein Fleisch, seine Haut und sein Herz zusammen. Er zählt sich selbst auf, was er alles tun könnte, wenn er den Mut fände aufzustehen. Sich eine heiße Zitrone zubereiten, sie in kleinen Schlucken zu sich nehmen, während er am Fenster die wenigen um diese Zeit wachen Nachbarn auspäht – welche Wohltat wäre es, hier und da ein Licht im Wohnblock gegenüber wahrzunehmen, das von ein paar Gefährten in Sachen Schlaflosigkeit zeugte. Oder, etwas konstruktiver, über die kleine Schar von Patienten nachdenken, die das Glück hatte, einen Termin bei ihm zu ergattern, wo er doch beschlossen hatte, die Zahlen dieses Jahr deutlich zu drosseln. Seine ruhmreiche Zeit war vorüber, er verdankte sein Überleben seiner Bekanntheit, und das wusste er. Er war nicht mehr mit Begeisterung bei der Sache. Er knipst seine Nachttischlampe an, ein Designerstück aus den Fünfzigerjahren, und nimmt sein großes Zimmer in Augenschein, das mit viel Umsicht minimalistisch möbliert ist. Seine Frau hatte in einem Feng-Shui-Buch gelesen, dass sich ein spartanisch gestaltetes Umfeld günstig auf den Schlaf auswirkt. Jacques hatte bereits damals – das scheint so weit zurückzuliegen – mit Schlafschwierigkeiten zu kämpfen. Und Catherine tat alles, um Lösungen dafür zu finden.

Jetzt ist die Wohnung zu groß, und er fühlt sich fehl am Platz in diesen für eine Einzelperson unangemessenen Räumlichkeiten. Seine Frau ist die meiste Zeit über nicht da. Seit wann das so ist, weiß er gar nicht so recht. Den genauen Zeitpunkt kann er nicht einmal benennen, es war ein allmählicher Prozess, der sich beinahe unbemerkt vollzog. Die drei Kinder sind aus dem Haus. In der ganzen Welt verstreut, leben sie ihr eigenes Leben. Diese unerwartete, von ihm nicht bedachte Einsamkeit hatte mit Sicherheit Auswirkungen auf seinen Schlaf. Von Schlaflosigkeit, nein, davon wollte er nichts hören, und noch weniger hatte er die Ratschläge seiner Frau beherzigen wollen, die ihm, wenn sie einmal da war, mit dem ihr eigenen Feingefühl riet, sich Hilfe zu suchen.

Mit Wehmut denkt er an die winzige Zweizimmerwohnung aus ihren Anfangszeiten zurück, zu der dann mit den Geburten der Kinder und dem beruflichen Aufstieg die ganze übrige Etage hinzukam. Am Ende hatte er sogar alle Dienstbotenzimmer im darüberliegenden Dachgeschoss erworben und die bescheidenen Unterkünfte zu einer großzügigen Maisonettewohnung ausgebaut. Aber jetzt kam es ihm so vor, als hätte ihn jeder zusätzliche Quadratmeter von seiner Frau entfernt und im Grunde auch von sich selbst.

Er steht nicht auf, er tut nichts, versucht lediglich, seine Gedanken in Schach zu halten. Seine Beine schmerzen. Es fühlt sich an, als mache sich ein fremder Körper in seinem Körper breit. Er weiß nicht, wohin mit ihnen. Er nimmt die andere Hälfte seines Schlafmittels, das neben einem Glas Wasser auf seinem Nachttisch bereitliegt, und schließt die Augen. Bruchstücke aus den Gesprächen mit seinen Patienten halten ihn zwischen Schlafen und Wachen.

3.30 Uhr. Erneut schlägt er die Augen auf. Er greift nach der Fernbedienung und zappt sich mit aller Gründlichkeit durch die einhundertfünfzig Sender seines Kabelfernsehens, bis es 5 Uhr ist. Die Uhrzeit, um die im Allgemeinen seine Nacht beginnt.

Dienstag, 1.10 Uhr. *Paula, geh schon einmal ins Bett, ich komme in fünf Minuten. Nein, du wirst nicht sterben, während du schläfst. Versprochen. Deine Freundin hat natürlich unrecht, und ihre Großmutter ist nicht für immer eingeschla-*

fen. Sie ist gestorben, sie ist im Paradies, und dort ist sie nicht allein. Ja, Antoine, auch ich werde irgendwann dorthin gehen, aber nicht solange ihr mich braucht. Jetzt putzt euch die Zähne. Können wir vielleicht einmal pünktlich sein?

Michèle wischt mit Hingabe über die Bänke des Hauptgangs. Auch die kleinste Nische, der hinterste Winkel des Holzes wird von ihrem mit Bienenwachs getränkten Putzlappen heimgesucht. Nach getaner Arbeit setzt sie sich für einen Augenblick, um die Ruhe in vollen Zügen zu spüren, die ihr dieser Ort einflößt. Ein Gefühl der Sicherheit erfasst sie, wenn sie hier ist. Kein anderer Ort vermittelt ihr einen so himmlischen Frieden, als würden die schweren Holztüren diesen heiligen Ort vor der äußeren Welt beschützen, vor allem, was es dort an Schlechtem, Absurdem oder Obszönem gibt. *Kann ich reinkommen, Alexandre? Alles in Ordnung, mein Großer? Ich merke doch, dass du mit den Gedanken woanders bist. Du sprichst kaum noch. Könntest du darauf achten, dass dein Bruder und deine Schwester nicht zu sehr herumtoben? Dein Vater wird erst spät kommen. Ich weiß, aber es ist wegen seiner Arbeit. Das dürfen wir ihm nicht übelnehmen.*

Sie sieht auf ihre Armbanduhr, sie hat sich heute Abend Zeit gelassen. Ich muss mich beeilen, denkt sie, ich bin spät dran, gleich habe ich den Zeitpunkt verpasst und werde nicht mehr einschlafen können. Michèle glaubt, dass sie nach 3 Uhr morgens nicht mehr einschlafen kann. Sie glaubt so fest daran, dass es eine Realität für sie geworden ist.

Eilig räumt sie die Putzutensilien weg, schreibt ein paar Zeilen auf einen Zettel, den sie auf den Schreibtisch legt, und hängt ihren Kittel zurück. Als sie später zu Bett geht, widersteht sie dem Wunsch, ihren Ehemann aufzuwecken, um ihm von ihrem Abend zu erzählen. Wie schade, dass er das nicht verstehen kann.

🐑 🐑 🐑

MITTWOCH, 5.05 UHR. Vor Kälte schlotternd wartet Lena vor den geschlossenen Läden des Cafés. Sie hätte zu Hause im Warmen warten können, aber wenn sie erst einmal wach ist, kann sie nicht anders, sie muss rausgehen.

»Franck, wenn man ein Café hat, dann kommt man auch pünktlich, vor allem, wenn es regnet.«

»Reg dich ab, Liebes. Könntest dich ja auch ein bisschen wärmer anziehen. Hier, schließ lieber auf, statt herumzuschimpfen. Ich muss noch Brot holen. Ist das scheißkalt!«

Lena öffnet die alles andere als fachgerecht montierten Schlösser und huscht hinter den Tresen, nachdem sie die Lichter über dem Stromzähler eingeschaltet hat. Sie liebt es, wenn Franck sie dort schalten und walten lässt. Sie fühlt sich wichtig und stolziert herum wie eine Königin.

»Salut, Amar.«

»Einen Pastis, meine Kleine.«

»Du hältst mich wohl für völlig naiv! Franck schenkt dir nie vor 10 Uhr Alkohol aus.«

»Okay, dann einen Kaffee.«

Die Arme voller warmer Baguettebrote kehrt Franck zurück, und Lena wird zurückgestuft auf den Status eines bloßen Gastes.

»Hee, Franck? Weißt du, dass bald Weihnachten ist?«

»Jetzt hör aber auf. Wir haben gerade einmal November.«

»Ja, aber hast du mal darauf geachtet, wie dein Café Jahr für Jahr neben den anderen Geschäften aussieht?«

»Wenn es dir nicht gefällt, kannst du wieder nach Hause ins Bett gehen.«

»Sei nicht beleidigt. Aber solche Dinge wollen im Voraus überlegt werden. Wenn die Kunden morgens müde oder deprimiert hierherkommen, würde ihnen warm ums Herz, wenn sie eine Tanne oder Lichterketten sähen … Verstehst du? Sie brauchen so etwas in ihrem Leben. Es ist verrückt, aber es täte ihnen gut.«

»Haben recht, die Kleine«, mischt sich Amar ein.

»Sie ›hat‹ recht, es heißt, ›sie hat recht‹. Das wird konjugiert, Menschenskind!«

»Lass ihn in Ruhe. Was stört dich denn daran?«

Amar beugt sich tief über seine Tasse Kaffee und grinst.

»Und du glaubst, dass ich Geld für solchen Nippes habe?«

»Eben nicht. Aber ich, ich habe ganze Kartons voll mit Girlanden. Mein Vater hat sie jedes Jahr für sein Geschäft hervorgeholt.«

»Tu, was du nicht lassen kannst, solange du keine Löcher in die Wände bohrst.«

Lena malt sich aus, wie sie das eher schäbige Café schmücken könnte, um ihm zu einem filmreifen Dekor zu verhelfen, bis Franck ihr eine mit Butter versehene Brotscheibe unter die Nase hält, die sie angewidert von sich schiebt.

»Jetzt stell dich nicht so an, das ist nichts weiter als ein Butterbrot.«

»Ich hab dir schon einmal gesagt, dass die Müdigkeit mir den Appetit nimmt.«

Lena holt ihre Unterrichtsmaterialien hervor und beginnt, den Stoff am Tresen zu wiederholen. Die Probeklausuren finden unmittelbar vor Weihnachten statt; ihr ist klar, dass sie sich auf einem Schleudersitz befindet, aber es gelingt ihr nicht, sich länger als eine halbe Stunde zu konzentrieren. Sobald sie im Klassenzimmer sitzt, wird sie so unsagbar schläfrig, dass die Worte des Lehrers über ihrem Kopf dahinrauschen, ohne dass sie auch nur ein einziges behielte. Wie oft hatte man sie schon wegen mangelnder Aufmerksamkeit ermahnt. Dennoch lag sie mit ihren Leistungen beinahe noch im Mittelfeld, und es fehlte nicht mehr viel, um das Diplom zu erreichen. Nur noch ein paar Punkte, und schon hätte sie ihren Fachhochschulabschluss geschafft und würde vielleicht bald eine Stelle in einer großen Bank oder einer Rechtsanwaltskanzlei von internationalem Rang ergattern.

DONNERSTAG, 1.34 UHR. Hervé sitzt an einem Tisch ganz hinten im Restaurant. Er mag diesen Ort, hat lange nach einem solchen gesucht. Hier herrscht eine ganz andere Atmosphäre als in den angesagten Treffpunkten der Nachtschwärmer. Zunächst hatte er im Internet akribisch all die Bars ausfindig gemacht, die länger als bis 2 Uhr morgens geöffnet sind, dann erkundete er sie nachts vor Ort. Der Reihe nach nahm er sie in Augenschein, und diese hier ist die einzige, die ihm zusagt. Schon mit dem Betreten fällt ihm eine Last von den Schultern. Die fahlen Gesichter mit den dunklen Augenringen, vor sich ein Glas Alkohol, sind ihm vertraut geworden, selbst wenn er nie versucht hat, Bekanntschaft mit jemandem zu schließen oder eine Unterhaltung anzustrengen. Seine Fähigkeit in dieser Hinsicht, davon ist er überzeugt, wäre ohnehin unterirdisch. Zwei oder drei der schrägen Vögel, die hier ihre endlosen Reden schwingen, haben ihm jedoch bereits freundliche Blicke zugeworfen. Die Kellner lassen ihn in Ruhe und nehmen sogar Abstand von den üblichen Bemerkungen über den Regen oder die zu schnell vergehende Zeit. Seine Bestellung ist vorhersehbar: das gleiche Gericht und der gleiche Wein, immer das Günstigste. Man bedient ihn höflich, und er bedankt sich leise mit schläfrig-rauer Stimme. Hin und wieder schläft er ein, und niemand wundert sich sonderlich darüber.

In dem künstlichen Licht kommen Hervé die Gesichter sanfter vor. Die Menschen, so denkt er, wirken mitten in der Nacht zerbrechlicher. Und deshalb auch wohlwollender. Die tagsüber offenkundigen Unterschiede verschwimmen hier. Wenn er einsieht, dass es unnütz ist, allein in seiner winzigen Wohnung weiterzukämpfen, lässt er sich von dieser nächtlichen Stimmung umfangen. In der schummrigen Welt hier draußen fühlt er sich akzeptiert. Und so nimmt er die Auswirkungen des Schlafmangels in Kauf: dieses seltsame und gespenstische Aussehen, das ihn in den Augen jener verdächtig macht, die sich fraglos schlafen legen. Verbergen kann er es ohnehin nicht mehr.

Er zieht den Schlafkalender aus seiner Schutzhülle und füllt gewissenhaft die Kästchen des gestrigen Tages aus. Am nächsten Montag findet die dritte Sitzung statt, er hofft, dass er nicht zu viel reden muss. Er würde sich dort beinahe richtig gut aufgehoben fühlen, obwohl er doch eigentlich immer darauf bedacht ist, sich im Hintergrund zu halten. Müsste man bloß nicht immer auf die ein oder andere

Weise über sich reden. Die anderen Teilnehmer beeindrucken ihn, aber in seinem tristen Dasein sind die mit Zahlen gefüllten Tabellen das Einzige, was ihn nicht einschüchtert. Die Agentur. Er sieht auf sein Telefon: keine Nachricht. Einmal ist das vorgekommen. In der Panik einer unmittelbar bevorstehenden Deadline, zu der das Angebot für eine internationale Kampagne eingereicht werden musste, hatte man ihn nach Mitternacht angeschrieben. Aber in dieser Nacht hatte er geschlafen, wie es manchmal – oh, Wunder! – vorkam. Er hatte die Nachricht erst am frühen Morgen gesehen. Und als er mit vor Angst verkrampftem Magen im Büro eintraf, glaubte er zu spüren, wie vorwurfsvolle Blicke anklagend auf ihm ruhten. Immer diese kleinen versteckten Andeutungen, die viel schlimmer als eine klare und unmissverständliche Drohung waren.

In einem Monat findet die Jahreshauptversammlung statt. Besser, er sieht noch einmal nach. Die Geschäftsbilanzen stimmen, aber es muss noch die tabellarische Übersicht erstellt werden, die er zu seinem großen Unglück vor den Führungskräften zu präsentieren hat.

Er denkt an Claire, er kann diese Frau nicht wirklich einschätzen, dabei beeindruckt sie ihn, ohne dass er recht weiß, warum ... Er findet sie hübsch mit ihren großen, dunklen Augen, die sich von ihrer hellen Haut abheben. Überhaupt, ihre ganze Erscheinung. In ihrer Jeans und ihrem Dufflecoat sieht sie beinahe aus wie eine Zwanzigjährige. Aber die Attraktivität der anderen hat er stets nur aus der Ferne im Blick gehabt. Schönheit ist für ihn nicht in Reichweite. Seine Heirat war deshalb fast so etwas wie ein Wunder – oder ein Missverständnis.

Jetzt zieht er ein Heft aus seiner Aktentasche. Er schreibt

ein paar Worte auf. Nicht in Zeilen, sondern in Spalten. Dinge, die er sieht, Dinge, die er hört.

Freitag, 23.30 Uhr. Der Waggon ist leer. Wer mag um diese Zeit auch noch zurück in sein Dorf fahren, das doch schon lange schläft? Hinter N. lässt die beruhigende Wirkung der Stadt nach, das Lichtermeer versinkt in der Weite der dunklen Landschaft. Hoffnungslos, sich auch nur an einem kleinen hellen Punkt festklammern zu können. Ich hasse den letzten Zug, aber noch mehr hasse ich meine Abende in diesem Haus aus Basaltstein am Ausgang eines Dorfs von nicht einmal dreihundert Seelen. Schon am ersten Abend wurde mir zwischen Bergen von Umzugskartons klar, dass dies keine sonderlich gute Idee gewesen war. Es war Pauls Wunsch, und seine Wünsche wurden stets auch zu meinen Wünschen, so sehr beherrschte er die Kunst der Überzeugung. Ich muss zugeben, dass er damals durchaus noch darauf aus war, mir zu gefallen, und sein Charme tat seine Wirkung. Aber an diesem Ort war alles beisammen, um meine Schlaflosigkeit wieder auf den Plan zu rufen, die mir doch seit Beginn unserer Beziehung eine kleine Verschnaufpause gegönnt hatte. Die Stille des Hauses, hier und da unbekannte Geräusche, die Einsamkeit, die undurchdringlich dunklen Nächte, die irrationale Angst vor dem Tod hatten mich erneut fest im Griff, sobald ich mich zu Bett legte. Das Leben auf dem Land brachte tief sitzende, archaische Ängste wieder hervor. Ich hatte das Gefühl, verlassen zu sein, fernab von allem. Drei Jahre wohnen wir jetzt hier.

Drei Jahre, in denen mich jeden Abend die Einsamkeit meiner Kindheit einholt.

Und beinahe genauso lange hadere ich stillschweigend mit meinem Mann, nehme ihm übel, dass er nichts tut, um den Schaden aufzuhalten, den unsere Beziehung allmählich nimmt, dass er ungerührt bleibt, während ich den Boden unter den Füßen verliere.

Hinter der Glasscheibe sehe ich nur den Widerschein meines eigenen Gesichts und denjenigen des todtraurigen Waggons, in dem ich mittlerweile ganz allein sitze. Ich könnte mich gehen lassen und ein wenig schlafen, die Augen schließen, aber eine innere Anspannung hält mich wach, und der Druck in meinem Magen nimmt in dem Maße zu, in dem der Zug tiefer in die dunkle Landschaft eintaucht. Ich bleibe wachsam, lauere auf jede mögliche Gefahr, die entstehen könnte. Heute Abend tritt sie ganz unerwartet in Gestalt eines offenbar angetrunkenen Mannes mit Kapuze ein, der mich mit schleppender Stimme anspricht. Ich springe förmlich auf. Ich hatte ihn nicht kommen sehen.

»He, Madame, durch welchen Bahnhof sind wir gerade gefahren?« Sein übel riechender Atem schwappt mir ins Gesicht. Ich gebe ihm eine kurze Antwort, um bloß nicht einladend zu wirken, und hoffe inständig, dass er weitergehen möge. Eine Hoffnung, die sich nur halb erfüllt. Er nimmt ein paar Reihen von mir entfernt Platz. Wenn man es recht bedenkt, wäre es ihm ein Leichtes, mich anzugreifen, zu vergewaltigen, mir die Kehle durchzuschneiden und mich halb tot liegen zu lassen. Es gäbe keinerlei Zeugen und niemanden, der mir zu Hilfe eilen könnte. Ich würde auf dem dreckigen Boden eines Vorstadtzuges mein Leben aushauchen, während das Land sich zu Bett begibt. Im Augenblick hat er einen Kopfhörer aufgesetzt und schlägt mit seinen Händen den Rhythmus der Musik auf der Sitzbank. Seine Beine zittern vor Nervosität, womöglich Ausdruck von Entzugserscheinungen. Als der Zug sein Tempo verringert und dann stehen bleibt, erwäge ich die Fluchtmöglichkeiten, die sich mir bieten. Der Druck in meinem Magen steigt hoch bis zum Herzen. Auf beiden Seiten ist dichter, finsterer, undurchdringlicher Wald. Ich stoße insgeheim die schlimmsten Flüche aus, ohne dass ein Laut über meine Lippen kommt. Wie kann es denn um diese Zeit, in diesem abgelegenen Winkel zu einer Stockung kommen? Und gleichzeitig nicht einmal einen Zugführer, der eine kurze, beruhigende Durchsage macht, eine Stimme am Mikrofon, die von einer menschlichen Präsenz zeugt. Man könnte glauben, dass auch er das Weite gesucht hat. Der Mann, der inzwischen seine Kapuze zurückgeschoben hat, sieht auf und prostet mir mit seiner Bierdose zu. »Pech gehabt! Scheißzüge! Und dafür müssen wir auch noch zahlen! Dreckskerle, mit denen mach ich kurzen Prozess.« Ich zwinge mich zu einem zaghaften Lächeln, um den plötzlich sehr aufgebrachten Mann nicht zu verärgern. Ich schließe die Augen und versuche, meine Atmung zu kontrollieren. Der nicht enden wollende Stillstand des Zuges setzt mich derart unter Druck, dass ich das Gefühl habe, keine Luft mehr zu bekommen. Der Mann ist nun aufgestanden. Schwankend torkelt er auf mich zu. Ich rechne mir meine Chancen aus, lebend davonzukommen. Ich müsste an ihm vorbei, um den Alarmknopf zu erreichen. Der Typ öffnet den Mund, gewiss mit der Absicht, mich mit einigen Obszönitäten zu bedenken, aber er bringt keinen Ton über die Lippen. Dann gibt er auf. Zu groß ist die Anstrengung, die es kosten würde, oder aber mein Schutzengel war am Werk. Er beschränkt sich auf einen flüchtigen Gruß mit der Hand und zieht in den nächsten Waggon weiter. Er verschwindet in den Windungen des Geisterzuges, der endlich seine Fahrt wieder aufnimmt. Meine Atmung normalisiert sich.

Als ich auf den Bahnsteig hinaustrete, empfinde ich die mir entgegenschlagende Kälte wie eine Ohrfeige und beginne am ganzen Körper zu zittern. Ich gehe schnell, um mich auf diese Weise aufzuwärmen. Auf halber Strecke erlischt die öffentliche Straßenbeleuchtung. Mitternacht. Ich stoße einen Fluch aus, während ich nach der Taschenlampenfunktion meines Handys suche. Die Angst holt mich erneut ein. Was, wenn der Trunkenbold ausgestiegen ist, ohne dass ich es bemerkt habe? Es bleibt das halbe Dorf zu durchqueren, anschließend folgt eine Art Hohlweg, durch dessen dicht gewachsenes Astwerk man kaum noch den Himmel sehen kann. Ich überlege kurz, ob ich Paul aufwecken soll, damit er mich abholt. Nein, er fände mich wieder lächerlich. Ich habe seine Worte schon jetzt im Ohr: Ich bin doch kein kleines Kind mehr. Ich hole tief Luft, setze eiligen Schrittes meinen Weg fort und folge den kleinen, von unbewohnt wirkenden Häusern gesäumten Straßen. Die Angst sitzt mir in den Knochen, als hätte man mich in einer mondlosen Nacht mitten in einem tiefen Wald ausgesetzt.

Das Wohnzimmer liegt im Dunkeln. Schade, ich hätte gern noch ein wenig geredet, bis meine Anspannung sich etwas legt. Wir haben sehr verschiedene Tagesabläufe. Wir sehen uns kaum noch, laufen uns eher einmal über den Weg. Ich trete an den Kamin, der in der Mitte des Raums immer noch seine Wärme abgibt, und strecke meine vor Kälte starren Hände aus, während ich das Glimmen der Asche durch die kleine Glasscheibe beobachte.

Wohlwissend, dass ich nicht werde einschlafen können, entschließe ich mich dennoch, nach oben zu gehen. Als ich an dem Zimmer von Thomas vorbeikomme, betrachte ich einen Augenblick das vollkommen in seine Decke eingerollte Kind. Ich schalte das kleine Nachtlicht an, das Paul vergessen hat anzumachen, und nehme behutsam ungefähr zehn kleine Autos fort, die um den halb unter dem Kopfkissen versteckten Kopf herumstehen. Ich lasse meinen Blick auf dem Kind ruhen, das in seinem tiefen Schlummer einem unergründlichen Geheimnis auf der Spur zu sein scheint, dann gehe ich widerwillig zu unserem Schlafzimmer weiter. Ich würde gern das Licht anmachen, um noch ein wenig zu lesen, aber Paul würde sich darüber ärgern.

Ich stelle die üblichen Einschätzungen für die Nacht an. Es ist 1 Uhr. Wenn ich von 2 Uhr bis 6 Uhr schlafe, werde ich, selbst bei ein paarmal Aufwachen, in der Lage sein, den ganzen Morgen vernünftig zu arbeiten. Wenn ich später einschlafe, wird es schwieriger. Außer, wenn ich mich noch einmal hinlegen kann, nachdem Paul und Thomas aufgebrochen sind. Aber das ist zugleich gefährlich. Der morgendliche Schlaf zermürbt manchmal mehr als eine schlechte Nacht. Allerdings bleibt mir ohnehin keine Wahl, denn mit Sicherheit werde ich einige aufgebrachte Mails vorfinden, die die Abgabe meiner Korrekturen anmahnen. Ich höre Thomas husten. Seine Anfälle treten seit ein paar Tagen regelmäßig auf. Wenn ich morgen früh mit ihm zum Arzt muss, bleibt mir nicht einmal die Chance, ein Nickerchen zu halten. Im Übrigen mache ich mir Sorgen, was diesen Husten angeht. Ich habe irgendwo gelesen, dass die Tuberkulose wieder auf dem Vormarsch ist und die Antibiotika nicht immer ausreichen, um sie zu besiegen. Ich reiße mich zusammen: Wenn ich in dieses Fahrwasser gerate, leide ich spätestens in einer Stunde an Krebs im Endstadium.

2.10 Uhr. An etwas anderes denken. Ich greife nach meinem Handy. Das macht es auch nicht besser. Die Angst wächst mit jeder Mail, die ich öffne. Sie steigt in schwindelnde Höhen, wenn ich das Ausmaß der auf mich wartenden Arbeit abschätze. Im Geiste erstelle ich Listen, über die ich ein wenig Ordnung in mein morgiges Tagwerk zu bringen versuche. Eine Liste für die Arbeit, eine andere für den Haushalt und eine weitere für den Papierkram. Ich bringe die zu erledigenden Aufgaben nach ihrer Priorität in eine Rangfolge. Aber anstatt mich durch diesen Versuch einer Zeitoptimierung erleichtert zu fühlen, entmutigt mich die Länge der Listen einfach nur.

2.30 Uhr. Ich gehe in die Küche hinunter. In ein großes wollenes Schultertuch gehüllt, öffne ich das Fenster zum Garten hin, wo nicht einmal mehr die Umrisse der Beete auszumachen sind. Ich zünde mir eine Zigarette an, nehme ein paar tiefe Züge und frage mich, was ich hier eigentlich noch tue. Vergeblich versuche ich, im Dunkeln etwas zu erkennen, und zögere den Augenblick hinaus, wieder hinaufzugehen und dem lästigen Schnarchen meines Ehemanns zu lauschen. Früher hatten seine regelmäßigen Atemgeräusche eine beruhigende Wirkung auf mich, sie gaben mir gewissermaßen Halt.

Unsere erste Begegnung kommt mir so weit weg vor, beinahe unwirklich. Sie liegt acht Jahre zurück, es war bei einer Abendeinladung, bei der ich nur den Gastgeber kannte und bereits nach einer möglichst glaubhaften Entschuldigung suchte, um mich vor Mitternacht davonzustehlen. Paul hatte mich rasch durchschaut, mein Verhalten amüsierte ihn, und es gelang ihm, mich bis kurz nach Mitternacht dort festzuhalten. Sein etwas onkelhafter und wohlwollender Tonfall übte eine beruhigende Wirkung auf mich aus. Erst als ich ihm meine Telefonnummer gegeben hatte, ließ er mich gehen. Ich brauchte eine Weile, um zu begreifen, dass er tatsächlich etwas von mir wollte. Ich war es nicht gewohnt, dass ein Mann wie er den Kontakt zu mir suchte. Bisher hatten sich eher dubiose Individuen für mich interessiert, deren Hauptinteresse vornehmlich sich selbst galt. War das erste Herzklopfen vorüber, hatten sie in Windeseile vergessen, dass es mich überhaupt gegeben hatte, was mir im Grunde gut in den Kram passte, da ich nie wirklich verliebt gewesen war. Auch bei Paul fiel es mir schwer, mich auf ihn einzulassen, aber er legte eine solche Beharrlichkeit und ein solches Vertrauen an den Tag, dass ich mich schließlich mitreißen ließ. Warum fiel seine Wahl auf mich? Das habe ich nie begriffen. Vielleicht stellte ich eine Art Herausforderung für ihn dar. Es ging darum, den Panzer zu durchbohren, ein widerstrebendes Tier zu zähmen, das eigene Bedürfnis nach Dominanz zu stillen, um sich darüber zu bestätigen. Ich habe ihn meinen Eltern wie eine Trophäe präsentiert und suchte in ihrem Blick endlich nach so etwas wie Anerkennung. Dieser gleichermaßen intellektuell brillante wie äußerlich ansehnliche Mann gab mir das Gefühl, etwas wert zu sein. Ich hatte die Goldmedaille errungen, was sicherlich auf einem Missverständnis beruhte, aber ich musste die Gelegenheit einfach beim Schopf ergreifen.

Am nächsten Tag fühle ich mich vollkommen leer, der während der Nacht ausgefochtene Kampf hat mir erneut jede Lebensenergie geraubt. Kein Hauch von Optimismus, von Hoffnung ist in mir – einfach nur noch der Wunsch, die Vorhänge zu schließen, mich in mein Zimmer zurückzuziehen und aufs Bett zu legen bis zum Abend. Mit Mühe gelingt es mir, die dringendsten Arbeiten zu erledigen, damit man mich in Ruhe lässt. Der Rest muss warten.

3

Montag, 8.10 Uhr. Die große Wanduhr blickt spöttisch auf mich herunter. Ich schaffe es nicht, mich zu den anderen Teilnehmern zu gesellen, ohne dass Hélène meine Verspätung bemerkt. Vorwürfe macht sie mir jedoch keine. Ich tue, was ich kann. Schließlich bin ich nicht für die Verspätung der Züge verantwortlich. Aber insgeheim gebe ich zu, dass ich nur einen Zug früher hätte nehmen müssen. Ich weiß nicht, warum ich hier in die Rolle der notorisch zu spät kommenden Schülerin schlüpfe. Vermutlich habe ich da noch irgendeine Rechnung offen.

Michèle schenkt mir eine Tasse Tee ein, und ich nippe daran, während ich Hélène mit einem Ohr zuhöre. In einem für meine Begriffe etwas feierlichen Ton erklärt sie uns, dass wir hier sind, weil wir in gewisser Weise den harten Kern der Schlaflosen bilden, die scheinbar Unheilbaren, bei denen bisher nichts gewirkt hat außer die Einnahme von Schlafmitteln, aber das ist eine andere Geschichte, fügt sie mit einem eindringlichen Blick Richtung Jacques hinzu. Jedoch kann sich unser Leben dank einer »Schlafkompression« tatsächlich verändern.

Um den Tisch herum herrscht gespannte Stille.

»Ist unser Schlaf nicht zwangsläufig schon ziemlich komprimiert?«, wagt sich Michèle schließlich vor.

»Die Technik der Schlafrestriktion ist gerade deshalb sehr

anerkannt, weil sie zugleich einfach und sehr wirksam ist. Vertrauen Sie mir, schließlich ist das mein Beruf. Haben Sie Ihre Kalender ausgefüllt?«

Hélène seufzt, als sie einen Blick auf die Tabelle von Jacques wirft – ein zerknittertes Blatt Papier voller Ausstreichungen. Dann nimmt sie meine halb ausgefüllte Tabelle in Augenschein.

»Ich habe ein paar Nächte vergessen ...«

Sie sieht mich ernst an, als sei sie aufrichtig bemüht, dies zu verstehen. Sie hat doch bei dem letzten Treffen alles erklärt.

»Darf ich Sie fragen, seit wann Sie unter Schlaflosigkeit leiden?«

An unsere ganze Gruppe gerichtet, führt Hélène dann aus, dass es für unsere Arbeit hier sehr hilfreich sein kann, uns über den Beginn unserer Schlaflosigkeit klar zu werden. Der Anfang meiner schlaflosen Nächte ist mit nichts Großartigem verknüpft, aber ich lege ein Mindestmaß an gutem Willen an den Tag, als ich antworte.

»Es hat in meiner Kindheit begonnen, ich muss fünf Jahre alt gewesen sein, kaum älter, vielleicht sogar etwas jünger. Es kam vor, dass ich mitten in der Nacht aufwachte und, von panischer Angst gepackt, dachte, ich könne allein sein. Ich sprang aus dem Bett, lief alsbald meinem Vater über den Weg und verspürte ungeheure Erleichterung darüber, dass doch jemand im Haus war. Er schlief wohl noch weniger als ich und saß normalerweise mit einem Buch im Wohnzimmer oder in der Küche. Oft hatte er sich einen Tee zubereitet, manchmal trank er auch einen Whisky. Das konnte ich riechen, wenn ich mich ihm näherte, um mich an ihn zu schmiegen. Ich wollte dann immer in seiner Nähe bleiben, aber er schickte mich zurück ins Bett und war zu keinerlei Zugeständnis bereit. Ein Mädchen in meinem Alter war wohl nicht interessant genug, um seine schlaflosen Nächte mit ihm zu teilen.«

»Meine arme Kleine«, äußerte Michèle mitfühlend.

»Das Gute war, dass ich nicht zur Schule musste, wenn meine Mutter der Meinung war, dass ich nicht genug geschlafen hatte. Als ich acht Jahre alt war, hat sie mich dann ins Internat zu den Dominikanerinnen geschickt.«

»Und bei denen ist erst recht Schluss mit lustig!«, gibt Michèle amüsiert zu bedenken, die offenbar mit einigen Nonnen zu tun hatte.

»Sie waren herzlicher als meine Eltern, das kann ich Ihnen versichern. Eine der nachts Aufsicht führenden Nonnen erlaubte mir sogar, bis zum frühen Morgen in den Fluren auf und ab zu gehen, und oft wurde mir von ihr auch eine liebevolle Geste zuteil. Sie legte tatsächlich hin und wieder einen Arm um meine Schulter oder gab mir ein Küsschen auf die Stirn. Das hat mir geholfen, glaube ich.«

»Wie haben Sie es angestellt, dass Sie dem Unterricht folgen konnten?«, wollte Lena fassungslos wissen.

»Ich habe es mit Mühe geschafft, mittlere Leistungen zu erbringen.«

»Ihr Vater litt also ebenfalls an Schlaflosigkeit, das ist interessant.« Nachdenklich nimmt Hélène diese Information auf. »Mit diesen Zusammenhängen beschäftigt sich die Forschung eingehend.«

Als sie erneut zu mir herübersieht, sagt ihr mein abwesender Blick wohl sofort, dass ich nicht mehr bei der Sache, sondern ganz woanders bin.

Ich war nicht die Einzige in diesem großen Haus, die

nicht schlafen konnte, und dennoch hatte ich das Gefühl, auf niemanden zählen zu können. Meine Eltern waren Intellektuelle. Als Theologieprofessoren gaben sie unentwegt Seminare oder hielten Vorträge. Sie hätten kein Kind bekommen sollen. Es ist mir nie gelungen, meinen Platz in ihrem Leben zu finden oder einen solchen gar einzunehmen. Es stellte sich früh das Gefühl bei mir ein, ich sei ihnen lästig. Sie waren sich selbst genug, hatten Besseres zu tun, als ihre intellektuellen Tätigkeiten zu unterbrechen, um sich um mich zu kümmern. Die Gutenachtgeschichte blieb oft auf der Strecke, und das Gutenachtküsschen war immer zu kurz. Zärtlichkeit zählte nicht zum Repertoire ihrer Gefühlsbezeigungen. Die meiste Zeit verbrachte ich die Abende in der Gesellschaft von Babysittern, noch dazu mit oft zweifelhafter Eignung. Ich frage mich, wo meine Eltern diese immer auftrieben. Eine dieser Personen nahm sich eines Abends sogar heraus, irgendwann schlicht und einfach das Weite zu suchen. Als ich wie üblich aufwachte, fand ich niemanden mehr vor. Auf der Kommode in der Diele lag ein Zettel mit ein paar gekritzelten Worten, aber ich konnte ja nicht lesen. Zusammengekauert vor der Tür wartete ich auf meine Eltern, ohne so recht zu wissen, ob sie überhaupt nach Hause kommen würden. Es war ebenso banal wie schrecklich. Man konnte also nachts wach werden und dann bemerken, dass man ganz allein im Haus war. Mit meinem ohnehin schon nicht besonders tiefen Schlaf ging es von diesem Zeitpunkt an steil bergab. Meine Mutter hatte ihre eigene Art, mich zu beruhigen, indem sie mir jeden Morgen aufs Neue ausführte, dass ich mich immer noch reichlich ausruhen könnte, wenn ich tot wäre. Mein kindliches Denken zog daraus wenig beruhigende Schlussfolgerungen.

Die Dinge haben sich dann schnell verkompliziert. Tagsüber traute ich mich in der Schule nicht, auf andere zuzugehen. Ich war davon überzeugt, dass ich nicht liebenswert sei oder dass ein etwaiges Interesse an mir sich rasch als Missverständnis erweisen würde. Also sonderte ich mich lieber ab, um das Risiko solcher Erfahrungen zu minimieren. Nachts war es besser, gar nicht erst zu schlafen, da das Ausruhen etwas mit dem Tod zu tun hatte, wie meine Mutter mir gesagt hatte.

Für meine Eltern bedeutete das Internat die beste Lösung. An dem Tag, an dem ich es vor einigen Jahren endlich gewagt habe, meiner Mutter gegenüber das von mir so tief empfundene Gefühl des Verlassenwerdens zu äußern, ist sie total ausgeflippt. Wie konnte ich so etwas denken? Es war so kränkend! Mein Vater betete mich doch an. Und sie natürlich auch. Und das Internat, das hatten sie schließlich nur gewählt, weil sie mir helfen wollten, bei all den Schwierigkeiten, die ich in der Schule hatte. Dem hatte ich nichts entgegenzusetzen, ich habe mich entschuldigt, vielleicht hatte ich übertrieben. Natürlich beteten meine Eltern mich an.

Ich weiß nie, welchen Erinnerungen ich trauen soll: den Erinnerungen an meine eigenen Empfindungen oder denen an die objektiven Umstände.

Plötzlich fängt ein großes, schon vergilbtes Plakat an der Wand meine Aufmerksamkeit ein. Palmen, blauer Himmel, türkisfarbenes Meer. Die typische Reklame aus den Schaufenstern der Reisebüros, die uns einen keimfreien und maßgeschneiderten Traum verkaufen wollen.

»Hören Sie mir zu«, setzt Hélène erneut an, »ich habe mir Ihre Schlafkalender der ersten Sitzung eingehend angesehen, und ich werde nun einen ersten Versuch starten. Ich werde reihum vorgehen.«

Ihr Ton ist ernst, unsere Gesichter sind angespannt. Jeder von uns sieht sich einer Stunde Schlaf beraubt, bei den besonders Unglücklichen sind es sogar zwei. Und für einen an Schlaflosigkeit leidenden Menschen ist dies eine Auflage, die durch nichts zu rechtfertigen ist. Hélène hat natürlich entschieden, die geschwärzten oder mit einem Kreuz versehenen Kästchen aus unseren Nächten zu streichen. Also letztlich die Kästchen, während deren wir schlafen.

Lena wird als Erste mit dieser neuen Behandlung konfrontiert. Es wird ihr auferlegt, auf ihre erste Stunde Schlaf zu verzichten. Statt um 23 Uhr friedlich einzuschlafen – denn sie ist glücklicherweise dazu in der Lage –, wird sie bis Mitternacht ausharren müssen. Empört setzt sie an: »Aber, Madame ...«

»Durch diese Vorgehensweise soll Ihr Aufwachen verschoben werden.«

»Aber ...«

»Ihre persönlichen Fragen gehen wir am Ende der Sitzung durch, Lena.«

Die Ärmste verzieht das Gesicht auf ihrem Stuhl. Ein kindlich wütender Schmollmund verhärtet ihre Züge.

Michèle ergeht es nicht besser. Schluss mit den beiden Stunden frühmorgens, die ihr bisher Erholung verschafften.

»Logisch betrachtet«, erklärt Hélène, »sollten Sie unverzüglich um einiges früher zu Bett gehen.«

Auch jetzt würdevoll, nickt Michèle zustimmend und scheint diese Strafe nicht als Beleidigung zu empfinden. Ich bin diejenige, die nicht an sich halten kann und mit lauter Stimme diese Methode als barbarisch bezeichnet.

»Ich verstehe Ihre Vorbehalte, aber es geht darum, die Schlafzyklen zu verschieben, um nachts besser zu schlafen und am Tag nicht zu schlafen. Indem wir Ihre Schlafzeit reduzieren, wird der Schlaf selbst von besserer Qualität sein. Es geht nicht um eine Bestrafung. Sie sind hier, um wieder schlafen zu lernen.«

»Machen Sie sich keine Sorgen, Claire. Ich wusste, was auf mich zukommt«, versucht Michèle, mich zu beschwichtigen.

»Meine Mutter hat mir nichts über den Kurs gesagt, jetzt weiß ich auch, warum«, mault Lena.

»Sie hat Sie ohne Ihre Einwilligung angemeldet?«

»Irgendwie schon. Ich bin einmal im Unterricht zusammengeklappt. Dem Arzt hat sie daraufhin erklärt, dass ich nicht genug schlafe. Er hat ihr die Formulare für das hier mitgegeben. Und Franck hat ihr geholfen, alles auszufüllen.«

»Jetzt sind Sie da, also setzen wir auch alles daran, unser Ziel zu erreichen«, erwidert Hélène, ohne wissen zu wollen, wer eigentlich Franck ist und welche Rolle er in dieser Konstellation spielt.

Nun knöpft sie sich meinen Fall vor, und der Blick in meinen Schlafkalender bewegt sie dazu, die sanftestmögliche Schlafkompression zu verhängen. Aber dennoch. Das Ergebnis lautet am Ende, dass ich mich unter keinem Vorwand vor 1 Uhr morgens ins Bett legen darf und dass ich mit den ersten Sonnenstrahlen aufstehen soll, selbst wenn es dann erst 5 Uhr ist. Was hält mich hier eigentlich noch? Das Gefühl, ein Feigling zu sein, wenn ich aufhöre, bevor ich überhaupt begonnen habe? Außerdem muss ich trotz meiner Vorbehalte hierherzukommen zugeben, dass mich diese vier mit mir um den Tisch herumsitzenden Personen beschäftigen.

Ich kenne sie kaum, und nur das Leiden der Schlaflosigkeit hat sie zusammengeführt und dazu veranlasst, Bruchstücke aus ihrem Leben preiszugeben. Und ja, es rührt mich an, sie hier zu sehen und eine Schwäche an ihnen wahrzunehmen, die mir vertraut ist. Selbst Jacques muss hinter seinem Imponiergehabe irgendwelche Schwächen verstecken. Ich würde gern wissen, wie Lenas Mutter ist, die ihre Tochter so übertrieben geschminkt aus dem Haus gehen lässt, dazu in Klamotten, die aufreizender nicht sein können, sie aber gleichzeitig bei diesen Sitzungen hier anmeldet. Und ich würde gern wissen, wie es kommt, dass ein Mann im Alter von Hervé es so unglaublich an Präsenz fehlen lassen kann und dermaßen konfus wirkt. Welche Geschichte verbirgt sich hinter seinen angstverzerrten Gesichtszügen, die nur hin und wieder von kindlichen Regungen aufgehellt werden? Was macht er während seiner schlaflosen Stunden? Ich fange an, mich aufrichtig für meine Leidensgenossen zu interessieren. Und im Grunde habe ich ja auch gar nichts zu verlieren, wenn ich meine Schlaflosigkeit mit ihnen teile.

Hélène nimmt sich nun Hervé vor.

»Sie halten also jeden Tag ein Mittagsschläfchen?«

»Das gesteht man mir am Arbeitsplatz zu. Man hat dort Verständnis.«

»Ganz schön nett, Ihre Kollegen!«, staunt Lena. »Aber wo schlafen Sie denn dort?«

»In einem sogenannten Ruheraum. Nach dem Mittagessen kommt niemand außer mir dort hinein.«

»Ich wusste nicht, dass man während der Arbeitszeit überhaupt schlafen darf …«

»In der Werbebranche geht es ein wenig anders zu. Ich bin Buchhalter in einer Werbeagentur.«

Lena ist ganz verzückt und legt mit einem Mal ein ungeahntes Interesse Hervé gegenüber an den Tag.

»Was muss man denn für eine Ausbildung haben, um da zu arbeiten?«

»Lena, behalten Sie bitte Ihren Schulabschluss im Auge, ich wollte Ihnen lediglich erklären, dass ...«

Hélène unterbricht ihn und rät ihm, den Mittagsschlaf aufzugeben und außerdem auch noch eine Stunde später zu Bett zu gehen.

Niemals zuvor hat Hervé in diesen Sitzungen so viele Worte hintereinander hervorgebracht. Selbst wenn er dabei unentwegt die Hände ineinanderkrampft, sehe ich Anzeichen dafür, dass er sich hier ganz allmählich entspannt.

»Jacques, jetzt sind Sie an der Reihe. Jacques?«

Jacques ist erneut auf seinem Stuhl in einen Dämmerschlaf gesunken. Seine Augen sind halb geschlossen.

»Jacques, Sie müssen unbedingt mit den Schlafmitteln aufhören. Sie können sich ja gar nicht mehr aufrecht halten.«

»Um diese Zeit schlafe ich normalerweise auch noch. Ich bin erst ab Mittag auf Betriebstemperatur. Vorher nicht.«

»Haben Sie denn morgens keine Patienten?«

»Nein, und das ist auch besser für sie.«

»Sind Sie Arzt?«, fragt Michèle höflich nach. »Das war mein Mann auch.«

»Psychiater«, präzisiert Jacques mit einem Seufzer, als würde ihn jedes einzelne Wort ungeheure Anstrengung kosten.

Lena prustet auf ihrem Stuhl los. Mich überrascht sein Beruf nicht. Ich hätte das schnell erraten. Er gleicht den Psychiatern im Fernsehen, die ihre fachmännische Einschätzung zu Serienmördern oder anderen Psychopathen abgeben. Es zählt vermutlich nicht zu seinen üblichen Beschäftigungen, an Therapiesitzungen gegen die eigene Schlaflosigkeit teilzunehmen.

Hélène nimmt seine Tabelle in Augenschein und beginnt, das Grundschema seiner Nächte zu entziffern. Systematisch geht er um 22 Uhr zu Bett. Bis Mitternacht verbringt er die Zeit im Halbschlaf. Von Mitternacht bis 4 Uhr, manchmal sogar 5 Uhr morgens, ist er bis auf ein paar Halbschlafphasen wach. Die Stunden von 5 Uhr morgens bis 11 Uhr verbringt er im Tiefschlaf. Das Urteil ist harsch. Es kommt nicht mehr infrage, dass er den ganzen Morgen im Bett bleibt. Ich stelle mir vor, wie er sich, schwergewichtig wie er ist, stundenlang herumwälzt und all seine Kräfte zusammennehmen muss, um sich irgendwann dann doch mit ungeheurer Anstrengung aus dem Bett zu hieven und ins Badezimmer zu schleppen.

Jacques wendet sich Hélène zu. Ich vermute, dass er sich sein Verhalten nicht so einfach von ihr vorschreiben lassen wird.

»Hélène, die Schlafmittel beginnen etwa um 5 Uhr morgens zu wirken, und da wollen Sie, dass ich in aller Frühe aufstehe? Ich schlafe seit einem Jahr nicht mehr richtig und stopfe mich mit Medikamenten voll. Da werde ich nicht mithilfe eines sogenannten Schlafkalenders, dessen Wirksamkeit mir, wie ich zugeben muss, nicht ganz einleuchtet, von heute auf morgen frisch und erholt in aller Herrgottsfrühe aufstehen. Ich will wirklich nicht widerspenstig sein, und ich bin auch bereit, mich anzustrengen, aber es gibt Grenzen.«

»Sehr gut. Dann gehen wir Schritt für Schritt vor«, erwidert Hélène, die nicht im Geringsten eingeschüchtert ist durch die fraglose Autorität des Psychiaters. »Fangen Sie damit an, dass Sie um Mitternacht zu Bett gehen und nicht um 22 Uhr. Alles Weitere besprechen wir dann beim nächsten Mal.«

Dann wendet sie sich auf der Stelle dem Whiteboard zu und schreibt dort die Grundregeln ihrer großartigen Methode auf. Kein Fernsehen, weder abends noch nachts. Kein Computerbildschirm, und vor allem kein Handy – mindestens zwei Stunden vor dem Zubettgehen. Wegen des Blaulichts. Kein Betreten des Schlafzimmers vor dem Zeitpunkt des Zubettgehens. Vorzugsweise weder Alkohol noch Zigaretten oder Ähnliches.

»Mein Bett steht in meinem Wohnzimmer.«

Hélène dreht sich erstaunt um. Die Worte kommen von Hervé, der immer mehr Zutrauen fasst.

»Haben Sie ein Sofa?«

»Ja.«

»In diesem Fall lesen Sie auf Ihrem Sofa oder hören Radio.«

»Es geht darum, dass Sie Ihr Bett einzig und allein zum Schlafen nutzen«, erklärt ihm Michèle.

»Bei mir steht der Fernseher im Schlafzimmer«, trumpft Lena jetzt auf.

»Stellen Sie ihn doch in die Küche«, schlägt erneut Michèle vor.

»Ich bin sicher, dass es Ihnen allen gelingen wird, die wenigen Vorkehrungen zu treffen, die erforderlich sind«, beendet Hélène das Thema. »Ich möchte Sie aber noch vorwarnen, dass diese Technik während der ersten Wochen tagsüber zu einer vermehrten Schläfrigkeit führen kann. Deshalb lege ich Ihnen nahe, heikle oder eintönige Tätigkeiten wie beispielsweise längeres Autofahren oder Ähnliches zu vermeiden …«

Um den Tisch herum sagt niemand mehr ein Wort. Lediglich das Klappern der kleinen Löffel in den Tassen ist in der angsterfüllten Stille zu hören.

Angesichts unserer perplexen Mienen wird Hélènes Stimme sanfter.

»Nicht dass Sie meinen, ich nehme Ihr Erstaunen nicht wahr. An Schlaflosigkeit leidende Menschen sind im Allgemeinen davon besessen, Tag für Tag aufs Neue den versäumten Schlaf nachholen zu wollen. Ein Nickerchen machen, früh zu Bett gehen, morgens nicht aufstehen. Sie wollen alles tun, was eine Linderung ihres Leidens verheißt. Dabei muss genau das vermieden werden. Bei einem gesunden Menschen ist ein kleines Nickerchen durchaus empfehlenswert, aber bei einem an Schlaflosigkeit leidenden Menschen wird diese Ruhephase seinen ohnehin schon anfälligen Nachtschlaf verschlechtern. Genau das findet beim Prinzip der Schlafkompression Berücksichtigung. Sie schlafen weniger, um letztlich besser zu schlafen. So, die Stunde ist um.«

Alle bleiben sitzen.

»Michèle, wenn Sie wieder Tee mitbringen, könnte ich für das nächste Mal einen Kuchen backen. Ich habe die Rezepte von meinem Vater.«

»Das ist sehr nett von Ihnen, Lena. Sie sind der frische Wind in unseren Sitzungen. Und Sie werden hoffentlich auch selbst davon essen! Sie müssen etwas aufgepäppelt werden!«

Lena lächelt glücklich, noch nie in ihrem Leben hat sie jemand mit dem Wind verglichen.

Hélène steht bereits an der Tür und legt erste Anzeichen von Ungeduld an den Tag.

»Ich muss Sie unterbrechen. Die Sitzung ist beendet. Bedenken Sie aber bitte: Um wirklich etwas zu erreichen, müssen Sie peinlich genau die Uhrzeit für das Aufstehen und das Zubettgehen einhalten, wie wir es zu Beginn der Sitzung festgelegt haben. Ihre Ausdauer ist von allergrößter Bedeutung. Das nächste Treffen findet in einem Monat statt. Geben wir der Methode Zeit, ihre Wirkung zu entfalten!«

Ihre Ermahnungen und Empfehlungen gehen in der allgemeinen Unruhe des Aufbruchs unter.

Hervé und Lena sind bereits auf dem Flur, Jacques steht auf, lässt sich aber sogleich wieder auf dem alten Sessel nieder. Während ich meinen Mantel anziehe, packt Michèle ihr Geschirr in den Korb und wendet sich dann dem bereits wieder in seinem Sessel vor sich hin dämmernden Jacques zu.

»Lassen wir ihn schlafen?«

»Ja, zum Aufzug schafft er es jetzt ohnehin nicht mit uns.«

»Oh, er ist netter, als er aussieht.«

Bevor wir den Raum verlassen, schaltet sie noch das Licht aus. Im trüben Licht des noch verhangenen Morgens wirkt Jacques wie ein massiges Etwas, das man dort vergessen hat. Michèle fasst mich am Arm, und wir gehen wortlos Richtung Ausgang.

MONTAG, 23.50 UHR. Jacques geht zu Bett, nachdem er einen Kirschsaft getrunken hat. Das ist sein neues Ritual, nachdem er eine Studie gelesen hat, die diesem Saft einen möglicherweise positiven Einfluss auf den Schlaf nachsagt.

Er hört das Telefon klingeln. Die Versuchung packt ihn, das Gespräch anzunehmen. Da er jetzt erst um Mitternacht schlafen gehen darf, kann er die Zeit schließlich auch nutzen. Langsam geht er zu seinem Schreibtisch hinüber. Aber die Klingeltöne hören auf, als er mitten im Wohnzimmer steht. Vermutlich besser so, denkt er und macht kehrt.

Er hätte das verfluchte Telefon abstellen können. Catherine hatte ihn förmlich angefleht, dies zu tun, als sie sah, welch unheilvolle Wirkung diese Anrufe auf die Nachtruhe und die Stimmung ihres Mannes ausübten. Wenn er die Gespräche nicht annehmen wollte, sollte er das Telefon doch auch abstellen! Das lehnte er jedoch kategorisch ab. Da hatte sie wohl begriffen, dass etwas nicht ganz stimmte mit diesem Mann. Jacques hatte ihr nicht zu erklären versucht, dass er sich irgendwann an dieses kleine Ritual gewöhnt hatte. Es gelang ihm sogar einzuschlafen, wohlwissend, dass ihn das Klingeln des Telefons wieder aufwecken würde. Es war gewissermaßen eine Verabredung, die er nicht verpassen durfte. Eine ehemalige Patientin rief sich bei ihm in Erinnerung, nahm Bezug auf die Katastrophe, die bereits über ein Jahr zurücklag. Nicht zufällig geschah das um Mitternacht. Er hatte ihr einmal während einer Sitzung in einem schwachen Moment seine eigenen Schlafprobleme gestanden. Sie hatte ihm sogar ein kleines Fläschchen mit ätherischem Öl mitgebracht. Mitternacht, das war für viele ein symbolischer Zeitpunkt. Die schicksalhafte Stunde, deren Überschreiten damit einherging, überhaupt nicht mehr einzuschlafen.

2.30 Uhr. Er widersteht der Versuchung, sich irgendeinem Bildschirm zuzuwenden, nimmt eine halbe Schlaftablette und dazu ein Viertel Lexomil, in der Hoffnung, dass ihn dieses ein wenig beruhigen möge.

4 Uhr. Zum zehnten Mal in dieser Nacht schaltet er seine Nachttischlampe ein. Diesmal macht er allerdings in seiner Zwanghaftigkeit und Verzweiflung eine ruckartige und ungeschickte Bewegung – Ergebnis: Die Lampe landet auf dem Boden und zersplittert. Umso besser. Er kann nicht umhin, darin ein Zeichen zu sehen. Diese Lampe ist der einzige Gegenstand, den er und seine Frau ganz zu Anfang ihrer Partnerschaft gemeinsam gekauft haben. Er erinnert sich noch sehr gut daran. In dem edlen Geschäft mit lauter Designerstücken hatte er sich höchst unwohl gefühlt. Wenn er heute am Schaufenster eines teuren Möbelgeschäfts vorbeikommt und die Paare beobachtet, die um ein Sofa herumschlendern, mit der Hand darüberstreichen, probehalber darauf Platz nehmen und das Polster abtasten, wird ihm beinahe übel. Für ihn liegt in diesen Gesten etwas so Festgefahrenes, etwas so freudlos Banales. Das stereotype Abbild eines gutsituierten Paares. Wie kann man nur zwei Stunden darüber diskutieren, welches Sofa es sein soll, anschließend nach Hause gehen, beim Abendessen weiter darüber reden, um dann endgültig zu beschließen, es am nächsten Tag zu kaufen – und das alles mit der Überzeugung und Gewissheit, etwas Bedeutsames vollbracht zu haben? Er schätzt schöne Gegenstände und Komfort durchaus, das leugnet er nicht, die Anschaffung derselben hingegen ist ihm zuwider.

Zu Hause wurde die erstandene Lampe sogleich wie eine Trophäe auf einem der wenigen Möbelstücke platziert, die sie damals besaßen, und Jacques nahm seiner Frau noch am gleichen Abend das Versprechen ab, ihn nie wieder an einer solchen Aktion zu beteiligen. Er hatte Vertrauen in ihren

Geschmack, sie konnte die Wohnung nach ihren Vorstellungen einrichten, solange dies nicht zum finanziellen Ruin führte. Das hatte sie dann auch mit viel Umsicht und erlesenem Geschmack getan. Anfangs hatte sie sich bei Trödelhändlern umgeschaut, später, als die Einkünfte von Jacques üppiger waren, suchte sie exquisite Antiquitätenhändler auf. Jacques war zwar nicht in diese Aktivitäten eingebunden, aber er war sehr stolz auf diese Wohnung, die ein Hort des guten Geschmacks, der Eleganz und des Wohlbefindens wurde. Das perfekte Abbild ihrer Ehe. Bis zu den letzten Monaten.

Er weiß nicht einmal mehr, wann Catherine nach Hause kommt. Vielleicht morgen, möglicherweise aber auch erst nächste Woche. Zwischen zwei Reisen, zwischen zwei Fortbildungen taucht sie rasch hier auf. Er ist sich tatsächlich nicht sicher, ob ihr auffallen wird, dass die symbolträchtige Lampe nun fehlt. Vermutlich hätte er vermeiden können, dass es so weit kommt, hätte ihr mehr Beachtung schenken sollen, ihr mehr zuhören sollen, anstatt sich in die Arbeit zu stürzen und in dem Ruhm und dem Ansehen zu sonnen, die sie ihm einbrachte. Dachte er nun darüber nach, so musste er zugeben, dass er sich selbst zur zentralen Figur ihres gemeinsamen Lebens gemacht hatte. Es ging stets um seine Bücher, seine Konferenzen, seine Patienten, und er hatte ein wenig spät bemerkt, dass seine Frau entschieden hatte, sich nicht mehr so sehr auf ihn einzulassen, wie sie es zu Beginn, während der ersten Jahre, getan hatte. Im Grunde hatte er niemals in Betracht gezogen, dass sie seiner überdrüssig werden könnte. Als ihre Jüngste vor zwei Jahren aus dem Haus ging, um in einer anderen Stadt zu studieren, hatte seine Frau beschlossen, sich eine erquicklichere

Beschäftigung zu suchen, als lediglich der Schatten ihres Ehemanns zu sein. Und so verbrachte er heute die meisten seiner Nächte allein in dem King-Size-Bett.

Sein erster Patient kommt um die Mittagszeit. Er hat den Beginn seiner Sprechzeiten mehrfach auf einen späteren Zeitpunkt verschoben und beglückwünscht sich zu der bereits ein paar Jahre zurückliegenden Idee, die Praxis in seine riesige Wohnung zu verlegen. Anfangs war es ihm lediglich darum gegangen, seine Zeit optimal auszunutzen, aber heute bedeutet es eine echte Erleichterung, seinen Schlafproblemen in den Morgenstunden etwas Zeit einzuräumen.

Er hadert bei dem Gedanken an die nächste schlaftherapeutische Sitzung. In einem schwachen Augenblick hatte er das Anmeldeformular angenommen, das ihm einer seiner wenigen Freunde gegeben hatte, als er sich wieder einmal über seine schlaflosen Nächte beklagt hatte. Und doch hatte er es freiwillig ausgefüllt. Was hatte er denn eigentlich erwartet? Einen philosophischen Austausch mit hochrangigen Spezialisten, statt jetzt mit diesen verpeilten Leuten zusammenzusitzen? Die Kleine hatte ganz zu Recht gekichert. Und dabei wusste sie mit Sicherheit nichts von seiner Bekanntheit, seinen zahlreichen Veröffentlichungen und den vielen Patienten, die er ablehnte. Sogar berühmte Leute waren darunter. War er heute tatsächlich so einsam, dass er an diesen Gruppensitzungen teilnehmen musste?

Die Patientin vom Telefon drängte sich erneut in seine Gedanken. Er war es eigentlich gewohnt, hin und wieder eine Niederlage einzustecken, und konnte damit umgehen. Dank der Erfolge mit seinen anderen Therapien, dank vieler geheilter Patienten und dank der Herausgabe neuer Bücher war das rasch vergessen. Aber diesmal, bei dieser Frau, war gehörig Sand ins Getriebe gekommen. Eine Leere, die lange im Verborgenen geschlummert hatte, war zum Vorschein gekommen, machte sich breit und mündete in einsame Nächte, die immer unerträglicher geworden sind. Er gibt zu, dass seine Frau recht hatte: Die Schlaflosigkeit musste schon seit ungeahnten Zeiten tief in seinem Innern gelauert haben.

5.10 Uhr. Mit übermenschlicher Anstrengung schafft er es aufzustehen. Der einzige Weg, die Gedankenflut einzudämmen, die sich in seinen wirren Geist ergießt. Er wird sich mit einem *Gute-Nacht-Tee* in einen Wohnzimmersessel setzen und auf die ersten Anzeichen des Erwachens in den umliegenden Wohnungen warten. Wassergeräusche in den Leitungen, hier und da eine zufallende Tür, Schritte im Treppenhaus. All die Hinweise auf das Ende seines heutigen Martyriums. Und um ein reines Gewissen zu haben, legt er sich nicht wie gewöhnlich wieder ins Bett, sondern wankt, sich an allen erdenklichen Möbelstücken auf dem Weg dorthin stoßend, Richtung Badezimmer.

Dienstag, 0.45 Uhr. Michèle liegt in ihrem Bett und starrt an die Decke. Nachdem sie zwei Stunden im Wohnzimmer gelesen hat, ist sie folgsam zu Bett gegangen – eher aus Pflichtbewusstsein denn aus Müdigkeit. Ihr Mann schläft bereits mit seinen Qi-Gong-Kugeln, und nichts kann ihn aufwecken. Sie hat ihm das Blatt gezeigt, auf dem sie ihre neuen Schlafstunden notiert hat. Er wirkte erleichtert darüber, dass sie die Ratschläge beherzigt hat. Es sind bereits zwei Wochen seit der letzten Sitzung vergangen, und sie hat die Kirche noch nicht wieder aufgesucht, wo sie dieses allnächtliche Ritual doch seit Jahren nicht ein einziges Mal ausgelassen hatte. Hat sie vielleicht den ersten Schritt auf dem Weg zu einer Heilung getan? Allerdings hat Michèle ihrem Mann auch gesagt, dass sie nicht besser schläft. Er versucht, so überzeugend wie nur möglich zu wirken, wenn er antwortet, dass das noch kommen wird, dass es Geduld brauchen wird. Wichtig ist, dass du zu Hause bleibst.

1.30 Uhr. Mit ungehinderter Wucht tritt ihr die lange zurückliegende Zeit vor Augen, in der sie die Nächte hier in ihrem Schlafzimmer verbrachte, bis sie in der kleinen Kirche ein Ventil für ihre Schlaflosigkeit fand. Ein Reigen wechselnder Schlafpositionen beginnt. Es ist kein Leichtes, nach der besten Haltung zu suchen. Ihre Gelenke schmerzen. Um ruhiger zu werden, listet Michèle in Gedanken alle Orte auf, an denen sie sich wohlgefühlt hat. Eine kleine, einsam gelegene Kapelle auf dem Land, die sie gern mit ihrem Mann aufsucht. Das Wohnzimmer in ihrem Elternhaus, ihre Studentenbude, in der sie bis spätabends lernte. Aber trotz aller Anstrengungen taucht unentwegt das Bild der drei erloschenen Kerzen vor ihren Augen auf. Laut und deutlich spricht sie den Namen ihres Mannes aus. Keine Antwort. Sie muss dorthin.

2.20 Uhr. Ohne den Mantel abgelegt zu haben, greift sie sich einen Stapel von Aushangzetteln, die auf dem Schreibtisch des Pfarrers bereitliegen. Aus einer Schublade nimmt sie Klebestreifen und beginnt, die Zettel an die Innenseiten der Türen zu heften. Als sie die Kerzen angezündet hat, umfängt sie eine tiefe Erleichterung. Beinahe wie eine Erlösung. Sie setzt ihre Plakatiertätigkeit fort, endlich befreit von der Anspannung, die sie gequält hat.

Nein, Paula, ich bin nicht für immer weggegangen. Antoine? Was für eine Vorstellung! Die Sonne wird uns nicht alle verbrennen, wie du behauptest. Was hast du denn da wieder im Fernsehen angesehen? Ich werde noch ein Wörtchen mit deinem Bruder reden. Er wollte dir nur Angst einjagen, nichts weiter. Die Sonne bleibt genauso an ihrem Platz wie die Erde. Und ich werde jeden Abend wiederkommen, weil ich nicht ohne euch sein kann. Ihr bringt Licht in meine ruhelosen Nächte. Alles wird gut. Für immer und ewig. Ihr und ich, wir bleiben zusammen.

🐑 🐑 🐑

MITTWOCH, 4.30 UHR. Lena schminkt sich im Badezimmer. Der neue Zeitplan verlangt ihr mehr Aufwand ab, um die Augenringe zu kaschieren, die ihr Gesicht zunehmend entstellen. Vier Stunden Schlaf jetzt nur noch, und trotzdem wacht sie immer um die gleiche Uhrzeit auf. *Schlafkompression, so ein Scheiß, aber ehrlich.*

Ihre Mutter erscheint im Morgenmantel in der Tür.

»Hör auf, so zu fluchen. Und was die Schminke betrifft, du siehst aus wie eine Geisha.«

»Eine was?«

»Soll ich dir einen Kaffee machen?«

»Ich trinke einen bei Franck.«

»Trink wenigstens noch eine heiße Milch, es ist kalt draußen.«

»Lass mich in Ruhe, ich muss mich konzentrieren.«

Zehn Minuten später setzt sich Lena mit kohlschwarzen Augen und blutroten Lippen an den Formica-Tisch in der

Küche und beobachtet ihre Mutter beim Herumhantieren. Sie ist um zehn Jahre gealtert, seit Lenas Vater fort ist. Früher genierte sie sich nicht, auch im Geschäft vor den Kunden in reichlich unangemessener Kleidung aufzutauchen. Ihren Vater hatte das rasend gemacht. Jetzt hing sie in unförmigen Klamotten herum und ließ sich vollkommen gehen.

Die Katze springt auf ihre Knie und will sich dort einkuscheln, aber Lena entledigt sich ihrer durch eine heftige Bewegung des Oberschenkels. Die Katze landet auf dem Boden.

»Ich verabscheue dieses Tier.«

»Warum schläfst du nicht, Lena? Klappt es nicht mit diesen Sitzungen?«

»Fehlt dir nicht der Geruch der Croissants, der jeden Morgen bis in die Wohnung hinaufstieg?«

»Sprich nicht von ihm, mein Mädchen.«

»Ich spreche nicht von ihm, sondern von den Croissants.«

»Und was ist mit der Schule? Schaffst du sie? Du weißt ja, dass ich das nächste Jahr nicht mehr bezahlen kann. Es ist dein letztes Jahr, du musst es schaffen, sonst ... Und du solltest essen, der Arzt hat gesagt ...«

»Ich weiß, das brauchst du mir nicht noch einmal zu sagen. Ich muss los, Mama. Ich muss die Dekoration anbringen.«

»Welche Dekoration?«

»Wir haben bald Weihnachten. Weißt du, was das ist, Weihnachten?«

François taucht auf einem Bein hüpfend in der Küche auf. Seit ein paar Tagen hat er sich diese Gangart angewöhnt.

»Hör auf, François, das nervt. Geh wieder ins Bett, es ist noch zu früh für das Frühstück.«

Der Kleine trinkt ein Glas Wasser, dreht sich dann um und tritt, immer noch auf einem Bein hüpfend, den Rückweg an.

»Hat er ein Problem?«, fragt Lena und wendet sich ihrer Mutter zu. »Mit sieben Jahren macht man so etwas doch nicht, oder?«

Aber ihre Mutter hört ihr nicht mehr zu. Gereizt stößt Lena ihren Stuhl zurück und steht auf. Sie hat die Haustür bereits geöffnet, ihren Rucksack über die Schulter geworfen, als ihre immerwährenden Gewissensbisse sie innehalten lassen. Sie wendet sich zu der kleinen, von der Glühbirne der Dunstabzugshaube spärlich beleuchteten Küche um. Ihre Mutter sitzt immer noch dort mit der Tasse in der Hand und dem ausdruckslosen Gesicht, das jenen Medikamenten geschuldet ist, die ihr doch eigentlich gerade wieder zu mehr Lebensfreude verhelfen sollten. Ihr alter, abgewetzter rosafarbener Morgenmantel ist ihr viel zu eng geworden. Wenn ihre Brüste noch Milch hätten, könnte sie alle Neugeborenen der Stadt stillen. Ihr langes dunkles Haar hingegen ist erstaunlicherweise von diesem Verfall verschont geblieben. Lena hätte gern eine ebenso dichte und schwere Pracht. Sie geht noch einmal zurück und drückt ihrer Mutter einen Kuss auf die runden, weichen Backen. Diese hält sie am Arm fest.

»Als du gerade einmal ein paar Tage alt warst, ging er mit dir nach unten in die Backstube, damit ich schlafen konnte.«

»Das hast du mir schon hundertmal erzählt. Und ich war so dick, weil ich zwischen all diesem Gebäck aufgewachsen bin und deine Milch eigentlich gar nicht mehr brauchte!«

»Zieh dich wärmer an, mein Schatz.«

Bevor sie aufbricht, geht Lena in den dunklen und staubigen Keller hinunter. Sie hasst diesen Ort. Zum Glück hat ihre Mutter ihn gründlich aufgeräumt, und Lena hat kein Problem, das zu finden, was sie sucht. Draußen schlägt ihr eine beißende Kälte ins Gesicht. Da sie den großen Karton vor sich herträgt, kann sie ihre bloßen Hände nicht schützen. Die Worte ihrer Mutter haben ihr zugesetzt. Ja, sie weiß, was sie erwartet, wenn sie das letzte Jahr auf der Schule nicht schafft. Sie dürfte es nicht noch einmal wiederholen, und ihr weiterer Berufsweg stünde von vornherein fest. Kassiererin oder Haushaltshilfe stünden zur Auswahl, genau wie bei ihrer Mutter. Und das, wo es ihr Traum ist, als Sekretärin in einem angesehenen Büro zu arbeiten, Assistentin eines Geschäftsführers zu sein. Aus und vorbei. Sogar eine Beschäftigung im Ausland hatte sie sich vorgestellt, ganz oben in einem riesigen Wolkenkratzer. Sie würde elegante Kostüme tragen wie die Frauen in diesen amerikanischen Serien. Ihre Hände sind mittlerweile eiskalt, und sie beschleunigt ihre Schritte, um das Café schnellstmöglich zu erreichen, das, oh, Wunder, bereits geöffnet ist.

»Bist du jetzt unter die Fleißigen gegangen?«

»Ich habe hier geschlafen. Wir sind hier versackt, nachdem wir geschlossen hatten.«

Lena begrüßt ihn mit den üblichen Küsschen, allerdings nur mit gespitzten Lippen. Er riecht nach Alkohol und ungewaschenem Mann, es ekelt sie.

»Machst du mir einen doppelten Kaffee?«

»Was ist denn mit diesen Sitzungen? Besser aussehen tust du nämlich nicht gerade.«

»Hör mir auf mit diesen Sitzungen. Wir sind gerade in der Probephase einer bestimmten Methode. Aber das ist zu komplex für dich. Ist Amar nicht da? Ich habe ihn schon drei Tage nicht mehr gesehen.«

»Ist aufs Land gefahren. Seine Tochter besuchen.«

»Ich werde auch noch aufs Land fahren, pass bloß auf«, murmelt Lena vor sich hin.

DONNERSTAG, 22.30 UHR. Hervé döst auf dem Sofa vor sich hin. Im Radio läuft eine einschläfernd langweilige Sendung. Seit er nicht mehr fernsehen darf, begnügt er sich mit monotonen Stimmen auf Kultursendern. Heute Abend wird ein zeitgenössisches Theaterstück deklamiert. Er würde gern auf der Stelle ins Bett gehen, denn er fühlt sich sehr erschöpft, aber Hélène hat gesagt, nicht vor Mitternacht. Und Hervé hat sich noch nie einer Anordnung widersetzt. Er legt die Hand auf sein Herz. Die Schläge sind gleichmäßig. Seit Wochen unterwirft er sich jetzt schon diesem neuen Rhythmus. Bei der Arbeit hat man ihm bereits empfohlen, seine kleinen Ruhepausen wiederaufzunehmen. Sein unentwegtes Gähnen, das er doch so gut wie möglich unterdrückt, ist nicht unbemerkt geblieben. Die Jahreshauptversammlung rückt unaufhaltsam näher. Er denkt an nichts anderes mehr. In dem großen Sitzungsraum mit den riesigen Fensterfronten wird er vor der ganzen Führungsmannschaft stehen. Es ist der gefürchtetste Augenblick des ganzen Jahres. Eine Woche vorher beginnt er, die doppelte Dosis Lexomil zu schlucken. Sie können noch so freundlich zu ihm sein, er weiß genau, dass sie bei dem kleinsten Fehler seinerseits keinerlei Skrupel haben werden, ihn zu feuern. Und von Fehlern ist er nicht weit entfernt. Er hat tagsüber Schwindelanfälle, die Zahlen auf dem Bildschirm verschwimmen hin und wieder vor seinen Augen. Erst heute musste er für einen im Grunde einfachen Rechenvorgang dreimal ansetzen. Und dann der Kollege vom Vertrieb, der ihn noch einmal zurückrufen musste, um erneut nach bereits am Morgen verlangten Unterlagen zu fragen. Normalerweise vergisst er nie, eine von ihm erbetene Akte weiterzugeben.

Hervé versucht, an etwas anderes zu denken. Er konzentriert sich auf den großen Riss in dem vergilbten Anstrich der Zimmerdecke. Das sieht nicht gerade sauber aus, aber dem Sohn des Eigentümers braucht er damit erst gar nicht zu kommen. Hervé hat die Kosten bereits durchgerechnet. Wenn er die Ausbesserungsarbeiten eigenhändig durchführt, entsprechen die Aufwendungen für das Material ungefähr seiner monatlichen Unterhaltszahlung. Und es kommt nicht infrage, diese auszusetzen. Sein Sohn sagt ihm zwar immer wieder, dass er sie nicht mehr haben will, aber das lässt Hervé nicht gelten. Diese Zahlung wird er niemals einstellen. Sie hat einen symbolischen Wert für ihn, sie ist das Einzige, worauf er stolz ist in seinem Leben. Nicht ein einziges Mal in den letzten fünfzehn Jahren ist er seiner Pflicht nicht nachgekommen.

Er steht auf und zieht seinen Schlafkalender aus der Schutzhülle. Er füllt ihn peinlich genau für den vergangenen Tag aus. Morgen geht es zur Besprechung seiner Nächte. Er ist neugierig, was die anderen erzählen werden. Claire kommt ihm erneut in den Sinn. Sie ist sicher verheiratet, vielleicht hat sie Kinder, obwohl er da seine Zweifel hat. Er spürt bei ihr so etwas wie einen Widerstand, sich Zwängen und etablierten Normen zu unterwerfen.

Mitternacht. Nachdem er den Nachweis seiner Nächte an Ort und Stelle geräumt hat, zieht er seinen Schlafanzug an und legt sich gähnend ins Bett. Aber die für diesen Vorgang erforderlichen drei Minuten haben eine fatale Wirkung. Die Schläfrigkeit ist verschwunden. Wundersam davongeweht – es gleicht einem Zaubertrick, der sich jeden Abend wiederholt, ohne dass er begreift, wie er funktioniert. Eine Stunde lang versucht er, erneut einzuschlafen, wälzt sich in seinem Bett hin und her, widersteht der Versuchung, auf sein Handy zu sehen, und gibt schließlich auf. Er zieht sich wieder an und verlässt die Wohnung. Das Café ist besser besucht als sonst. Eine Frau an der Bar in ultrakurzem Rock und knappem Kunstlederblouson, der viel zu dünn für die Jahreszeit ist, erkennt ihn und winkt ihm in eindeutiger Absicht zu. Hervé spürt sein Herz ein wenig schneller schlagen, gerät in Panik und schüttelt zaghaft ablehnend den Kopf. Er hatte bereits mit einer ihrer Kolleginnen zu tun, und das ist keine sehr erfreuliche Erinnerung. Er macht sich auf den Weg zu einer anderen Kneipe auf seiner Liste. Sie stellt seinen Plan B dar. Die mauvefarbenen Wände der Bar werden von ein paar Neonlichtern im vorderen Bereich erhellt, Glasfronten weisen zur Straße hin. Hervé verzieht sich ganz nach hinten, wo das Licht gedämpfter und die Anonymität größer ist. An der Wand hängen Leuchtschilder, deren bunte Farben sich auf den Gesichtern widerspiegeln. Auf einem riesigen Bildschirm flimmern in einer Endlosschleife Videoclips vorüber. Er bestellt ein Bier und lässt sich gefangen nehmen von halb nackten Sängern und

Tänzerinnen, die sich in knappen, goldglänzenden Kostümen vor edlen Luxusvillen und Swimmingpools in den Hüften wiegen.

Freitag, 23.50 Uhr. Die Diele liegt vollständig im Dunkeln. Ohne den Mantel abzulegen, gehe ich weiter in die Küche und schenke mir ein Glas Wein ein, das ich am Fenster trinke. Dazu genehmige ich mir auch noch eine Zigarette. Den ganzen Tag musste ich mich zusammenreißen, um einige unaufschiebbare berufliche Termine durchzustehen und gegen eine unerbittliche Müdigkeit anzukämpfen, die mich gnadenlos in ihren Fängen hatte. Zum Glück war es der Abend, an dem ich mich mit Françoise traf. Françoise ist meine einzige Freundin. Wir kennen uns schon seit dem Internat. Wir beide waren die schwarzen Schafe in der Klasse. Sie, weil ihre außergewöhnliche Figur nicht den Vorstellungen der *peer group* entsprach und sie von dieser ausschloss, ich, weil meine Angst, mich auf irgendeine Bindung einzulassen, mich ebenso einsam machte. Aber sie besaß Selbstsicherheit und Hartnäckigkeit, und sie hatte beschlossen, dass ich ihre Freundin sein sollte.

Abends knieten wir beide vor meinem Bett und verrichteten einträchtig unser Nachtgebet. Gott war sozusagen der Dritte im Bunde. Françoise bringt es fertig und schickt mir um 3 Uhr morgens, wenn sie von einer Abendveranstaltung nach Hause kommt, eine Nachricht wie *Schläfst du?*, einfach nur so aus Spaß, weil sie genau weiß, dass ich nicht schlafe. Diese Freundschaft macht mein Leben etwas leichter und gibt mir manchmal ein wenig Hoffnung. Sie ist eine schöne Frau mit wundervollen Rundungen, die ihre verführerische Wirkung auf die Männer nie verfehlen. Ich beneide sie um die begehrlichen Blicke, die auf ihr ruhen. Und auch um ihre Freiheit. Es gibt Frauen, die diese Stärke besitzen, als wären sie dazu geschaffen, ihr Leben in die Hand zu nehmen und niemals etwas bloß über sich ergehen zu lassen. Ich gehöre zu der anderen Kategorie. Mir jagen die Bereiche außerhalb meiner Komfortzone vor allem Angst und Schrecken ein, und ich finde immer gute Gründe, sie nicht verlassen zu müssen.

Françoise und ich gehen jede Woche einmal ins Restaurant oder besuchen ein klassisches Konzert – wenn es unsere Finanzen erlauben. Françoise ist Violinistin, ihr Lebensstandard prekär.

Die anderen, eher oberflächlichen Freunde oder Bekanntschaften, meide ich. Es gelingt mir nicht mehr, ihre herablassenden Ratschläge für einen besseren Schlaf gleichmütig hinzunehmen. Ihr Tonfall ist mitfühlend, bevor er, da der Erfolg ganz offensichtlich ausbleibt, geradezu aggressiv wird. Als sei meine Schlaflosigkeit gewissermaßen das Ergebnis eines Versäumnisses, einer Nachlässigkeit, für die ich ganz allein verantwortlich bin. Daher begleite ich Paul seit Langem nicht mehr zu abendlichen Einladungen. Meine Zwangsvorstellung, vor Mitternacht zu Hause sein zu wollen, hatte ihn zudem irgendwann erbost. Der eigentliche Grund jedoch war, dass ich mich unter Leuten nie wirklich wohlgefühlt habe. Ich beherrschte meine Rolle zwar perfekt, verspürte aber dennoch stets irgendwie eine tiefe Freudlosigkeit, eine Kluft, die mich von allen anderen trennte. Die Familientreffen, die Geburtstage, die abendlichen Unternehmungen, zu denen man mich irgendwann nicht mehr einlud, stellten früher die schlimmste Strafe für mich dar. Ich habe das Spiel über Jahre hinweg mitgespielt, hauptsächlich vor Freunden von ihm, von Paul. Es war die reinste Qual, vor allem zu Zeiten, in denen meine Schlaflosigkeit besonders ausgeprägt war. Dann wollte ich irgendwann nicht mehr. Er bestand weiterhin darauf, dass ich mitging, aber in seiner Hartnäckigkeit lag etwas Formales. In Wahrheit war er schon damals jener Eigenschaften überdrüssig, die ihn zunächst an mir gereizt hatten. Ich wurde in seinen Augen zu einer Einzelgängerin, die nicht in der Lage war, den von ihm so geschätzten sozialen Umgang zu pflegen.

Ich schenke mir ein zweites Glas Wein ein und leere es in einem Zug.

0.15 Uhr. Im Flur sehe ich, dass Thomas vor seiner Schlafzimmertür auf dem Boden in einem Schlafsack eingeschlafen ist.

»Paul, bist du wach? Ist dir klar, dass dein Sohn auf dem Boden schläft, ohne richtige Bettdecke?«

»Mmmh, er wollte draußen zelten. Da habe ich ihm gesagt, dass es doch fürs Erste reicht, wenn er auf dem Fußboden seines Zimmers schläft.«

»Du hättest ihn ins Bett zurückbringen können.«

»Ich schlafe ...«

Wie fern sind die Zeiten, in denen wir uns einander zugewandt von Kopfkissen zu Kopfkissen unterhielten. In denen wir abends stundenlang im Bett miteinander redeten und der Kleine zwischen uns schlief. Paul war frisch geschieden und hatte nun im wöchentlichen Wechsel ein sechs Monate altes Baby zu versorgen. Ich lege mich hin und beginne mit dem Ritual. Ich verharre ein paar Minuten regungslos in einer Position, um meiner Unruhe Einhalt zu gebieten und sein eventuelles Einschlafen nicht zu vereiteln. Aber dann drehe ich mich doch auf die rechte Seite und anschließend wieder auf die linke. Diese Zappelei geht meinem Mann ungemein auf die Nerven. Mit einer knappen, energischen Bewegung zieht er das Federbett über sich. In solchen kleinen Gesten kann sehr viel Feindseligkeit liegen. Jeden Abend werde ich mit einem ausgiebigen Stöhnen bedacht; jeden Abend dreht er sich in einer plötzlichen Anwandlung bis an die äußerste Bettkante und bringt den größtmöglichen Abstand zwischen sich und den Störfaktor, der ich mittlerweile bin. Er gibt mir sehr genau zu verstehen, dass ich seiner Nachtruhe abträglich bin. Ich suche in unserer Geschichte nach Erinnerungen, die von unserer Liebe zeugen. Ich erstelle eine Liste und bringe sie in eine Rangfolge – von den eindeutigsten bis zu den weniger aussagekräftigen Erlebnissen. Die Reisen, die Überraschungen, der erste Umzug, die Bewährungsproben. Ich komme zu dem Schluss, dass alles schon lange her ist und dass unsere innere Verbundenheit im Lauf der Jahre stetig abgenommen hat. Um letztlich ganz zu zerbrechen?

1.00 Uhr. Ich bin todmüde, und dennoch geschieht nichts. Meine Augen brennen wie am Morgen nach einer schlaflosen Nacht. Ich richte mich wieder auf, lehne mich an zwei Kopfkissen und verschränke die Arme auf meinem Bauch. Heute Nacht sind weder Mond noch Sterne zu sehen. Draußen vor dem Fenster herrscht vollkommene Finsternis. Mir kommt es so vor, als würde gleich hinter der Scheibe eine von Menschen verlassene Zone beginnen. Ich fröstele, es gelingt mir nicht, zu entspannter Behaglichkeit zu finden. Unvermittelt muss ich an den Alkoholiker aus dem Zug denken, der um das Haus herumschleichen und den geeigneten Augenblick abwarten könnte, um hier einzudringen. Einfach, um sich für meine Unfreundlichkeit zu rächen. Deine Unfreundlichkeit wird dir noch einmal zum Verhängnis, hatte Paul mir einmal prophezeit, als ich in einem Restaurant einen Kellner zum Teufel gejagt hatte – warum, weiß ich nicht mehr. Ich hatte eine schlechte Nacht hinter mir gehabt. Müdigkeit macht dünnhäutig. Ich bin die Erste, der diese in mir schlummernde Aggressivität leidtut. Diese abgrundtiefe Nacht könnte uns alle verschlingen. Wir könnten am nächsten Morgen wach werden, ohne dass es wieder hell würde. Die Bäume und Vögel könnten verschwunden sein. An ihrer Stelle könnten Stille und Dürre herrschen. Die Kälte könnte niemals mehr enden, der nukleare Winter würde die Menschheit in einen langsamen, aber gewissen Tod treiben.

Die Bilder von Tod und Finsternis wachsen in meinem Kopf zu einem schwindelerregenden Ungetüm an. Und wenn die Schlaflosigkeit mich dazu bringt, mir meinen eigenen Tod vorzustellen, oder schlimmer noch, den meiner Mutter, dann packt mich tiefste Verzweiflung. Dabei besuche ich sie selten, zwei- oder dreimal im Jahr, nicht öfter. Sie hat sich nach dem Tod meines Vaters in ein kleines Dorf zurückgezogen, das sogar noch kleiner ist als das, in dem ich lebe. Es ist immer ein schwieriger Besuch, aber jedes Mal, wenn ich dorthin fahre, hege ich die absurde Hoffnung, es könne etwas geschehen, sie könne mir geben, was mir fehlt, sodass ich mich endlich mit jemandem wirklich verbunden fühlen würde. Es geschieht aber niemals etwas, und nach ein paar bissigen Bemerkungen endet es immer im Streit. Ich breche mit zugeschnürtem Magen wieder nach Hause auf, meine Sehnsucht bleibt ungestillt.

Als ich bei der Beerdigung meines Vaters voller Entsetzen mit ansah, wie der Sarg in die Erde hinabgelassen wurde, empfand ich das so, als verschwände dort ein Teil meiner selbst. Er, der mir doch so wenig gegeben hatte, machte sich nun davon und nahm ein Stück von meinem Fleisch und Blut mit. Abgesehen davon, dass ich das nicht einfach hinnehmen konnte, wollte ich auch bekommen, was mir zustand. Hatte ich bis zu diesem Zeitpunkt meine Tränen unterdrückt, so konnte ich beim ersten Spaten Erde einen Schluchzer nicht mehr zurückhalten. Er erfüllte die Totenstille um das Grab herum, und meine Mutter, die so gar nicht an Gefühlsäußerungen meinerseits gewöhnt war, senkte den Blick. Ich glaube, es war ihr peinlich. Letztlich hat sich eine Tante um mich gekümmert und tröstend ihren Arm um meine Schultern gelegt. Natürlich hatte diese Geste meinen Gefühlsausbruch nur verstärkt, meine Tränen kannten nun kein Halten mehr. Niemals zuvor habe ich so viel Zuwendung erfahren wie an jenem Tag. War ich sonst so scheu, nahm ich hier alles an, selbst wenn es vollkommen Unbekannte waren, die mir ihre Anteilnahme zeigten. Sie wirkten aufrichtig, und dieses eine Mal glaubte ich tatsächlich, Mitgefühl verdient zu haben.

Ich möchte die Augen gern schließen und sie erst dann wieder aufschlagen, wenn ich in einen strahlenden Himmel blicke. Möge diese Nacht vorübergehen, möge diese Nacht enden. Atmen, ruhig atmen. Von wem stammt dieser Rat mit dem Atmen überhaupt? Wenn ich bewusst auf mein eigenes Atmen achte, macht mich das nur noch nervöser. Wie wäre es denn, wenn ich aufstünde, um etwas Konstruktives zu machen? Zum Beispiel arbeiten – das würde mich vielleicht aus dieser Sackgasse herausholen. Aber die Rechnung ist schnell gemacht. Wenn ich jetzt aufstehe, werde ich womöglich richtig wach, und die ohnehin geringen Chancen einzuschlafen sinken auf null. Ich wage einen Blick auf den Wecker. 2.08 Uhr. Mein Herzschlag beschleunigt sich, ich gerate in Panik. Wie werde ich das morgen schaffen? Wie soll ich meinen Rückstand einholen? All die Manuskripte, die sich neben meinem Computer stapeln ... Ich werde nicht einmal mehr genug Kraft haben, um das Frühstück zuzubereiten ... Wieder greife ich nach dem Handy und beginne, im Internet zu surfen.

Wo ich schon im Netz unterwegs bin, schreibe ich auch gleich eine beschwichtigende Mail an einen der Verlagsmenschen, wohl wissend, wie dreist das ist. Aber dieses Vorgehen wird mir ein wenig Zeit verschaffen, das steht fest.

3.20 Uhr. Ich stehe auf, befördere den Kleinen ins Bett und drücke ihm ein Küsschen auf die Stirn. Dann gehe ich nach unten und rauche eine Zigarette.

7.00 Uhr. Beim Frühstück sitze ich vor einer Tasse Kaffee und beobachte Paul und Thomas bei ihrem lebhaften Gespräch. Sie sind putzmunter, ihre Stimmen zu laut. Das Einvernehmen zwischen ihnen macht mich aggressiv. Hin und wieder bin ich tatsächlich neidisch, eifersüchtig auf die Liebe, die Paul seinem Sohn entgegenbringt. Manchmal wenden sie sich mir zu. Vielleicht wollen sie mich einbeziehen oder mir eine Frage stellen. Aber es gelingt mir nicht, ihrer Unterhaltung auch nur ansatzweise zu folgen. Gerade so, als sprächen sie eine fremde Sprache. Ich sehe sie innerlich abwesend an, abgeschottet in einer anderen Welt.

Als Paul die Tür hinter sich zuzieht, um zur Arbeit zu

fahren, ist ihm wohl kaum in den Sinn gekommen, dass er mir auch einen Kuss hätte geben können. Ich muss mich jetzt anziehen. Thomas wird zu spät kommen, wenn ich mich nicht beeile.

Als das Kind ungeduldig quengelt, schreie ich es an, dass es still sein soll. Und ich schreie immer noch, als es bereits still ist. Am liebsten würde ich alles einfach stehen lassen. Als ich, von Gewissensbissen geplagt, Thomas vor der Schule abgesetzt habe, verspürte ich den Drang, ihn in seiner Klasse aufzusuchen, ihn fest in meine Arme zu schließen und mich zu entschuldigen. Ich werde den ganzen Tag damit hadern. Dieses Kind kann ja nichts dafür.

4

Montag, 7.45 Uhr. Ich habe einen Zug früher genommen. Zum ersten Mal bin ich zu früh dran. Als ich den Raum im Dachgeschoss erreiche, sitzt Michèle bereits vor einer dampfenden Tasse Tee. Sie hat Tassen und Löffel an den für die anderen vorgesehenen Plätzen verteilt. Ein schwaches Lächeln huscht über ihr Gesicht. Es ist erst ein Monat vergangen, seit wir unsere neuen Zeiten für das komprimierte Schlafen beherzigen, aber schon hat Michèle ihren strahlenden Gesichtsausdruck verloren.

Ich würde gern kurz mit ihr reden, aber da trifft Lena schon ein. Sie lächelt über das ganze Gesicht, als sie voller Stolz einen prachtvollen Kuchen auspackt und vor Michèle stellt. Noch im Stehen wartet sie ihre Reaktion ab. Michèles herzliche Dankesworte und mein bewunderndes Staunen machen das junge Mädchen anscheinend wunschlos glücklich. Erst jetzt legt Lena ihren Mantel ab und setzt sich an den Tisch. Dann trifft der Rest der Gruppe ein, gefolgt von der Leiterin. Während sie unsere Schlafkalender begutachtet, in denen sie gespannt nach Hinweisen auf erfreuliche Veränderungen sucht, rücken wir unsere Stühle zurecht und richten uns geschäftig auf unseren Plätzen ein.

Michèle schneidet den Kuchen auf und schenkt uns Tee ein, leise wechselt sie ein paar Worte mit Jacques, der sich die Augen reibt. Lena, die es sich auf ihrem Stuhl gemütlich gemacht hat, fragt Hervé, ob er ihr zu einem Termin in seiner Werbeagentur verhelfen könnte, da sie allmählich Zweifel an ihren bisherigen Berufsvorstellungen hegt. Ich sehe ihn lächelnd an und warte neugierig, was er wohl erwidern wird. Aber Hélène kommt einer Antwort seinerseits zuvor, da sie sich nun räuspert und uns bedeutet, dass die Sitzung beginnt. Sie schlägt uns vor, die Ergebnisse der einzelnen Teilnehmer systematisch reihum zu besprechen.

Allgemeines Schweigen.

Als Erstes wendet sie sich an Michèle und zeigt sich überrascht angesichts kaum merklicher Veränderungen. Das Ganze hat sich sogar eher verschlechtert.

»Es gibt also keinerlei Verbesserung, trotz des neuen Schlafrhythmus? Gelingt es Ihnen nicht, früher einzuschlafen?«

Michèle zögert.

»So direkt kann man das nicht sagen. Ich versichere Ihnen, dass ich mich bemüht habe ... Aber, wie soll ich Ihnen das erklären?«

»Sie haben sich wobei bemüht?«, will Hélène wissen, um nachzuvollziehen, was Michèle meint.

»Ich habe mich bemüht, zu Bett zu gehen und die ganze Nacht im Bett zu bleiben ... Aber das hat nichts geändert, ich habe nicht geschlafen. Und da habe ich mir gesagt, dass ich doch genauso gut wieder dorthin gehen kann ...«

Hélène reagiert nicht sofort, fragt sich aber mit Sicherheit, was Michèle uns wohl sagen will. Ich rechne in Gedanken nach, wie viele Stunden Schlaf ihr bleiben, es sind wirklich nicht viele. Was aber bedeutet »dorthin gehen«? Wohin denn? Hélène redet ihr zunächst mit sanftem

Nachdruck ins Gewissen und schlägt ihr im Rahmen der Schlafkompression vor, sich morgens nicht mehr schlafen zu legen, um möglichst in den ersten Nachtstunden besser schlafen zu können. Ansonsten hätte diese Methode keinen Sinn und würde sie nur zusätzlich schwächen. Bevor sie sich dem nächsten Teilnehmer widmet, erkundigt sie sich allerdings doch noch nach ihren geheimnisvollen nächtlichen Unternehmungen.

»Ich kann zu der vereinbarten Zeit nicht schlafen gehen, weil ich Dinge erledigen muss, die ich eigentlich nicht verschieben kann.«

Nach dieser Antwort von Michèle herrscht wieder Stille.

»Sie arbeiten doch hoffentlich nicht nachts, oder?«, hakt die Leiterin beunruhigt nach.

»Oh, nein! Dafür bin ich schon zu alt.«

»Um welche Art Dinge handelt es sich denn dann?«, frage ich sie neugierig.

Michèle zögert, bevor sie zu einer Antwort ansetzt: »Es ist so, dass ich in die Kirche gehe«, gibt sie dann preis und bemüht sich dabei, einen ebenso natürlichen wie beiläufigen Tonfall anzuschlagen.

»In die Kirche, mitten in der Nacht?«, staunt Lena voller Bewunderung. »Wow, macht Ihnen das keine Angst?«

»Im Gegenteil, meine Liebe. Für mich ist die Nacht nicht das Schattenreich, sondern der Vorbote des Lichts …«

Ich hüte mich davor, sie zu fragen, welches Licht sie denn meint, ahne ich doch, dass es nicht das Licht der Morgendämmerung sein wird. Lena denkt nach.

»Ist die Kirche denn nachts nicht geschlossen?«

Michèle ist zwar verlegen, weicht aber nicht aus.

»Ich habe die Schlüssel.«

»Also gehen Sie in die Kirche, anstatt zu schlafen?«, schaltet sich Hélène ein, die einen solchen Verlauf der heutigen Sitzung vermutlich nicht vorhergesehen hat.

»Ich verstehe, dass Sie überrascht sind.«

Ich hätte mir Michèle niemals mitten in der Nacht in einer Kirche vorgestellt, selbst wenn ich schon vermutet hatte, dass sich bei dieser Frau hinter ihrem klassischen Aussehen durchaus ungewöhnliche Seiten verbergen. Ich bin Hélène dankbar, dass sie mit ihrer nächsten Frage unser aller Neugierde zu stillen versucht.

»Dürfen wir fragen, warum, wenn es nicht zu indiskret ist?«

Michèle holt tief Luft. Ihre Augen wirken an diesem Morgen nahezu transparent, was ihren Gesichtsausdruck noch eigentümlicher macht.

»Ich bin sehr gläubig. Mein Leben war immer sehr unbeschwert, und der Glaube spielt dabei sicher eine große Rolle. Mein Vertrauen in das Gute im Menschen, in das Leben und in all das, was es für uns bereithält, ist unerschütterlich. Trotzdem habe ich aber Prüfungen durchmachen müssen, die ich nur sehr schwer überstanden habe. Das ist lange her. Die Depression hat mich schlaflos gemacht, und den einzigen Trost fand ich im Gebet. Ich glaube zuversichtlich und unbedingt an die Kraft des Gebets. Als der Priester meiner Gemeinde, der mittlerweile ein sehr guter Freund geworden ist, von meinen Schlafproblemen erfuhr, bot er mir an, mir die Schlüssel zu geben, damit ich nachts in die Kirche gehen kann, um dort ungestört und vor fremden Blicken geschützt Zeit zu verbringen.«

»Einfach so, um dort zu beten?«, fragt Lena nach.

»Um zu beten oder um verschiedene Aufgaben zu erledigen, zum Beispiel putze ich oder erledige Papierkram für die Kirche. Ich will mich nützlich fühlen ...«

»Aber warum wollen Sie vor fremden Blicken geschützt sein? All das können Sie tagsüber machen, das wäre doch viel praktischer, oder etwa nicht?«

»Es gibt da noch etwas, das Ihnen einigermaßen esoterisch oder vielleicht sogar wie reine Spinnerei vorkommen mag, ich kann Ihnen jedoch versichern, dass es alles andere als Spinnerei ist, aber ...«

Sie zögert, es scheint nicht leicht in Worte zu fassen zu sein. Wir hängen alle gespannt an ihren Lippen, was es freilich nicht einfacher für sie macht.

»Ich gehe nachts in die Kirche, um mit den Kindern zu sprechen.«

Ich sehe die anderen an, sie wirken genauso verwirrt wie ich.

»Mit welchen Kindern?«

Zum Glück ist Lena die Frage nicht peinlich, denn niemand sonst hätte gewagt, sie zu stellen.

»Mit meinen ...«

Die arme Lena wird noch blasser, als sie ohnehin schon ist. Entsetzt stockt uns der Atem.

»Scheiße, das ist ja grauenhaft«, haucht sie.

»Nein, verstehen Sie mich nicht falsch. Das wollte ich damit nicht zum Ausdruck bringen! Verzeihen Sie bitte! Sie sind nicht tot! Sagen wir eher, sie sind nie geboren worden ...«

Michèle wird von einem kurzen nervösen Lachen gepackt. Jacques hebt den Kopf und sieht sie eindringlich an, als entdecke er gerade eine potenzielle Patientin.

»Waren Sie bereits in Behandlung?«

»Ich bin nicht verrückt, Jacques. Ich weiß, dass es sie nicht wirklich gibt. Aber ich glaube an Engel.«

Hélène, die sich bisher zurückgehalten hatte, ahnt, dass dieses Gespräch eine Eigendynamik gewinnt, und versucht, das Heft wieder in die Hand zu nehmen:

»Können Sie denn nicht in Ihrem Zimmer zu Hause beten? Dann könnten Sie zumindest die hier festgelegten Regeln beherzigen.«

»Das wäre nicht das Gleiche. Nur dank der Gnade des Herrn kann ich mit ihnen reden. Und seine Präsenz ist nirgendwo so spürbar wie im Haus Gottes. Das macht einen großen Unterschied ... Und nur mitten in der Nacht ist diese Art der Rede möglich.«

»Was sagen Sie ihnen denn?«, fragt Lena mit ungebremstem Wissensdrang.

»Was man Kindern eben so sagt, ganz alltägliche Dinge, nehme ich an. Nichts weiter. Ich höre mir ihre Fragen an, ihre Nöte und versuche, darauf zu antworten. Nun, verstehen Sie, was ...«

»Ich finde das sehr schön«, macht sich nun Hervé mit seiner wie aus der Übung geratenen, heiseren Stimme bemerkbar.

»Haben Sie Kinder, Hervé?«

»Einen Sohn, doch ich sehe ihn sehr selten.«

»Einen Sohn – aber den darf man doch nicht nur ›sehr selten‹ sehen. Sie müssen die Nähe zu ihm suchen!«

»Das ist ja irre ... Und antworten die Kinder Ihnen? Ich meine, können Sie sie hören?«

»Bitte, Lena! Lassen Sie Michèle ihre Privatsphäre. Und kehren wir zu Ihren Nächten zurück.«

Ich verstehe, dass Hélène einen Ausweg sucht. Aber

auch die Ergebnisse des jungen Mädchens sind nicht gerade überzeugend. Die Uhrzeit des Aufwachens hat sich nicht im Geringsten verändert.

»Sie sollten mit mir in die Kirche zum Beten gehen«, scherzt Michèle.

Hervé hingegen erhält ein Lob dafür, dass es ihm gelungen ist, die mittäglichen Nickerchen am Arbeitsplatz einzustellen, selbst wenn dies bisher noch keinerlei Auswirkungen auf seine Nächte gehabt hat.

Ich werfe einen verstohlenen Blick auf diesen Mann in seinem weiten Regenmantel. Er hat etwas Kindliches und wirkt irgendwie verloren, was mir zugleich Mitleid und Sympathie einflößt. Ich stelle mir vor, dass er zu denjenigen zählt, die niemals Freunde in der Pause fanden, dafür aber zum Gespött der ganzen Klasse wurden. Zu denjenigen, die nicht auffallen und durchschnittliche Leistungen bringen. Und später auch zu denjenigen, die allein in der Kantine ihres Unternehmens essen oder die man einlädt mit dem Gefühl, eine gute Tat zu vollbringen. Ich wette, dass er allein lebt. Und was hat es mit diesem Tick auf sich, unentwegt seine Hand auf seinem Herzen liegen zu haben? Die große Wanduhr scheint stillzustehen. Ein ungeduldiger Seufzer entfährt mir.

»Das trifft sich gut, Claire. Sie sind an der Reihe.«

Da ich keinen gesteigerten Wert darauf lege, über meinen Fall zu sprechen, beschließe ich, die unangenehme Situation mit einer Lüge abzukürzen. Ich beteuere, alle Regeln befolgt zu haben, gehe aber nicht so weit, eine Verbesserung meines Schlafs zu erfinden.

»Das Wichtigste ist, dass Sie sich streng an Ihre neuen Zeiten halten, sowohl beim Zubettgehen als auch beim Aufstehen. Und vergessen Sie bitte die Schlafkalender nicht. Die Sitzung ist zu Ende. Es tut mir leid, Jacques, aber die Stunde ist so schnell vergangen. Ich werde Ihnen eine Mail schicken. Verlieren Sie keinesfalls die Hoffnung und das Vertrauen! Der Schlaf wird sich wieder einstellen.«

Ich hadere mit mir wegen meiner Unaufrichtigkeit. Was Jacques betrifft, so scheint es ihm nichts auszumachen, dass sein Fall nicht mehr in der Sitzung zur Sprache kam. Die Gruppe reagiert nicht auf das Zeichen zum Aufbruch. Als hätte uns die Müdigkeit bei jedem Termin ein wenig mehr im Griff, als würde uns mit unserem normalen Tagesgeschehen, das wir nun in Angriff nehmen sollen, eine harte Prüfung abverlangt, die wir nur zu gern so lange wie möglich hinauszögern. Hervé, der normalerweise im Eiltempo loszieht, um nicht zu spät zu kommen, leert seine Tasse Tee in kleinen Schlucken. Lena kauert noch immer auf ihrem Stuhl und vertilgt die Brösel von ihrem Stück Kuchen. Jacques, wieder zugedröhnt von Medikamenten, ist erneut auf dem Sessel eingeschlafen. Hélène sammelt unsere Schlafkalender ein und notiert sich ein paar Dinge in ihrem Heft. Ich sitze immer noch auf meinem Stuhl und habe mich nicht gerührt.

»Michèle, konnten Sie nie Kinder bekommen?«

Sie lässt sich Zeit, bevor sie mir antwortet.

»Ich bin dreimal schwanger geworden. Es waren immer absolute Wunschkinder. Leider sind sie nie geboren worden.«

»Fehlgeburten?«

»Finden Sie nicht, dass Fehlgeburten oft verharmlost werden? Zu meiner Zeit war das jedenfalls so. Dabei bedeutet diese Erfahrung eine sehr harte Prüfung, man trägt ja gewissermaßen Trauer. Meine letzte Fehlgeburt hat mich beinahe um den Verstand gebracht. Ich war wundersamerweise mit fünfundvierzig Jahren noch einmal schwanger geworden. Als die ersten drei Monate hinter mir lagen, habe ich es voller Stolz allen erzählt. Aber drei Wochen später kam es wieder zu Komplikationen, und das Baby ist gestorben. Sie können sich nicht vorstellen, was für einen Schock das bedeutete. Für mich war das der Beginn einer tiefen Depression, die mit quälender Schlaflosigkeit einherging. Fünf lange Jahre habe ich versucht, damit fertigzuwerden. Bis dieser liebe Priester an der Kirchenpforte zu mir sagte: ›Irgendwann wird es schön für Sie sein, an sie zu denken, Sie werden sehen. Und sie werden Sie durch Ihr Leben begleiten wie Engel.‹ Diese Worte bedeuteten für mich gewissermaßen eine Erleuchtung. Ich ging nun jeden Tag in die Kirche, um in Verbindung mit ihnen zu treten. Und es war ganz natürlich, dass ich begann, mit ihnen zu sprechen. Ich hatte schon in den ersten Schwangerschaftswochen Vornamen ausgewählt« – Michèle zeigt mir ihre Goldkettchen am Arm –, »es gab sie also schon. Aber die neugierigen Blicke waren schwer zu ertragen. Der Priester schlug mir daher vor, nachts zu kommen, da ich ohnehin nicht schlief. Die einzige negative Begleiterscheinung dieser Besuche war, dass ich noch weniger als zuvor schlief. Haben Sie Kinder, Claire?«

»Mein Mann, ja. Er hat einen achtjährigen Sohn, aber ich ...«

»Hätten Sie gern welche?«

»Ich, nein ... ich glaube, dass es mir Angst machen würde ...«

Da haben wir es, sobald man mir diese Frage stellt, fange ich an zu stammeln. Aber Hélène, der nicht ein einziges

Wort unserer Unterhaltung entgangen ist, schneidet mir ohnehin sofort das Wort ab.

»Das ist eine sehr bewegende Geschichte, Michèle. Die Depression ist eine Hauptursache für Schlaflosigkeit. Interessanterweise zeigt Ihr Fall ganz klar, dass auch ein besserer Umgang oder gar eine Auflösung der Depression keineswegs das Ende der Schlaflosigkeit mit sich bringen muss. Meistens hat sie sich ihren Weg bereits gebahnt und sich fest verankert. Aber ich bleibe bei dem, was ich Ihnen gesagt habe. Solange Sie nachts aus dem Haus gehen, werden Sie zu keinem normalen Schlafrhythmus zurückfinden. Es wird eine gewisse Zeit dauern, aber bleiben Sie dran. Wir reden beim nächsten Mal wieder darüber.«

Hélène räumt ihre Sachen in ihre lederne Umhängetasche und bricht auf, noch bevor wir uns auf den Weg machen.

»Warum kommen Sie eigentlich hierher? Es passt letztlich doch ganz gut, dass Sie nicht schlafen. Und da Sie nicht mehr arbeiten, zwingt Sie morgens ja niemand zum Aufstehen.«

»Mein Mann hat mir als Arzt eine Heidenangst eingejagt mit dem Alzheimer-Schreckgespenst!«, gesteht sie mit einem herzlichen Lachen. »Er hat diese ganzen Seiten und Fragebögen ausgefüllt, natürlich mit meiner Zustimmung. Trotzdem warte ich abends immer, bis er eingeschlafen ist, um mich auf den Weg zu machen. Er heißt es eben nicht gut.«

Michèles Gesicht hat sich ein wenig verfinstert.

Hervé zieht als Erster mit den weit ausholenden Schritten seiner langen Beine von dannen, nachdem er noch rasch einen Blick in meine Richtung wirft und die Hand zum Abschied hebt. Lena steht wortlos auf, beginnt, Kuchenstücke in vorsorglich dafür mitgebrachte Zellophanfolie zu packen, und bietet sie denen an, die noch da sind. Eines platziert sie zu Füßen des Sessels, auf dem Jacques mehr liegt als sitzt. Dann macht sie sich auf den Weg zu ihrem Buchhaltungskurs.

»Ich mag dieses junge Mädchen gern«, sagt Michèle zu mir und blickt Lena nach. »Ich hoffe, dass sie durchhält, ich glaube, sie hat Schwierigkeiten, dem Unterricht zu folgen.«

»Wer hätte die nicht bei nur vier Stunden Schlaf pro Nacht?«

»Und Sie – halten Sie mich jetzt für eine alte Exzentrikerin?«

»Ganz und gar nicht.«

Montag, 1.30 Uhr. Das Klingeln des Telefons weckt Jacques auf, der gerade einmal eine halbe Stunde geschlafen haben kann. Er sieht auf seinen Wecker an der Decke. Sie hat doch schon um Mitternacht angerufen. Er war drauf und dran gewesen, den Hörer abzunehmen. Durch diese blödsinnige Schlafkompression ertappt er sich dabei, regelrecht auf den täglichen Anruf zu lauern, anstatt ihn einfach wie sonst in seinen Schlaf hineinzulassen, der zwar schlecht ist, aber immerhin. 1.30 Uhr. Das entspricht nicht ihren Gewohnheiten. Geschieht es in der Absicht, ihn aufzuwecken? Er steht auf, aber das Klingeln hört auf. Was in aller Welt hat sie im Sinn? Da er schon auf den Beinen ist, schlurft er in seinem alten, zerschlissenen Morgenmantel, unter dem ein eleganter Flanellschlafanzug hervorlugt, in sein Arbeitszimmer. Er setzt sich auf seinen Schreibtischstuhl und schaltet die kleine, mundgeblasene Lampe aus Muranoglas ein. Eine einzelne Kugel, die auf einem schlichten Messingsockel ruht und die edle, lederbespannte Oberfläche des Schreibtischs aus dem 18. Jahrhundert in ein angenehmes Licht taucht. Der Stil dieses Zimmers ist betont klassisch und gemütlich. Wieder klingelt das Telefon. Jacques zögert. Er fragt sich, ob sie ihm eine Nachricht auf Band sprechen will. Aber die Neugierde ist größer oder die Verärgerung. Er nimmt ab.

»Marie?«

Am anderen Ende der Leitung ist ein kaum wahrnehmbares Atmen zu hören.

»Marie, hören Sie mich?«

Automatisch greift er nach seinem Mont-Blanc-Kugelschreiber, mit dem er normalerweise die Träume seiner Patienten während der Sitzungen festhält. Er beginnt, auf dem Leder herumzukritzeln, das über all die Jahre mit ihren unzähligen Sprechstunden makellos geblieben war. Er fragt hartnäckig nach: »Ist etwas geschehen, Marie?«

Aber seine mutmaßliche Gesprächspartnerin bleibt stumm. Er wartet ein paar Minuten für den Fall, dass sie sich doch noch zum Reden entschließt.

Seine Hand übt nun einen stärkeren Druck aus, sodass die Spitze seines Stifts kleine schwarze Furchen in das Leder bohrt.

»Ich werde jetzt auflegen.«

Aber schon ertönt am anderen Ende der Leitung der Dauerton, der das Ende dieses einseitigen Austausches kundtut.

Jacques bleibt nachdenklich hinter seinem Schreibtisch sitzen. Den Kopf über die Lederbespannung gebeugt, macht er sich nun daran, die gesamte Schreibtischoberfläche Stück für Stück zu schwärzen.

4.00 Uhr. Sein Werk ist vollendet. Zufrieden mit dem Ergebnis, lässt Jacques lächelnd seinen Blick darüber schweifen. Als er aufsteht, kippt er im Vorübergehen eine Tasse kalten Kaffee vom Vortag um.

Ohne sich um die Verunreinigung zu kümmern, geht er ins Schlafzimmer zurück und schläft, nachdem er eine weitere halbe Tablette Noctamide geschluckt hat, mit einem Gefühl diffuser Unruhe ein.

DIENSTAG, 1.00 UHR. Wieder ist Michèle schließlich in der Kirche angelangt. Die Aussicht, zu Bett zu gehen und dort auf den Schlaf zu warten, ängstigt sie, und die Rufe ihrer Kinder sind stets stärker als alles andere. Die Schlafkompression macht alles noch schwieriger. Da sie bestrebt ist, zumindest ansatzweise die Methode und die Regeln von Hélène zu befolgen, legt sie sich morgens nicht wieder hin und muss auf diese Weise mühsam mit durchschnittlich vier Stunden Schlaf auskommen.

Sie setzt sich auf eine Bank am äußersten Rand des Kirchenschiffs und schließt die Augen. Der gewaltigen Stille entspringen winzige Geräusche, deren Hall sich in diesem Gemäuer eigentümlich verstärkt. Ein paar Minuten später kann sie bereits die Präsenz ihrer Kinder spüren und ihre Stimmen hören. Sie sind klar, sie klingen beinahe lebendig. Diese erneute Nähe überwältigt sie.

Die tagsüber angezündeten Kerzen sind beinahe niedergebrannt, noch aber bannen sie das Dunkel der Nacht mit ihrem gleichwohl schwächer werdenden Flammenschein. In diesem Halbdunkel wird sie der Gestalt einer Frau gewahr, die in eine Winterjacke gehüllt ist und eine dicke Wollmütze trägt. Die geheimnisvolle Erscheinung geht langsam im Seitenschiff nach vorne. Michèle stutzt angesichts dieser unerwarteten Präsenz, steht auf und folgt der Frau. Sie setzt ihren Gang unbeirrt fort und zündet Kerzen an, geht um den Chorraum herum und setzt sich dort vor eine Seitenkapelle. Michèle hält ein paar Meter hinter ihr inne.

»Guten Tag ...«, flüstert sie zaghaft, um sie nicht zu erschrecken.

Die Frau wendet sich zu ihr um, steht langsam auf und neigt anstelle einer Antwort leicht den Kopf. Sie ist jünger, und ihr Gesicht, in der Dunkelheit zwar nur schlecht zu erkennen, wirkt in keinster Weise beängstigend. Dennoch läuft Michèle ein heftiger Schauder den Rücken hinunter. Die Frau macht kehrt und ist plötzlich verschwunden. Ihr fällt auf, dass sie fuchsiafarbene Turnschuhe trägt. Verstört von dieser unvorhergesehenen Begegnung, setzt sich Michèle auf ihre Bank. Sie wird den Priester fragen müssen, ob auch andere Gemeindemitglieder einen Schlüssel haben. Es gelingt ihr nun nicht mehr, die Verbindung zu ihren Kindern wiederherzustellen. Sie sind verschwunden. Eine Barriere hat sich zwischen ihnen aufgebaut. Sie kann sie nicht mehr hören. Dabei waren sie eben noch so unglaublich nahe. Zutiefst bekümmert beginnt sie, voller Inbrunst zu beten.

6.00 Uhr. Es klackt in den Sicherungskästen, schon schaltet sich hier und da die Beleuchtung in der Kirche ein und reißt Michèle aus ihrem Schlummer. Dann ertönt das Knarren der schweren Türen, die ein Mitarbeiter der Gemeinde nun von außen aufschließt. Michèle kommt es so vor, als drängte das hektische Treiben der Stadt mit aller Macht in die Kirche hinein. Es ist bereits Morgen. Sie braucht ein paar Sekunden, um zu bergreifen, dass sie eingeschlafen ist, und erschrickt über ihre Verwirrung. Das ist ihr noch nie passiert. Sie streckt ihre steif gewordenen Glieder, erhebt sich mühsam und geht noch einmal durch die Kirche. Aber die Frau ist nicht mehr da. Sie muss sich beeilen, denn wenn ihr Mann sie beim Aufwachen nicht vorfindet, wird er alles sofort begreifen und ihr am Ende gar drohen, sie in stationäre Behandlung zu schicken.

MITTWOCH, 5.30 UHR. Seit einer Stunde trödelt Lena jetzt bereits herum. Es kostet sie immer mehr Mühe aufzustehen, aber es kommt nicht infrage, im Bett zu bleiben. Sie zieht sich im Dunkeln an, bevor sie ins Bad geht, um mit dem morgendlichen Zeremoniell zu beginnen. Mascara, Lippenstift. Sie beschließt, sich an eine kunstvolle Frisur zu wagen, bei der mehrere Zöpfe ineinandergeflochten werden. Das hat sie in dieser Serie über eine verwöhnte Gruppe von Jugendlichen in New York gesehen. Lena schaut diese Serie immer wieder an, ist vollständig hypnotisiert von den luxuriösen Häusern und den wunderschönen Mädchen, die sich schon vor dem Auftauchen erster Fältchen liften lassen und teure Markenklamotten tragen. So wie sie würde Lena gerne sein, und sie würde auch gerne haben, was sie haben. Die Frisur erweist sich als schwieriger als gedacht, irgendwie klappt das nicht mit ihrem feinen Haar. Sie ist also nicht einmal in der Lage, die Frisur der Reichen nachzuahmen. Sie belässt es bei einem schlichten seitlichen Zopf und verlässt auf Zehenspitzen das Haus, um sich die Bemerkungen ihrer Mutter zu ersparen.

6.30 Uhr. Die Welt setzt sich allmählich in Bewegung, und die verstörten Gestalten, die Lena gewöhnlich über den Weg laufen, vermischen sich mit den ersten Passanten, um dann ganz aus dem Straßenbild zu verschwinden. Als sie im Café ankommt, ist Franck bereits von den Müllmännern mit Beschlag belegt, die lautstark ihre Sprüche klopfen. Eine goldene Girlande ziert den Tresen, und ein blinkender Minitannenbaum steht in der Ecke neben dem Radio. Von der Decke baumeln mit dünnen Fäden befestigte Weihnachtskugeln. Die Arbeiter der Morgenschicht senken ihre Stimmen ein wenig, um Lena höflich zu grüßen, als sie an ihnen vorübergeht. Sie will sich am anderen Ende des Saals niederlassen, um ihre Ruhe zu haben. Franck wirft ihr einen fragenden Blick zu, der so viel sagt wie »Seit wann kommst du denn um diese Zeit hierher?«. In ihrem Kopf dreht sich heute Morgen alles. Sie nimmt ein Croissant aus dem Weidenkörbchen und versucht, einen Bissen hinunterzubringen. Unmöglich. Ihr Termin mit der Direktorin ist um acht Uhr, noch vor Unterrichtsbeginn. In ihrem Kopf dreht sich alles. Angesichts des Schwindels befallen sie jetzt tatsächlich Zweifel, ob sie sich in der Métro auf den Beinen wird halten können, denn der Grund für diese Einbestellung ist gewissermaßen die abschließende Beurteilung des Schuljahres. Sie weiß Bescheid, die Beurteilung wird alles andere als gut ausfallen. Sie hat die Probeklausuren nicht geschafft, ganz einfach. Die Ergebnisse kamen mit der Post nach Hause. Zum Glück konnte sie den Brief abfangen. Sie weiß schon jetzt, was sie zu hören bekommen wird. Lena, wenn Sie sich nicht ein wenig mehr anstrengen, werden Sie Ihr Diplom nicht erhalten ... Aber Lena ist heute Morgen zu erschöpft, um in Wut zu geraten. Mit einem Mal erscheint es ihr um so viel leichter, einfach aufzugeben, als gegen den vom Schicksal für sie vorgesehenen Werdegang anzukämpfen. Nach Hause gehen und sich wieder ins Bett legen. Ihrer Mutter sagen, dass sie krank ist. Den Tag im Bett bleiben und einfach nur schlafen.

Sie sieht auf die Uhr. Scheiße, denkt sie, François muss schon aufgestanden sein, und meine Mutter kocht ihm sicher nicht seine heiße Schokolade.

DONNERSTAG, 23 UHR. Ausgestreckt auf seinem Sofa, geht Hervé seit einer Stunde in Gedanken die immer gleichen Fragen durch. Wie konnte das geschehen? Durch welche kleine Unachtsamkeit habe ich, ohne es zu merken, die Arbeit von Wochen gelöscht? Warum habe ich mir keine Kopie gemacht, wo ich normalerweise doch immer mindestens drei Kopien erstelle? Auf welche Taste des Computers habe ich fälschlicherweise gedrückt? Es hat ganz den Anschein, als hätte er für den Bruchteil einer Sekunde sein Bewusstsein ausgeschaltet. Schon seit dem Morgen hatte in seinem Kopf ein leichtes Durcheinander geherrscht, er war wieder einmal nicht in der Lage gewesen, sich zu konzentrieren. Das war in den letzten Wochen schon häufiger vorgekommen. Dabei hatte Hélène ihnen doch versichert, dass sich alles schnell bessern würde. Er war eigentlich der Meinung, dass er sich auf seine Erfahrung und sein Wissen verlassen könnte, um die Müdigkeit in Schach zu halten. Aber der unverzeihliche Fehler von heute hatte ihm das Gegenteil bewiesen. Er fröstelt trotz der Decke. Seine Beine ragen über das untere Ende des Sofas hinaus, sodass die Füße in der Luft hängen. Er greift nach dem Handy, legt es aber sogleich wieder fort und zögert so den schicksalhaften Augenblick hinaus, in dem er seine Mails dann doch einsehen muss. Seit er nach Hause gekommen ist, hat er es noch nicht gewagt, einen Blick auf sie zu werfen. Er fühlt sich fiebrig, ja, er zittert am ganzen Körper. Manchmal reicht wirklich eine Kleinigkeit, und das ganze Leben gerät aus den Fugen. Ein Fehler bei der Arbeit ist kein Verbrechen und keine Ordnungswidrigkeit, und dennoch kann es für eine ohnehin schwierige Existenz den langsamen Abstieg in die Hölle bedeuten.

Hervé versucht, sich zu beruhigen: Jetzt hat er doch wirklich Wahnvorstellungen. Er nimmt das Handy zum fünfzigsten Mal in seine feuchten Hände. Er öffnet die Mailbox. Auch wenn er mit nichts anderem gerechnet hat, klopft sein Herz zum Zerspringen: Fett und ganz oben in der Liste prangt der Name seines Vorgesetzten. Hervé wirft hastig einen Blick auf die Länge der Nachricht. Sie ist kurz, eher ein gutes Zeichen. Darunter steht ein »Danke«. Alles klar, jetzt kann er sie vollständig lesen. Der Tonfall ist freundlich, geradezu entspannt. Das Team bittet ihn darum, am nächsten Montag nach der Arbeit ein klein wenig länger zu bleiben, um die Zahlen durchzugehen. Kein Wort über die unauffindbare Tabelle während der Jahressitzung. »Ein klein wenig« – das umfasst im Werbeagenturen-Jargon den ganzen Abend. Er muss sich wohl oder übel fügen, und er wird die Einkaufstour streichen müssen, die er geplant hatte, um alles für das Abendessen mit seinem Sohn zwei Tage später zu besorgen. Es wird ihm auch nicht ausreichend Zeit bleiben, um aufwendig zu kochen, wie er es vorhatte. Ein Weihnachtsessen bringt sich schließlich nicht von selbst auf den Tisch. Er hatte für die Zubereitung zwei Tage veranschlagt.

Hervé liest die Mail noch einmal. Er entdeckt nicht den geringsten Vorwurf. Möglicherweise doch eher ein schlechtes Zeichen. Sein Puls steigt, Panik kriecht in ihm hoch. In der Angst, die sich seiner jetzt bemächtigt, verwirbeln die Einkaufsliste, die er nun nicht abarbeiten kann, das Abendessen, das er den neuen Umständen anpassen muss, die Furcht vor der Begegnung mit seinem Vorgesetzten und die Überlegung, was er wohl zu seiner Rechtfertigung vorbringen kann, zu einem wahren Strudel unzusammenhängender Gedanken. Er muss von jetzt an auf der Hut sein. Wenn er diese Arbeit verliert, hat er nichts mehr. Er wird zunächst Arbeitslosengeld erhalten, aber danach? Wer wird schon einen Menschen wie ihn einstellen? Er wird umziehen, etwas noch Kleineres finden müssen als seine jetzige Wohnung, wenn das überhaupt möglich ist. Aber wer wird schon einen Arbeitslosen als Mieter akzeptieren? Jetzt schnürt ihm die Angst schon den Atem ab. Er richtet sich auf und stellt den Laptop auf seine Knie. Sieht seine Bankkonten ein, überprüft seine mageren Ersparnisse, stellt Schätzungen und Berechnungen an, bei denen er alles Mögliche streicht, niemals aber die Unterhaltszahlungen vergisst. Das Ergebnis ist alles andere als rosig. Lange würde er nicht durchhalten können. Die Rollen haben sich verkehrt. Heute Abend haben die Zahlen ihn im Griff, und er fühlt sich winzig klein angesichts ihrer unerbittlichen Wahrheit. Sein Magen krampft sich zusammen, er verspürt einen Druck im Kopf. Atmen, ich muss tief ein- und ausatmen. Er bewegt seine Hände, versucht, auf diese Weise das Kribbeln in ihnen loszuwerden, und steht schließlich mit ungeheurer Anstrengung auf, um ins Badezimmer zu gehen und sich das Gesicht mit kaltem Wasser zu kühlen.

1.30 Uhr. Er fühlt sich nicht sonderlich bei Kräften, aber die Krise ist vorüber. Er sollte vielleicht nach draußen gehen, um einem möglichen Rückfall vorzubeugen, auch wenn sein Körper geschwächt und erschöpft ist. Andererseits muss es ihm endlich gelingen einzuschlafen. Es muss einfach klappen, sonst sieht er morgen im Büro alles andere als frisch aus. Wenn er mit schweren, dunklen Augenringen auftaucht, wird man seinen Fehler dem Schlafmangel zuschreiben. Im Schlafanzug sitzt Hervé im Dunkeln, allein inmitten der schlafenden Stadt, er presst die Kiefer aufeinander, um Tränen der Verzweiflung zurückzuhalten. Seit dem Tod seiner Mutter hat er nicht mehr geweint.

FREITAG, 3.30 UHR. An Schlaf ist jetzt nicht mehr zu denken. Ich sehne die Dämmerung herbei und fürchte sie zugleich. Sie läutet das Ende meines Leidensweges ein, verheißt aber auch einen weiteren, nämlich die Herausforderung des neuen Tages. Meine Fantasie gewinnt die Oberhand, und ich versinke in meinen nächtlichen Wahnvorstellungen. Am Abend hat mir Françoise ganz offen ihre Skepsis hinsichtlich meiner Schlaftherapie bekundet. Anlass dafür war mein erschreckendes Aussehen. Ich habe ihr gestanden, dass ich mich nicht vollständig an die auferlegten Regeln halte. »Wozu dann noch hingehen?«, hakte sie daraufhin nach. Stimmt, wozu eigentlich? Als Antwort zeichnete ich ein einfühlsames Bild der anderen Teilnehmer. Meine Ausführungen weckten für einen Augenblick ihre Aufmerksamkeit, und sie gab zu, dass dies eine annehmbare Rechtfertigung sei.

Zu dieser Stunde sind in der Stadt die Abendvergnügungen noch in vollem Gange, die Nachtschwärmer sind unterwegs und lassen sich vom Verstreichen der Stunden nicht einschüchtern. Für sie ist es eine freie Entscheidung, wach zu bleiben, für mich ist es eine Qual, der ich ausgeliefert bin. Auch jetzt, fernab der Lichter und des Nachtlebens schlafe ich nicht. Die Kälte dringt durch das Mauerwerk, und ich friere unter den Bettdecken.

Wieder holt es mich ein. Die unsägliche Furcht vor einem möglichen Weltuntergang, vor einer unmittelbar bevorstehenden, universellen Katastrophe weckt in mir haltloses Entsetzen. Krankheit und Tod lauern gleich neben meinem Bett. Es ist lange her, dass mich die Gegenwart von Paul beruhigte. Ich versuche, mich an dieses Gefühl der Ruhe zu erinnern, das ich am Anfang verspürte, wenn er neben mir schlief. Was wäre geschehen, wenn ich ihn nicht erhört hätte? Wenn ich mich geweigert hätte, ihm hierher zu folgen? Ich denke an Lichter der Stadt, die niemals ausgehen, an Geräusche von Schritten, die ein Treppenhaus hinuntereilen, an alle Facetten des Lebens, das sich hinter den vielen Fenstern eines Wohnblocks abspielt. Was wäre geschehen, wenn wir in diesem vertrauten, lebendigen Trubel geblieben wären?

Ich muss unbedingt arbeiten an diesem Wochenende. Dieser Satz geht mir unentwegt durch den Kopf, ich werde ihn nicht los. Es gibt beruhigendere Einschlafverse als diese Gedankenschleife. Der ohnehin schon bedenkliche Rückstand bei meinen Korrekturarbeiten wird bald ein uneinholbares Ausmaß annehmen. Das Gleiche gilt für die ganzen Formulare, die sich auf meinem Schreibtisch türmen, ohne dass ich es schaffe, auch nur einen einzigen Vorgang abzuarbeiten. Irgendwann werden die Gerichtsvollzieher bei mir auftauchen, wenn ich nicht endlich Ordnung schaffe. Paul behauptet, dass ich an so etwas wie einer Formularphobie leide, das sei ein durchaus weit verbreitetes und sehr hinderliches Leiden. Ich erwidere nicht einmal mehr, dass er mir lieber helfen sollte, als mich ganz allein mit all dem Papierkram zu lassen. Die Befürchtung, den Anforderungen des morgigen Tages nicht gerecht werden zu können, mich nicht gemäß der von Gutschläfern vorgegebenen Normen verhalten zu können, bringt mich an den Rand der Tränen. All denjenigen, die mich fragen, warum ich meine schlaflosen Nächte denn nicht dazu nutze, aktiv zu sein, antworte ich schlicht und ergreifend, dass ich zu erschöpft bin. Mein Gehirn ist überreizt und jagt durch einen Gedankendschungel, aber mein Körper ist bleischwer. Ich bin einzig und allein dazu in der Lage, darauf zu warten, dass der Schlaf sich einstellt oder die Sonne aufgeht. Ich bleibe liegen und warte. Wie die Frau eines Seemanns, die ihr Haus nicht verlassen möchte für den Fall, dass ihr verschollener Mann eines Morgens doch noch zurückkehren und an die Tür klopfen könnte.

4.00 Uhr. Schließlich wälze ich mich doch aus dem Bett und gehe ins Badezimmer hinüber. Ich schalte den Föhn ein und führe ihn in kreisenden Bewegungen über meinen Bauch und dann über meinen Nacken. Der warme Luftstrom lässt mich wohlig erschauern und entspannt meine Muskeln. Mein Atem geht ruhiger, meine Lider werden schwer, meine Augen fallen zu, und ich dämmere sanft weg. Ich könnte die Nacht einfach hier auf den Kacheln sitzend, an die Wand gelehnt beenden. Aber da wird die Tür plötzlich aufgerissen.

»Nicht der Föhn, ich flehe dich an!«

Es ist Paul in Boxer-Shorts und T-Shirt. Ich hebe den Blick in seine Richtung, und ich weiß nicht warum, aber das Erste, was ich denke, ist, dass er schön ist, wie er da so steht mit seinem wirren Haar. Bei der Arbeit wird man ihn gewiss charmant finden. Ich täte gut daran, mir klarzumachen, was für ein Glück ich habe. Ich erkläre ihm ein weiteres Mal, welche Wohltat der Föhn für mich bedeutet.

»Nimm ein Schlafmittel!«

Ich weiß nicht, ob ihm seine Worte leidtun. Er weiß doch genau Bescheid. Die Zeit der Schlafmittel ist vorbei. Vor ungefähr zwei Jahren habe ich es einmal damit übertrieben. Selbstmordabsichten hegte ich allerdings nicht. Ich habe viel zu viel Angst vor dem Tod, als dass ich vorsätzlich ein solches Risiko eingehen würde. Aber das müsste mein Umfeld erst einmal begreifen: Auf der Stelle wurde ich als ein schwaches, zerbrechliches Wesen eingestuft, das man gut im Auge behalten musste. Dabei wollte ich doch einfach nur schlafen. Ich hatte die Dosis der Schlafmittel Tag für Tag erhöht, um ihre Wirkung auch wirklich zu spüren. An jenem Abend hatte ich die Tabletten nicht gezählt, ohne mir im Geringsten Gedanken um die Folgen zu machen. Als ich in einem Krankenhausbett wieder aufwachte, saß Paul an meiner Seite. Ich habe ihn noch nie so wütend gesehen. »Tu mir das nie wieder an!«, schrie er aufgebracht durch das ganze Zimmer. Ich schämte mich wie ein kleines Mädchen, dem nicht klar war, was für eine Riesendummheit es begangen hatte. Anschließend musste ich mich einer Entgiftung unterziehen, was mir die schlimmsten schlaflosen Phasen meines Lebens bescherte. Also, nie wieder ein Schlafmittel, obwohl ich jeden Abend danach lechze.

»Kannst du jetzt bitte die Tür schließen?«

Ich bemühe mich um einen freundlichen Tonfall, aber meine Verärgerung lässt sich nicht verhehlen.

»Mach, was du willst. Ich schlafe dann im Gästezimmer.«

Mit einem Seufzer zieht Paul von dannen. Am Anfang war er derjenige, der mir mit dem Föhn von Kopf bis Fuß dieses Wohlgefühl verschaffte. Vielleicht gründet sich unsere Geschichte auf ein Missverständnis, und ich will lieber nicht hinterfragen, welche Gefühle dabei ausschlaggebend waren, aber zumindest waren die ersten Jahre von einer gewissen Unbekümmertheit geprägt. Es gab sehr viel Zärtlichkeit. Das war jedoch, bevor wir hierherzogen, wo die Schlaflosigkeit sich meiner wieder bemächtigte und mich in die Angstkrisen stürzte, vor denen er sich fürchtet. Als könnte der Schlafmangel mich um den Verstand bringen. Klar, es gibt gefestigtere Lebenspartner als mich. Außerdem glaube ich auch, dass die Masken inzwischen gefallen sind. Mein krankhaftes Bedürfnis nach Anerkennung, das mich Paul in die Arme getrieben hatte, hat sich gegen mich gekehrt. Er ist jetzt nicht mehr der selbstbewusste, lustige und fesselnde Mann, der mir ein schönes Bild meiner selbst widerspiegelte, sondern ein Mensch, der um jeden Preis den Erfolg braucht, der herrisch und in der Folge unerbittlich ist. Schon allzu lange liegt in seinem Blick etwas Abwertendes, das mich bis ins Mark trifft. Aber habe ich ihn womöglich auch in die Enge getrieben? Mir ist furchtbar kalt und dennoch bleibe ich regungslos auf dem Boden sitzen. Es sind nicht länger Zweifel, die mich lähmen, Panik befällt mich angesichts dieser nur allzu klaren Beschreibung der Lage.

Niemals wird er sich eingestehen, dass auch seine zweite Beziehung gescheitert ist. Da macht er lieber weiter wie bisher. Aber mir ist jetzt klar, dass ich mich aus dieser Ehe befreien muss, wenn seine Gleichgültigkeit und mein Hang zum allgemeinen Versagen mich nicht endgültig auslöschen sollen.

5

Montag 8.10 Uhr. Lichterketten ziehen sich durch den Raum im Dachgeschoss. Ich halte auf der Türschwelle inne. Lena steht oben auf einer Trittleiter und vollendet ihre Weihnachtsdekoration. Michèle schneidet bedächtig einen sternenförmigen Kuchen auf. Jacques hat seinen Kopf in die Hände gestützt und murmelt unverständliche Worte vor sich hin, und Hervé schaut durch seine leicht schief sitzende Brille ins Leere. Wir wirken allesamt nicht sehr frisch.

»So ist es doch besser, oder?«

Zufrieden gesellt sich Lena zu uns.

Ich antworte ihr, dass man beinahe glauben könnte, man sei in Disneyland.

»Bei Ihnen weiß man nie, ob Sie ernst meinen, was Sie sagen.«

Angesichts der argwöhnischen Miene des jungen Mädchens beteure ich, dass ich schon als kleines Kind Weihnachtsschmuck wirklich ausgesprochen gern mochte. Lena entspannt sich und fasst stolz ihr Werk ins Auge. Nach unserer ersten Tasse Kaffee erscheint eine Frau in einem weißen Kittel und teilt uns mit, dass Hélène die Sitzung nicht abhalten kann, da ein Notfall sie heute Morgen aufgehalten hat. Sie bittet uns, unsere Schlafkalender einfach auf dem Tisch liegen zu lassen. Jacques steht auf und lässt sich auf der Stelle in seinen Sessel fallen.

»Schade, ich hätte heute sehr gern mit ihr über meine Albträume gesprochen.«

»Wir können Ihnen doch trotzdem zuhören, Michèle«, schlägt Hervé vor. »Ich werde schon den heutigen Abend in der Agentur verbringen müssen, da habe ich keine Lust, auch noch früher dort hinzugehen als sonst.«

»Und die Schule ist um diese Zeit sogar noch geschlossen«, fügt Lena hinzu.

Ich schließe mich dem Vorschlag von Hervé an. Ich habe keine Lust, jetzt schon wieder den gleichen Weg in umgekehrter Richtung anzutreten.

Michèle gesteht uns, dass ihre Nächte die reinste Hölle geworden sind. Kaum eingeschlafen, schreckt sie auch schon wieder hoch, ohne die geringste Erinnerung an den Traum zu haben, der sie offenbar mit Entsetzen erfüllt hat. Ihr Körper ist vollständig gelähmt. Und sie braucht eine Weile, um diese Empfindung des Grauens abzuschütteln.

»Das sind nächtliche Schreckmomente, keine Albträume. Zu echten Träumen kommt es erst später, während der Tiefschlafphase.«

Das kam von Jacques aus seinem Sessel.

»Und das soll Michèle nun beruhigen, Herr Doktor?«, fahre ich ihn quer durch das Zimmer an.

»Eine richtige und rationale Erklärung ist immer beruhigend«, seufzt er gedehnt und untermalt damit die Unanfechtbarkeit seiner Bemerkung.

»Ich glaube, Hélène würde ihr sagen, dass alles sich findet, wenn sie die Regeln einhält und zum Beispiel nachts nicht in die Kirche geht.«

Michèle sieht zu Boden. Sofort ärgere ich mich über mich selbst, dass ich sie in Verlegenheit gebracht habe, und entschuldige mich. Jacques hat mich mit seinem kategorischen Tonfall einfach ein wenig aggressiv gemacht.

Michèle gesteht uns, dass sie tatsächlich auch jetzt noch jede Nacht dorthin geht und damit gleichermaßen das Vertrauen von Hélène und das von ihrem Ehemann enttäuscht. Der will nichts mehr von ihren – wie er es nennt – mystischen Ausflügen hören. Anfangs hat er sie akzeptiert, da sie das einzige Heilmittel gegen ihre Depression waren, allerdings mit der stillschweigenden Auflage, weder zu Hause noch sonst wo darüber zu sprechen. Er ist zwar ein liebevoller Mann, aber möglicherweise hat ihn der Schmerz, nie Vater geworden zu sein, so unnachgiebig gemacht.

»Es ist schade«, sage ich, »dass man seine Ängste vor der Person verbergen muss, mit der man sein Leben teilt.«

»Ja, aber man muss schließlich nicht zwangsläufig das Schlimmste miteinander teilen«, antwortet Jacques daraufhin.

»Nein, das nicht, aber das, was einen am meisten umtreibt, vielleicht schon.«

Hervé sagt keinen Ton dazu. Er fühlt sich ganz offensichtlich unwohl auf diesem Gebiet. Lena gibt zu bedenken, dass das Leben als Paar für sie überhaupt nicht denkbar ist. Sie hat bei ihren Eltern gesehen, wohin das führt. Oder wenn, dann nur ohne jegliches Treueversprechen. Sie erzählt uns, dass ihr Vater vor zwei Jahren abgehauen ist. Er ist in sein Heimatland Algerien zurückgekehrt, und zwar mit einer Kundin, die ihm den Kopf verdreht hat. Von einem Tag auf den anderen war es vorbei mit der Bäckerei und dem Elternpaar. Schon als kleines Kind wurde sie immer um 4 Uhr morgens wach, wenn ihr Vater die Treppe hinunterging und sich für die Arbeit fertig machte. Sie liebte die damit verbundenen Geräusche, denn es ging etwas Beruhigendes von ihnen aus. Sobald die Tür hinter ihm ins Schloss fiel, schlief sie wieder ein. Aber seit er fort ist, zwingt irgendetwas sie, wach zu bleiben. Sie hat die Beine hochgezogen und lässt eine Haarsträhne durch ihre Finger gleiten.

»Sie sind noch so jung, Sie werden Ihre Meinung sicher noch ändern«, tröstet Michèle sie, »irgendwann werden Sie dem Mann Ihres Lebens begegnen, und dann sieht alles anders aus.«

»Der Mann meines Lebens, so ein Quatsch! Wir leben nicht mehr im Mittelalter«, erwidert Lena. »Märchenprinzen gibt es nicht mehr. Ein Kind ist vielleicht noch in Ordnung, aber ein Ehemann, danke, nein.«

Ich nehme mir ein zweites Stück Kuchen. Dieses Mädchen wächst mir zunehmend ans Herz.

»Und was ist mit Ihnen, Claire? Hätten Sie gerne ein Kind? Sie haben mir neulich nicht darauf geantwortet.«

»Nein ... Das zählt nicht zu meinen Plänen.«

»Dabei stelle ich mir vor, dass Sie es richtig verhätscheln würden, auch wenn Sie hier auf cool machen«, mischt Lena sich ein.

»Da bin ich ganz Ihrer Meinung«, stimmt Michèle ihr zu.

»Ich aber nicht«, antworte ich ein wenig kühl. »Ich habe nicht genug Rückgrat, um eine solche Verantwortung zu übernehmen. Ich trage zu viel Wut mit mir herum. Ich bin ständig kurz davor zu explodieren. Stellen Sie sich vor, wenn dann auch noch ein Kind da ist ... Ich bin nicht einmal sicher, ob ich es überhaupt lieben könnte.«

»Was für eine Vorstellung«, empört sich Michèle mit sanftem Lächeln.

Mag sein, denke ich bei mir, aber einer der ersten Gedanken, die mir durch den Kopf gingen, als ich Paul kennengelernt hatte, war: Gott sei Dank, er hat schon eines! Ich komme also darum herum. Meine Mutter, für die das Leben als Paar gleichbedeutend damit ist, auch Kinder zu bekommen – natürlich erst, wenn die bestmögliche Ausbildung abgeschlossen ist –, hat mir diese Entscheidung niemals verziehen. Ihre einzige Tochter beraubt sie der Möglichkeit, Großmutter zu werden. Darüber ist sie nie hinweggekommen. Für mich ist das widersinnig: Ausgerechnet sie, die sich niemals gern um ein Kind gekümmert hat, gibt mir jetzt durch ihr ganzes Gebaren und durch immer neue Anspielungen zu verstehen, dass eine Frau ohne Kind nicht wirklich vollständig ist. Und dann gibt es da noch eine Erinnerung, die ich womöglich auch nur erfunden habe – wie die Sterne an der Decke meines Zimmers: Eines Abends saß ich auf der obersten Treppenstufe, lauschte dem Gespräch meiner Eltern und hörte meine Mutter zu meinem Vater sagen: »Wenn ich nicht schwanger geworden wäre, hätte ich diese Stelle in London bekommen.« In ihrer Stimme lag eine große Bitterkeit. Die Antwort meines Vaters habe ich nicht verstanden, da er immer sehr leise sprach.

Deswegen habe ich mich stets gehütet, dieser Mutter und auch anderen zu gestehen, mit welchem Blick ich Mütter betrachte. Wenn ich sie achtsam ihre Kinderwagen durch die Straßen schieben sehe, flößen sie mir eine Mischung aus Respekt und Scheu ein. In ihren blassen Gesichtern liegt ein undefinierbarer Ausdruck von Erschöpfung, Verwirrung und Stolz. Kriegerinnen. Superheldinnen. Sie, ja sie haben es geschafft. Sie waren in der Lage, ein Kind auszutragen. Und jetzt werden sie – so gut es geht – Nacht für Nacht auf ihr Baby aufpassen und es Tag für Tag bei der geringsten Gefahr beschützen. Ich beneide sie insgeheim, denn ich werde einer solchen Last niemals gewachsen sein.

Ich drehe mich zu Hervé um. Seine Augen sind geschlossen, eine Hand liegt auf seinem Herzen. Er fährt auf, als ich ihn frage, was diese Geste bedeutet.

»Meine Mutter. Sie hat ihr Leben lang ihre Hand auf mein Herz gelegt. Genau so.«

Er wiederholt die Geste noch einmal. Ich sehe ihn ungläubig an. Ja, er ist wirklich eine seltsame Person.

»Sie hatte Panik davor, dass mein Herz stehen bleibt.«

»Warum sollte es denn stehen bleiben?«

»Als ich drei Jahre alt war, hatte ich mitten in der Nacht einen Herzstillstand.«

»Kann man denn mit drei Jahren schon einen Herzstillstand erleiden?«, will Lena verblüfft wissen.

»Normalerweise nicht. Ich bin ein Fall für die Wissenschaft. Meine Mutter hat mich gerade mal eben gerettet. Ihr Instinkt hat sie genau in dem Augenblick in mein Zimmer getrieben, als mein Herz stehen blieb. Danach hat sie alles getan, damit ich nicht mehr einschlafe – aus Angst, dass alles noch einmal von vorne losgeht. Sie las mir Geschichten vor, wenn andere Kinder schon lange schliefen, und kam nachts zehnmal in mein Zimmer, um zu hören, ob ich noch atme. Als ich größer wurde, besorgte sie mir zahllose Serien für Jugendliche, die ich zu ungehörig später Stunde ansah. Meine Mutter starb, als mein Sohn zehn Jahre alt war.«

»Dann gab es niemanden mehr, der Sie am Schlafen hinderte. Aber auch niemanden mehr, der darauf achtete, ob Ihr Herz im Takt bleibt. Also hat das Unbewusste diese Aufgabe übernommen«, stellt Michèle fest.

»So ungefähr vermutlich.«

»Ganz ehrlich, es ist doch klar, dass eine Hand auf dem Herzen noch niemals jemanden vor einem Herzanfall bewahrt hat, oder?«

Hervé sieht mich befremdet an, er wirkt, als denke er über die Lösung eines Rätsels nach.

Es ist schon fast neun Uhr. Hélène taucht im Raum auf. Sie staunt, dass wir noch da sind, und ergeht sich in Entschuldigungen. Sie ist eigentlich nur vorbeigekommen, um unsere Schlafkalender einzusammeln, aber da wir nun noch anwesend sind, möchte sie uns ein sehr schönes Weihnachtsfest wünschen.

Ich bleibe noch eine Weile niedergeschlagen sitzen … Weihnachten.

DONNERSTAG, 3.27 UHR. Zum dritten Mal wacht er auf, seit er sich exakt um Mitternacht schlafen gelegt hat. Er wundert sich selbst, wie genau er sich an die Vorschriften hält. Das Telefon hat nicht geklingelt. Erstaunlich. Weihnachtspause? Jacques schaltet seine neue Nachttischlampe ein, die er zum Sonderpreis auf der Conforama-Seite gefunden hat. Entnervt steht er auf, es ist kalt, er fröstelt. Ohne im Spiegel einen Blick auf sein verquollenes Gesicht zu werfen, versucht er, den Badezimmerschrank oberhalb des Waschbeckens auf der rechten Seite zu öffnen, aber die Tür geht nicht auf. Etwas klemmt. Er atmet schwer, stöhnt, murmelt verärgert etwas vor sich hin, geht dann aber in aller Ruhe ans andere Ende der Wohnung und kommt mit einem Werkzeugkasten zurück, der bisher nicht sehr häufig zum Einsatz gekommen ist. Mithilfe eines Schraubenziehers schraubt er vorsichtig die Scharniere auf. Als sie vollkommen gelöst sind, stellt er die Tür des Wandschranks auf den Boden und geht bei der linken Tür genauso vor, obwohl das absolut überflüssig ist. Vor den nun offen einsehbaren Regalbrettern des Wandschranks zögert er, welche der ordentlich nebeneinander aufgereihten Schachteln er wählen soll. Er entscheidet sich schließlich für Rohypnol, das er für besondere Gelegenheiten aufspart, nämlich für die komplett schlaflosen Nächte. Und er ahnt, dass diese Nacht eine solche sein wird. Sei's drum, dass er zwei Stunden zuvor bereits eine Stilnox geschluckt hat. Er wird nicht daran sterben, bestenfalls wird er schlafen. Er legt sich, ohne die Spuren seiner Werkelei zu beseitigen, wieder zu Bett mit der vagen Zuversicht, dass die Chemie sein Einschlafen nun in die Wege leiten wird.

Während er darauf wartet, dass sie ihre Wirkung entfaltet, und während die roten Ziffern über seinem Kopf weiterlaufen, denkt er an den morgigen Tag. Seine Frau kehrt frühmorgens von einer zweimonatigen Indienreise zurück, wo sie eine Weiterbildung für Massage absolviert hat, oder war es Yoga? Er weiß es nicht mehr so genau. Auf jeden Fall war es etwas, das man besser nicht zum Thema macht. Seine Tochter, die an einer angesehenen Kunsthochschule in Tokio studiert, wird zum Mittagessen eintreffen. Dann wandern seine Gedanken zu seinen beiden Söhnen, die unterschiedlicher nicht sein können. Er hätte sie selbst nicht weiter voneinander entfernt auf der Erde verteilen können. Der eine lebt mit seiner Lebensgefährtin in einer Jurte in der Auvergne. Sie erwarten ihr erstes Kind. Die Lebensbedingungen, die dieses Baby erwartet, wagt er sich nicht einmal vorzustellen. Der andere bewegt sich in der New Yorker Finanzwelt, wo er so große Geschäfte macht, dass er mindestens drei Wohnungen wie diese hier kaufen könnte, ganz abgesehen von den Zweitwohnsitzen. Es macht Jacques glücklich, seine Kinder zu sehen, alle drei. Dann stellt sich wieder so etwas Ähnliches wie ein Familienleben ein, wie früher. Für ein paar Tage gibt es Gespräche, Auseinandersetzungen, Bitten um Ratschläge, die er stets ernsthaft und aufrichtig gibt. Er nimmt erneut seinen Platz als Patriarch ein, den Platz desjenigen, der alles so trefflich überblickt. Als Ehemann hingegen hat er versagt, hier hegt er keine Hoffnung mehr. Catherine wird sich nachts neben ihn legen, aber er wird nicht wagen, sich ihr zu nähern, geschweige denn, sie zu berühren.

Dieser hartnäckige Knoten in seinem Magen. Die Angst, nicht schlafen zu können, nicht in der Lage zu sein, den nächsten Tag durchzustehen – er, der immer weiß, wo es langgeht, immer und überall. Warum ist keines seiner Kinder in der Nähe des Elternhauses geblieben? Sind sie unbewusst vor ihm geflohen, oder haben sie sich, schlimmer noch, sogar absichtlich so weit von ihm entfernt, wo er doch stets überzeugt war, ein vorbildlicher Vater zu sein? Welche Werte hat er ihnen letztlich mit auf den Weg gegeben? Und welches Elternhaus hat er überhaupt vor Augen? Selbst seine Frau ist die meiste Zeit in der ganzen Welt unterwegs. Kann er allein überhaupt ein Elternhaus abgeben? Wenn ja, so verspürt offenbar niemand den Wunsch, eine enge Beziehung zu diesem herzustellen.

Diese offenen Fragen bedrücken ihn und gewinnen die Oberhand über die Wirkung der Medikamente. Um 5 Uhr, immer noch bestrebt, zumindest ein Minimum von Hélènes Ratschlägen zu befolgen, steht er auf, um sich einen Tee zuzubereiten. Er schleppt seinen massigen Körper mit den schmerzenden Gelenken in die Küche und setzt sich an den großen skandinavischen Holztisch. Ein unsichtbarer Hammer traktiert seinen Schädel wie an jedem Morgen, der auf eine schlaflose Nacht folgt. Sein Blick ist durch die zu spät genommenen Schlafmittel noch getrübt, sein Gehirn noch nicht in Gang gekommen. Dieser Tag mit seiner Familie, der eigentlich ein Vergnügen sein sollte, droht angesichts seines Zustandes ein Albtraum zu werden. Er muss unbedingt noch einen Weg finden, eine Siesta zu halten, um sich rechtzeitig vor dem Mittagessen etwas zu erholen. Das ist heute Morgen sein einziges Ziel.

Donnerstag, Mitternacht. Die Messe ist vorüber, Michèle beobachtet, wie die Gemeindemitglieder ruhig die Kirche verlassen, während die Chöre ein letztes Lied anstimmen. Der Priester kommt auf sie zu.

»Fröhliche Weihnachten, Michèle. Bleiben Sie heute Nacht nicht zu lange hier.«

Er zögert einen Augenblick, bevor er seines Weges geht. Schon seit einiger Zeit macht er sich Sorgen. Michèle wird sich niemals beklagen, aber er sieht, wie erschöpft sie ist. Er hofft, dass es kein Fehler war, sie dazu zu ermutigen, nachts hierherzukommen. Während ihrer Depression war es sicher heilsam, aber das ist inzwischen einige Jahre her, und jetzt beschleichen ihn Zweifel, was seinen damaligen Einfall angeht. Michèle verabschiedet sich freundlich von ihm, nachdem sie ihm versichert hat, dass alles in Ordnung sei und er sich wegen ihr nicht zu sorgen brauche.

In der Kirche ist jetzt wieder die von Michèle so erwünschte Ruhe eingekehrt und dazu das tröstliche Halbdunkel. Die vielen von den Gläubigen angezündeten Kerzen brennen noch in allen vier Ecken des Kirchenschiffs und bringen mit ihrem Flackern die Schatten der steinernen Statuen auf dem Boden zum Tanzen. Sie entzündet selbst drei Kerzen und setzt sich vor den Altar.

Antoine und Paula, hört auf, so herumzutoben. Jetzt wird geschlafen! Nein, der Weihnachtsmann ist kein Engel. Papa wird rechtzeitig kommen, das verspreche ich euch. Aber natürlich wohnt er hier, was ist das denn für eine Frage. Wir werden alle miteinander einen schönen Tag verbringen. Gute Nacht, ich will jetzt nichts mehr von euch hören. Ja, ich verspreche euch, dass die Nacht kürzer ist als die Ewigkeit. Sie ist nur genauso lang, dass man sich gut ausruhen kann und am nächsten Tag erholt aufwacht. Jetzt mache ich aber wirklich die Tür zu, und ihr braucht auch nicht mehr nach mir zu rufen. Gute Nacht, ihr Lieben.

Michèle steht auf, ihre Augen glänzen, eine Schweißperle rinnt ihre Schläfe hinab. Sie muss es schaffen, früher nach Hause zu gehen, sonst wird sie bald zusammenbrechen. Langsam geht sie zum Eingang zurück, bläst die drei Kerzen aus und lässt ihren Blick noch einen Augenblick nachdenklich durch die Kirche schweifen. Da bemerkt sie, dass die Frau in den Turnschuhen vor dem Chorraum steht. Und sie ist nicht allein. Neben ihr steht eine weitere Person, die kniend ins Gebet vertieft ist. Ein Schauder durchfährt Michèle. Etwas verstört sie, aber es gelingt ihr nicht, dies genau zu erfassen. Es steht Gott dem Herrn freilich zu, dass auch andere Gläubige bei ihm wachen.

Draußen auf der Straße duckt sie sich gegen die Kälte, schlägt den Kragen ihres Mantels hoch, hält ihn vorne eng zusammen und beschleunigt ihren Schritt. *Alexandre, störe ich dich? Kannst du mir beim Einpacken der Geschenke helfen? Ich mache mir Sorgen um dich. Du erzählst schon seit einiger Zeit gar nichts mehr … Du weißt doch, dass du mir, auch wenn ich ein Kreuz um den Hals trage, alles erzählen kannst, oder? Das wollte ich dir nur noch einmal sagen.*

Es ist bereits nach 2 Uhr morgens, als Michèle auf Zehenspitzen ins Schlafzimmer schleicht. Frohe Weihnachten, Jean-Louis, murmelt sie. Aber ihr Ehemann schläft tief und fest. Normalerweise stellt sich der Schlaf nach ihrem Besuch in der Kirche rasch und problemlos ein, aber heute Nacht ist das nicht der Fall. Sie fühlt sich seltsam aufgewühlt. Es war anders als sonst. Vielleicht liegt das an den Stimmen ihrer Kinder, die so greifbar nah waren, dass sie ihre Gestalten beinahe vor sich gesehen hatte. Ja, als hätten ihre Stimmen die Grenze ihrer Imagination überschritten, um in die Wirklichkeit hinüberzuwechseln.

Vielleicht sollte ich in der Gruppe darüber reden, denkt sie. Sie liegt mit offenen Augen da, ist noch immer hellwach und bemerkt, dass es dunkler ist als sonst. Sie legt die Hand auf die ihres Mannes, in der Hoffnung, durch die Berührung zur Ruhe zu kommen. Endlich fällt sie in einen leichten Dämmerschlaf, da taucht eine ferne Erinnerung auf. Sie war damals achtzehn Jahre alt. Es ereignete sich während strenger Besinnungstage in einem düsteren Kloster an einem ebenso düsteren Ort. Die dort herrschende feuchte Kälte ließ sie unentwegt frieren. Allen war es auferlegt zu schweigen. Sie schlief sehr schlecht. Nach dem Abendessen und dem letzten Gebet begab sie sich mit einem Knoten im Magen auf ihr Zimmer oder eher in ihre Zelle. Nach drei schlechten Nächten wurde sie zunehmend nervös. Am vierten Abend saß sie zusammengekauert auf ihrem Bett und flehte Gott um seine Hilfe an. Während des Gebets wurde plötzlich das Fenster aufgedrückt, und ein eiskalter Windstoß fegte ins Zimmer. Bevor sie reagieren konnte, flog auf der anderen Seite des Zimmers die Tür so heftig auf, als hätte sie jemand von außen mit aller Kraft aufgerissen. Ohne einen klaren Gedanken fassen zu können, stürzte sie auf den Flur. Doch dort war niemand zu sehen, es herrschte Dunkelheit, Michèle wurde von jähem Entsetzen gepackt. In diesem Augenblick trat ihre Zimmernachbarin, durch den Lärm aufgescheucht, in ihrem langen Nachthemd auf den Flur und machte ein paar Schritte auf Michèle zu, die leichenblass wurde. Das Gesicht des jungen Mädchens war seltsam weiß, und in ihren Augen war keine Pupille zu sehen. Michèle begann lauthals zu schreien und wies mit dem Finger abwehrend auf die schreckliche Gestalt. Das ist der Teufel! Das ist der Teufel!, schrie sie ohne Unterlass. Ein Priester tauchte auf dem Flur auf, schaltete das Licht ein und versuchte, Michèle zu beruhigen. Sie haben einen Albtraum, schauen Sie doch, alles ist gut! Michèle betrachtete das arme Mädchen, das jetzt wieder vollkommen normal aussah. Ein Albtraum im Wachzustand, nichts weiter. Der Vorfall wurde bis zum Ende der Besinnungstage nicht mehr erwähnt. Aber Michèle hatte mehrere Jahre gebraucht, um dieses furchtbare Erlebnis einigermaßen hinter sich zu lassen.

Donnerstag, 5.35 Uhr. Lena ist seit einer Stunde in der Küche am Werk. Nichts kann ihrer Stimmung an Weihnachten Abbruch tun. Weder ihre Schwierigkeiten in der Schule noch ihre Mutter oder ihre allgemeine Frustration und auch nicht ihr Magen, der stoisch auch die dritte Tasse Kaffee hinnimmt, ohne dass ihm dazu auch etwas feste Nahrung gegönnt würde. Weder die Müdigkeit noch die Abwesenheit ihres Vaters können ihrer Laune ernsthaft etwas anhaben. Es ist das dritte Weihnachtsfest ohne ihn. Trotzdem hat sie ihn gebeten, über die Festtage zu Besuch zu kommen, aber ein Bäcker kann seine Bäckerei nicht einfach allein lassen, schon gar nicht um diese Zeit, ganz abgesehen von den Kosten für das Flugticket. Also hat sie nicht weiter insistiert. Lena konzentriert sich auf den Blätterteig, den sie geschickt auf der Arbeitsplatte zu Halbmonden dreht, bevor sie diese in den heißen Ofen schiebt. Nur wenig später erfüllt der Geruch frischer Croissants die ganze Wohnung. Schon poltert ihr kleiner Bruder im Spiderman-Schlafanzug die Treppe herunter und fällt ihr um den Hals.

»Was machst du denn hier, François? Ab ins Bett mit dir!«

Der kleine Junge mit den schwarzen Locken schmiegt sich an seine Schwester und macht sich ebenfalls an den Teigvorräten zu schaffen, die sich unter seinen kleinen, runden Fingern in seltsame Würmer verwandeln. Lena lässt ihren Bruder werkeln und nimmt sich die Pute vor, bedenkt das riesige rosafarbene, weiche Fleischstück vor ihr allerdings mit einem leicht angeekelten Gesichtsausdruck.

»Frag doch Mama, ob sie dir nicht helfen kann.«
»Wir stören sie lieber nicht.«
»Sollen wir das denn beide ganz allein mampfen?«

»Drück dich bitte anständig aus!«

Ein Klingeln an der Tür unterbricht sie. Während Lena sich die Hände noch unter dem fließenden Wasser wäscht, setzt der morgendliche Besucher sein Klingeln hartnäckig fort. Bevor sie die Küche verlässt, fährt sie mit der Hand durch den Lockenkopf ihres Bruders, der dies gern zum Anlass nimmt, sich, scheinbar empört, lauthals zu beschweren.

»Hallo, Franck. Bist du aus dem Bett gefallen?«

»Ich mache heute nicht auf. Ich habe gedacht, dass du Hilfe gebrauchen könntest.«

François springt vom Stuhl, um Franck innig zu begrüßen.

»Hallo, Superman. Was ist das denn hier für ein Chaos? Und die Pute, wie wolltest du die überhaupt füllen?«

»Mit den Händen! So, wie man es eben macht.«

»Wo ist deine Mutter?«

»Na, wo wird sie sein? In ihrem Schlafzimmer, wie immer, zugedröhnt von ihren Tabletten!«

»Ich kümmere mich um das Vieh. Leg du inzwischen das hier auf.«

Franck zieht eine CD samt ihrer rissigen Plastikhülle aus seiner Tasche.

»Das sind Weihnachtslieder, ist dir das klar?«

»Und das feiern wir doch heute, oder etwa nicht?«

»Na, dem Kleinen wird es zumindest gefallen.«

In der Küche, wo nicht ein einziger Quadratzentimeter mehr frei und sauber ist, setzen Lena und Franck alles daran, eine diesem Tag angemessene Mahlzeit hinzubekommen, während François seine heiße Schokolade trinkt und dabei vor sich hin trällerte. *Heute kommt der Weihnachtsmann.*

»Kannst du dir vorstellen, Franck, dass in meiner Schlaflosen-Gruppe ein Psychiater ist, der sich mit Schlafmitteln abfüllt? Klingt das für dich nicht auch nach einem ganz speziellen Fall von ›Wer im Glashaus sitzt, sollte nicht mit Steinen werfen‹?«

»Übrigens, wie steht es denn eigentlich mit deinen Probeklausuren?«

»Passt schon«, antwortet sie ausweichend.

DONNERSTAG, 0.10 UHR. Die Teller und Schüsseln stehen beinahe unbenutzt auf dem Tisch. Putengeschnetzeltes mit Pilzsoße, Gemüsegratin und Bratkartoffeln mit Petersilie als Beilagen. Die weihnachtliche Biskuitrolle ist mit einer fruchtigen Creme gefüllt, damit es nicht zu mächtig ist. Die Speisefolge hätte sich ausgefallener gestaltet, wenn Hervé so hätte kochen können, wie er es geplant hatte. Erst nach Mitternacht hatte er die Werbeagentur verlassen. Trotz seines Protests hatte sein Chef ihm eine Woche Zwangsurlaub verpasst. Es blieb ihm keine andere Wahl, dabei fürchtet Hervé nichts so sehr wie Urlaubstage. Deshalb nimmt er sich auch so selten wie möglich frei. Dann verbringt er nämlich seine Tage schlafend im Bett, hat nicht einmal mehr genug Energie, um einkaufen zu gehen, geschweige denn, sich eine Mahlzeit zuzubereiten. Er ernährt sich von Nudeln, Müsli und Kuchen. Er vernachlässigt die Körperpflege, und der Fernseher läuft unentwegt. Er lässt sich vollkommen gehen. Es ist ein Verfall, für den er sich schämt, dem er sich aber dennoch mehr oder weniger widerstandslos überlässt. Das also erwartet ihn ab morgen wieder einmal. Zum Glück ist das Abendessen vorüber.

Sein Sohn kam zu früh. Mit einem Geschenk. Dem neuesten Bestseller über die Wirtschaftskrise. Hervé hatte seinerseits einen Umschlag vorbereitet. Er sah den peinlich berührten Blick seines Sohns beim Betreten der Wohnung. Klar, der Sohn wohnt schließlich in einem Loft, einem angesagten Atelier, das ist natürlich ein ganz anderes soziales Umfeld.

Hervé fühlte sich erbärmlich.

Er setzt sich und nimmt sich ein Stück Kuchen. Dumpf lässt er ihre vergeblichen Versuche Revue passieren, einem Vater-Sohn-Bild zu entsprechen, bei dem beide einander innig zugetan sind. Die Sehnsucht danach quält ihn genau wie letztes Jahr. Jedes Mal nimmt er sich vor, eine echte, aufrichtige Bindung zu schaffen. Er geht sogar im Vorfeld das ganze Gespräch durch. Entwirft es mit lauter Stimme, als deklamierte er eine Rolle in einem Theaterstück. Als Erstes müsste es ihm gelingen, über etwas anderes als seine Arbeit zu sprechen, die niemanden interessiert.

Stoff gäbe es genug. Aber Hervé schafft es nicht einmal, seine Schlaflosigkeit zu erwähnen, da er sich für dieses Leiden schämt. Er könnte seinem Sohn erklären, dass alles damit begonnen hat, als er nach dem Tod der Mutter nicht mehr richtig schlafen konnte. Dass damals alles aus dem Ruder lief, dass das Familienleben unmöglich wurde. Die zahllosen schlaflosen Nächte, die Schlafmittel, die Antidepressiva. Er musste einfach fortgehen, hat nicht einmal versucht, sich an etwas festzuhalten. Der Sohn war damals gerade einmal zehn Jahre alt. Hervé schenkt sich ein Glas Champagner ein. Was für ein Elend. Die Unterhaltung war mühsam, banal, verfahren. Sein Sohn ist vor dem Dessert aufgebrochen. Auch er wahrscheinlich enttäuscht. Und dann sagte er noch diesen schrecklichen und ganz neuen Satz. *Papa, wenn du etwas brauchst, dann sag es mir ...* Hervé hatte ein »Danke« gemurmelt. Scham schnürte ihm die Kehle zu. Als er die Tür hinter seinem Sohn geschlossen hatte, fiel sein Blick auf den Umschlag mit dem Weihnachtsgeld, der noch auf der Kommode in der Diele lag.

Ihm fehlt der Mut, den Tisch abzudecken, und eine weitere Radiosendung würde seine depressive Stimmung nur noch verstärken: Wie ein verstörtes Tier in einem zu kleinen Käfig geht er auf und ab. Er packt den Umschlag in eine Schublade, ergänzt im Geiste die nächste Unterhaltszahlung um den dort schlummernden Betrag und zieht seinen Mantel an.

1.00 Uhr. Glücklicherweise hält sein übliches Café seinen Gestrandeten auch in dieser Weihnachtsnacht die Treue. Der Raum selbst ist leer, aber am Tresen haben ein paar Stammgäste ihren Spaß. Der Patron ist in Spendierlaune und gibt Runde um Runde aus. Hervé ist kaum eingetreten, da baut sich auch schon direkt vor ihm die große, dunkelhaarige Frau in ihrer für die Jahreszeit höchst unpassenden Kleidung auf, ohne sich um eine Anstandsregel zu kümmern.

Er versucht höflich, ihr aus dem Weg zu gehen, um an seinen Tisch zu gelangen, aber die Frau macht keinerlei Anstalten, ihn diesmal einfach so vorbeizulassen. Sie ist älter, als sie aussieht. Ihr Atem riecht nach Alkohol, und ihre Poren sind erweitert. Tränensäcke zeichnen sich unter der dicken Schminkschicht ab. Ihre Bemühungen um ein jugendliches Aussehen sind vergeblich. Ihre leicht geschwollenen Augenlider glitzern, wie auch ihr Kleid und ihre Haare. Hervé hat Mitleid, erklärt ihr aber, in der Hoffnung, überzeugend zu wirken, dass er allein sein muss, dass er einen schlimmen Abend hinter sich hat. Sie weicht nicht einen Zentimeter zur Seite.

Da ist er es leid und gibt nach. Es macht keinen Sinn, Ausflüchte zu suchen, sie wird hartnäckig bleiben. Vielleicht will er im Übrigen auch gar keine Ausflüchte suchen. Nach dem Fiasko des Abendessens würde die Einsamkeit den Grübeleien Tür und Tor öffnen.

Sie zieht ihn zur Bar. Dort wird er mit einem feuchtfröhlichen Hurra begrüßt. Nur zögerlich schließt sich Hervé der Gruppe an und sucht sich einen Platz zwischen den Stammgästen, die er allesamt um mehr als einen Kopf überragt. Er trinkt mehr als üblich. Seine Zunge löst sich. Er erklärt diesen Leuten, dass er sehr wenig schläft, dass er deshalb so oft hierherkommt. Alle am Tresen sind erfreut, endlich den Klang seiner Stimme zu vernehmen.

4 Uhr. Am Arm der glitzernden Frau verlässt er die Bar und torkelt mit ihr durch eine schneidende Kälte. Mit ihr wird er also seine schlaflose Nacht beenden. Ein paar Minuten später sitzt er auf dem Bett eines kleinen, sterilen Studios mit unpersönlicher, moderner Einrichtung und sieht zu, wie sie sich übertrieben räkelnd entkleidet, um Sinnlichkeit vorzugeben, dabei wirkt es einfach nur wie die Wiederholung einer Szene, die man schon allzu oft in schlechten Serien gesehen hat. Im Halbdunkel erkennt er nach und nach ihren fülligen und verbrauchten Körper. Ihre Brüste jedoch sind erstaunlich. Sie müssen einer besonderen Behandlung unterzogen worden sein, denn sie thronen hoch und fest über einem sehr schlaffen Bauch. Aber dieser Körper rührt

ihn. Als sie sich ihm nähert und vor ihn kniet, besteht die einzige Geste, die ihm wie selbstverständlich in den Sinn kommt, darin, voller Zärtlichkeit ihre rot gefärbten, langen Haare zu streicheln. Er hat Angst, ungeschickt und – was noch schlimmer wäre – nicht einfühlsam zu sein. Er möchte ihr eine Freude bereiten, weiß aber nicht so recht, wie er es anstellen soll. Er würde gerne alles richtig machen, wenigstens einmal, in dieser Weihnachtsnacht.

DONNERSTAG, 0.05 UHR. Ich gehe die Liste der letzten Vorbereitungen für die morgigen Festlichkeiten durch. Das Mittagessen für meine Schwiegerfamilie zubereiten, den Tisch dekorieren, die Geschenke für Thomas einpacken, meine Haare waschen, mich epilieren, meinen Auftritt proben, um meiner Schwiegermutter gewachsen zu sein, die ebenso reizend und intelligent ist wie ihr lieber Sohn – und ganz nebenbei auch für mich selbst ein nicht allzu nachteiliges Bild abgeben.

1.20 Uhr. Das Problem ist nur, dass mein Körper und mein Gehirn nicht in der Lage sein werden, die zur Erfüllung dieser doch einfachen und banalen Aufgaben erforderliche Energie aufzubringen. Ich werde nicht lachen, nicht essen und auch keine gute Konversation zuwege bringen können. Ich werde es nicht schaffen, so zu tun als ob. Paul wird seine Hand auf meine Schulter legen, ebenjene Hand, die mich nachts nicht mehr berührt. Er wird vor seinen Eltern den perfekten Ehemann spielen und den schönen Schein um jeden Preis wahren wollen. Ich werde also in den zweifelhaften Genuss von gespielt liebevollen Blicken kommen, die mich jetzt schon anwidern.

Ich versuche, mich an meine letzte normale Nacht zu erinnern. Zum Glück gibt es diese Nächte ab und zu, wenn der Körper einfach wieder zu Kräften kommen muss. Aber sie werden immer seltener. Und dann diese Familientreffen, bei denen alles querläuft. Ich hätte das Gemüse bereits heute Abend vorbereiten können und den Tisch auch, damit hätte ich Zeit gewonnen. Warum habe ich bloß nicht daran gedacht? Ich könnte jetzt hinuntergehen und es machen. Nein, mein Körper fühlt sich wieder bleischwer an.

Ich lasse die Stunden verstreichen, ohne mich überhaupt um ein Einschlafen zu bemühen. Aber genau das muss letztlich geschehen sein, denn ich werde plötzlich wach, schrecke auf und schnappe nach Luft. Ein Albtraum. Immer wieder ist da dieses im Stockfinsteren liegende Haus ohne jegliches Licht. Ich brauche ein paar Minuten, um mich zu beruhigen und um mich dann millimeterweise zu bewegen. Ich taste nach Pauls Hand, denn ich muss jetzt unbedingt jemanden berühren. Aber er zieht sie auf der Stelle reflexartig zurück. Die Grobheit dieser Geste lässt mich einmal mehr erstarren. Meine Angst verursacht mir Übelkeit. Um sie in Schach zu halten, stehe ich auf und gehe in das Zimmer von Thomas hinüber. Der Kleine hat im Schlaf die Hände zu Fäusten geballt, seine Lider flattern leicht, seine Haare kleben verschwitzt an der Stirn. Ob er gerade träumt? Ich lege mich neben ihn. Das Nachtlicht, das auf dem Nachttisch liegende Buch mit der Gutenachtgeschichte, die auf dem Boden verstreuten Spielsachen … Dieses Zimmer ist der einzige Ort des Hauses, der mich beruhigt. Ich streiche ihm über das Haar. Was verbindet uns beide? Die leuchtenden

Ziffern des Weckers zeigen 4.30 Uhr an. Der erste Zug geht um 5.00 Uhr. Behutsam stehe ich auf.

»Wohin gehst du?« Thomas ist auf einmal wach geworden.

»Ich mache einen kleinen Spaziergang. Sag deinem Vater, dass er sich keine Sorgen machen soll. Okay?«

»Ist gut, bis später.«

»Bis später, mein Großer.«

Ohne zu überlegen, ziehe ich mich an, greife einfach nach den noch auf dem Boden liegenden Kleidungsstücken vom gestrigen Tag. Unten packe ich eilig die Geschenke für Thomas ein und lege sie unter die mächtige, mit Lichterketten geschmückte Tanne, die das ganze Wohnzimmer beherrscht. Dann verlasse ich geräuschlos das Haus – ohne zu überlegen. Ich handele vollkommen mechanisch. So wie bei einem Überlebensreflex, so wie man bei drohenden Schlägen das Gesicht automatisch mit seinen Händen schützt. Ich muss diesem Tag an diesem Ort entkommen, ich muss ganz weit weg. Ich werde eine Entschuldigung finden. Einkäufe in letzter Sekunde, und dann hat Françoise angerufen, dass es ihr nicht gut ginge. Man lässt doch eine Freundin an Weihnachten nicht im Stich ... Eine Auseinandersetzung bei meiner Rückkehr ist mir sicher, aber sie ist nichts gegen die Hölle, durch die ich gehe, wenn ich bleibe. Schon viel zu lange bewege ich mich an den Grenzen meiner Möglichkeiten, und ich weiß, dass ich sie, wenn ich diesen Zug nicht nehme, endgültig überschreiten würde. Und danach, wie geht es danach weiter? Ich habe nur eines im Kopf: die Rückkehr in die Stadt.

Draußen herrscht noch vollkommene Dunkelheit, die Weihnachtsbeleuchtung und die Straßenlaternen im Dorf sind noch ausgeschaltet. Niemand steht auf dem Bahnsteig. Noch bevor die Schranken sich senken und der grelle Signalton zu hören ist, trägt der Wind das Dröhnen des sich nähernden Zuges zu mir. Ich suche mir einen Platz im letzten Wagen, setze mich und blicke unentwegt zum Fenster hinaus. So oft habe ich diesen Weg unter die Lupe genommen und in Einzelteile zerlegt, aber immer noch und immer wieder entdecke ich etwas, das mir bisher entgangen war.

Die drei ersten Stationen in Richtung Stadt bedienen Haltepunkte, die noch weit draußen auf dem Land liegen. Zu dieser morgendlichen Stunde zeigt sich die Landschaft hier im Winter als schwarze, undurchdringliche Masse. Aber in den milderen Jahreszeiten oder in der Morgendämmerung sauge ich die aufeinanderfolgenden Perspektiven in mir auf. Die ersten Sonnenstrahlen, die sich zwischen den schwarzen Baumstämmen Bahn brechen, der Dunst, der die Seen und Sumpfgebiete mit einer weißen Decke überzieht, aus der hier und da ein auf einem steinernen Sockel majestätisch thronender Reiher herausragt. Dann habe ich den Eindruck, dass auch ich selbst zu diesem Dekor gehöre, in dem Schattengeschöpfe aus einer anderen Welt auftauchen könnten. Frühmorgens wirft das Land sein schwarzes Kleid ab und zeigt sich in seiner ergreifenden Schönheit. Ich glaube, dass meine chronische Müdigkeit diesen Zustand intensiver Wahrnehmung zusätzlich begünstigt. Ich frage mich jedes Mal, wenn ich einen raschen Blick auf die gesenkten Häupter um mich herum werfe, wie es sein kann, dass die Titelseite einer Zeitung, das Display eines Handys oder ein paar Seiten in einem billigen Thriller diesem lebendigen, sich vor meinen Augen entfaltenden Schauspiel den Rang ablaufen. Heute Morgen denke ich nicht an meine

Flucht. Mein Leben zieht an mir vorbei. Ich bin nicht diejenige, die die Fäden in Händen hält.

Zwei oder drei Minuten lang ziehen riesige, intensiv bewirtschaftete Felder vorüber, dann dominiert mit einem Schlag der Beton. Wir sind am Bahnhof von N. Hier beginnt der zweite Abschnitt der Fahrt, der ganz eindeutig weniger idyllisch, aber nicht weniger fesselnd ist. Endlos schließt sich ein Viertel von gesichtslosen Einfamilienhäusern an das nächste, sie alle wirken ebenso unzusammenhängend wie beängstigend. Die Häuser wirken wie Solitäre, obwohl sie doch erstaunlich ähnlich sind. Manche Bauten legen mit ihrem architektonischen Prunk einen reichlich schlechten Geschmack an den Tag, andere haben ein wenig Vertrauen einflößendes Dach und von Rissen durchzogene Mauern. Allen gemeinsam jedoch sind diese trübseligen Fassaden in einem undefinierbaren Farbton. Die Gärten, ganz gleich, ob gepflegt oder sich selbst überlassen, vermitteln mir ein Gefühl von Freudlosigkeit und Hoffnungslosigkeit. Soweit die Geschwindigkeit des fahrenden Zuges es erlaubt, versuche ich, das Innere dieser uniformen Häuser zu erkunden. Sie sind meistenteils von Neonröhren oder fahlen Deckenlampen beleuchtet. In manchen Wohnzimmern flimmern bereits riesige, im Verhältnis zur Raumgröße überdimensionierte Bildschirme.

Aber was mich um diese Jahreszeit wirklich staunen lässt, sind diese winzigen Gärten, die förmlich an den einfachen Häusern kleben und von unzähligen, leuchtenden Lichterketten überzogen sind. Als hätte das Elend den Wunsch nicht gemindert, das größte Fest des Jahres zu feiern und dies auch allen zu zeigen. Das Lichtermeer verströmt Hoffnung, von Verzicht keine Rede.

Mit der Ankunft in A. endet diese Zone, die man auf den ersten Blick für endlos hätte halten können. Was nun kommt, ist nicht besser. Duckten sich die Häuser bisher flach an den Boden, so ragen jetzt Türme bedrohlich in den Himmel. Es sind Hochhaussiedlungen, die die ganze Seelenlosigkeit ihrer Planer offenbaren und in mir stets eine ohnmächtige Wut aufkeimen lassen. Auch hier versuche ich, die Schlafzimmer, Wohnzimmer und Küchen auszuspähen, deren Größe immer geringer wird, je neuer die Gebäude sind. Aber meine Neugierde bleibt unbefriedigt, die Fenster sind zu klein. Ich stelle mir vor, wie es wäre, wenn ich selbst mich auf der anderen Seite befände. Ich, am frühen Morgen hinter einem dieser winzigen Fenster, den Blick auf die Züge und die anderen Türme gerichtet, die den Horizont verstellen und verhindern, dass meine Gedanken in eine befreiende Ferne schweifen. An dieser Station steigt eine Frau ein und nimmt, das Gesicht mir zugewandt, eine Reihe von mir entfernt Platz. Sie hält die Augen geschlossen, sodass ich sie leicht beobachten kann. Unter ihrer golden bestickten Tunika schaut eine Jeans heraus, ihre Haare sind von einem roten Seidentuch bedeckt. Ihre Wangen sind rund und weich wie ihre ganze Gestalt. Die große Einkaufstasche aus Stoff neben ihr verströmt einen warmen Duft von intensiven Gewürzen. Ich kann meinen Blick nicht lösen. Diese Frau ruft auf seltsame Weise das Bild der Mutter wach, die ich als Kind abends in meinem Bett herbeisehnte. Und auch noch viel später. In meiner Vorstellung legte ich den Kopf in ihren Schoß, während sie mir liebevoll über das Haar strich, immer und immer wieder, und dazu ein paar Melodien von früher vor sich hin summte. An diesen mütterlichen Körper geschmiegt, schlief ich endlich ein. Ein universelles Mutterbild gewissermaßen.

Ein paar Fabriken mit rauchenden Schloten bereichern das Bild um eine industrielle Note, das ich dennoch als fotogen empfinde, vor allem, wenn die aufgehende Sonne hinzukommt. Es folgt der letzte und kürzeste Abschnitt der Fahrt, wir erreichen das Herz der Stadt mit ihren Grünanlagen und bürgerlichen Wohnvierteln. Der Zug verlangsamt seine Fahrt. Die Frau steht auf.

Ich muss sie einfach ansprechen, ich kann nicht anders. Ich werde meine imaginäre Mutter nicht einfach davongehen lassen, zumal an einem Weihnachtstag. Als sie vor der noch verschlossenen Tür wartet, mache ich ihr, direkt hinter ihr stehend, ein Kompliment über die guten Düfte, die aus ihrer Tasche aufsteigen. »Das ist ein Tajine nach meinem Spezialrezept. Ich feiere Weihnachten bei meiner Schwiegertochter. Ich muss noch zweimal umsteigen, bis ich dort bin!«

Erleichtert stelle ich fest, dass ihre Stimme sehr warmherzig klingt, und vor allem, dass sie keine Angst vor mir hat. Ihr singender Tonfall macht meine Sehnsucht noch größer. Bevor sie einen Fuß auf das Bahngleis setzt, dreht sie sich mit besorgtem Blick zu mir um: »Sie werden doch heute nicht ganz allein sein, mein Liebes? An Weihnachten soll man nicht allein sein.« Ich beruhige sie, erfinde rasch eine Familie, die auf mich wartet, und beherrsche mich, um mich nicht in ihre Arme zu stürzen und sie anzuflehen, mich mitzunehmen. Was sie getan hätte, da bin ich sicher.

Auf dem Bahnhof ist es ruhig, heute wird es keine Rushhour geben. Mit entschlossenem Schritt verlasse ich das Gebäude. Allmählich verspüre ich so etwas wie Erleichterung.

Heute werde ich niemandem Rechenschaft ablegen müssen. Paul wird sich von seiner Familie bedauern lassen, die sich keinen Zwang antun und über mich herziehen wird. Er selbst wird sich in seiner Opferrolle gut aus der Affäre ziehen. Aber es stellt sich die Frage, was ich die ganze Zeit über tun werde. Einfach nur herumlaufen, durch die Straßen irren – das käme einer Bestrafung gleich. Außerdem habe ich nicht die Kraft für längere Fußmärsche. Mich in ein Café setzen? Warum nicht, aber die Warterei wird mühsam sein. Ein Kinobesuch vielleicht? Aber um diese Zeit … Ich überlege ein paar Minuten, dann beschließe ich, das erstbeste Hotel aufzusuchen, das ich in Bahnhofsnähe finde. Es ist schäbig, aber auch preisgünstig. Ich zahle eine Nacht im Voraus. Die ehemals weißen Kacheln in dem Flur, der in der obersten Etage zu meinem Zimmer führt, sind von einem starken Grauschleier überzogen. In dem winzigen, mit grünem Teppichboden ausgelegten Zimmer packt mich eine ungeheure Müdigkeit. Ohne mich auszuziehen, lege ich mich auf den synthetischen rosafarbenen Bettüberwurf und schlafe augenblicklich ein. Ein *Verpiss dich, du Idiot* aus dem Zimmer nebenan, gefolgt von einer Tirade wüster Beschimpfungen des so Angesprochenen, weckt mich auf. Ich blicke auf mein Handy, es ist beinahe 23 Uhr. Ich habe den ganzen Tag über geschlafen, also länger als eine sehr großzügig bemessene Nacht. Ich lächele. So lange habe ich seit Jahren nicht mehr geschlafen. Auf meinem Handy tauchen zehn Nachrichten von Paul auf, die ich mir nicht anhöre. Aber ich schicke ihm eine kurze SMS, um meine Ruhe zu haben.

Der Hunger und die wenig anheimelnde Atmosphäre im Hotel treiben mich nach draußen. Unten treffe ich auf den

Mitarbeiter der Rezeption, der mich mit unhöflicher Hartnäckigkeit mustert. Er fragt sich wahrscheinlich, wie diese gutbürgerliche Person in seinem Etablissement gelandet ist, noch dazu ohne Gepäck.

Ich laufe lange durch die Straßen, auf der Suche nach einem Café, das in der Weihnachtsnacht geöffnet ist. Schließlich strande ich in einem einfachen, aber charmanten Bistro. Ich bestelle eine Suppe und einen Glühwein. Niemand hier scheint es seltsam zu finden, dass eine Frau in dieser besonderen Nacht allein zu Abend isst. Der Wein tut rasch seine Wirkung, und ich brauche eine gewisse Zeit, um zu begreifen, dass mein Handy klingelt. Ich rechne mit einem weiteren Anruf von Paul oder, schlimmer noch, von meiner Schwiegermutter, aber es ist lediglich Françoise, die sich Sorgen macht.

»Was treibst du denn, verflucht noch mal?«

Françoise befleißigt sich mit Vorliebe einer vulgären Ausdrucksweise. Es ist ihre Art, sich von dem ultrakonservativen, aristokratischen Milieu abzusetzen, in dem sie groß geworden ist und dem sie zu entfliehen versucht, seit sie im Alter von etwa zehn Jahren allmählich begriff, welch privilegiertes Leben sie führte. Paul muss sie angerufen haben, da er vermutete, ich hielte mich bei ihr auf. Sie schnauzt mich an, dass ich sie hätte einweihen können, denn sie musste sich ganz schön etwas einfallen lassen, um mich nicht bloßzustellen. Ausweichend erkundige ich mich nach ihrem Weihnachtsessen, das im Allgemeinen in einem Desaster endet. Françoise hat sich dafür entschieden, keine Kinder zu bekommen, und bei jedem Familienessen muss sie diesbezüglich einiges einstecken. Aber sie lässt sich nicht auf mein Manöver ein. Natürlich hätte ich sie einweihen können. Aber ich habe heute Abend keine Lust, mit ihr zu diskutieren, und ich glaube, sie versteht mich.

»Gut. Wir sehen uns am Donnerstag. Wir gehen ins Konzert, vergiss es nicht, in Ordnung? Das wird dir guttun.«

Sie hat mich mit der Musik vertraut gemacht und mich gelehrt, wirklich hinzuhören und nicht nur den Fantasievorstellungen und Emotionen nachzugeben, die sie hervorruft. Die Vielfalt der Klangfarben, die Abfolge verschiedener Melodiefolgen, die tonalen Brüche. Mitten im Konzert flüstert sie mir dann zu, »Pass gut auf, jetzt kommt der Wechsel von Dur nach Moll«. Ich weiß nicht immer genau, was sie sagen will, denn ich habe keinerlei Vorkenntnisse, aber ich bin folgsam und gelehrig und habe den Eindruck, einem Wechselspiel von Licht und Schatten zu folgen. Sie ist diejenige, die unsere Konzertbesuche auswählt, und ich vertraue ihr dabei voll und ganz. Sie weiß genau, dass sie mich nie wieder in einen Wagner-Abend mitzunehmen braucht. Ein Abend in der Oper macht mich fast noch verrückter als meine Schlaflosigkeit.

»Also, ist alles nicht so schlimm, das wird schon.«

Solche schlichten Worte — kommen sie von einem nahestehenden Menschen, der keinen Zweifel an seiner beschwichtigenden Aussage duldet — sind ungemein tröstlich.

Ich blicke, vor Müdigkeit blinzelnd, zum Tresen hinüber. Ich weiß nicht, ob es der Alkohol ist, der meine Sinne benebelt, aber ich glaube, einen Mann zu erkennen, der Hervé bis aufs Haar gleicht. Lediglich die entspanntere Haltung passt nicht zu dem introvertierten Kursteilnehmer und lässt mich zweifeln. Als ich ihn dann das Bistro am Arm einer Frau verlassen sehe, die wie eine Prostituierte aussieht, sage ich mir, dass es ganz gewiss nicht Hervé sein kann.

Die Zeit vergeht. Und für mich stellt sich die unangenehme Frage, ob ich den ersten Zug zurücknehme oder eine zweite Nacht im Hotel verbringe.

Mit einem mulmigen Gefühl im Magen gehe ich Richtung Bahnhof – wie ein kleines Mädchen, das weiß, dass man es zu Hause ausschimpfen wird.

6

Montag, 8.05 Uhr. Man muss zugeben, dass wir an diesem Morgen zu Beginn des neuen Jahres alle aussehen wie von den Toten auferstanden: das Gesicht fahl und die Körperhaltung schlaff. Es lässt sich nicht leugnen, die Festtage haben ihre Spuren hinterlassen. Michèle nippt mit geschlossenen Augen an ihrem Tee, Hervé sitzt mit gesenktem Haupt da. Er wirkt verloren in seinem weiten Regenmantel und hält seine Aktentasche gegen sich gepresst wie am ersten Tag. Durch Lena könnte man beinahe hindurchsehen, wäre da nicht der grellrote Lippenstift, der ihre Anwesenheit signalisiert. Jacques schläft tief und fest auf dem Sofa. Wir warten auf Hélène, ohne auch nur ein Wort zu wechseln. Nur das tonlose Getröpfel des Regens auf der Fensterscheibe ist im Raum zu hören.

»Ein frohes neues Jahr für alle!«

Wir schrecken alle gleichermaßen auf. Dabei hat Hélène sehr leise gesprochen. Ohne unser erschöpftes Aussehen zu beachten, zieht sie Stifte und Hefte aus ihrer Tasche.

»Jacques, auf jetzt!«

Jacques öffnet die Augen und schlurft mit schwerem Schritt zu uns an den Tisch herüber.

»Sie hätten ihn doch dieses eine Mal schlafen lassen können.«

»Wir sind hier, um zu lernen, wieder nachts zu schlafen, Lena«, erwidert Hélène und betont dabei das Wort »nachts«.

»Mir scheint, dass Ihre Methode bei niemandem von uns Früchte trägt.«

»Ich werde darauf zu sprechen kommen, Claire. Ich sehe sehr wohl, dass Sie alle recht müde wirken. Sie befolgen die Methode der Schlafkompression jetzt seit drei Monaten. Es ist an der Zeit, Bilanz zu ziehen und die Methode von Fall zu Fall neu anzupassen.«

Wir holen die Aufzeichnungen über unsere Nächte seit dem letzten Treffen hervor. Die Tabellen sind kaum lesbar, außer denen von Hervé und Michèle – wie gewöhnlich. Diese Aufgabe widerstrebt mir zutiefst. Ich erledige sie meist erst kurz vor der Sitzung im Zug, wenn ich noch gar nicht richtig wach bin. Und es ist mir immer noch schleierhaft, wie man seine Nächte, die doch so unendlich viele, feine Nuancen haben, in so strengen Kästchen erfassen soll.

»Claire, Sie konnten tatsächlich nie länger als zwei Stunden am Stück schlafen?«, fragt sie mich erstaunt. »Haben Sie meine Anweisungen auch richtig befolgt?«

»Ganz genau, das schwöre ich Ihnen.«

Mein Kopf ist schwer. Ich greife nach der Thermoskanne mit dem Kaffee, der inzwischen in Absprache mit den anderen den Tee ersetzt, und schenke mir eine große Tasse ein. Nur ganz leise dringt zu mir herüber, was Hélène zu der Tabelle von Hervé anmerkt. Das Gespräch entgleitet mir, aber ich greife den verlorenen Faden rasch wieder auf, als ich höre, wie Hervé mit schwacher und zitternder Stimme zu reden beginnt.

»Ich bin entlassen worden. Ich habe nach einer Woche Zwangsurlaub ein Einschreiben erhalten.«

Jetzt herrscht Schweigen im Raum. Ein kleiner Buchhalter, der brav, zuverlässig und diskret seine Arbeit tut – den entlässt man doch nicht.

»Die sind ja bescheuert! Ich dachte, sie erlauben Ihnen, in ihrem tollen Werbeschuppen mittags ein Nickerchen zu halten!«, empört sich Lena.

»Solange die Ergebnisse stimmten, war das auch so. Aber als ich meine mittäglichen Auszeiten eingestellt habe, bin ich über meinen Vorgängen eingeschlafen und konnte nicht mehr so effektiv arbeiten wie zuvor. Und dann habe ich einen fatalen Fehler gemacht.«

»Mein armer Hervé. Wie ungerecht! Was werden Sie denn jetzt tun?«, will Michèle teilnahmsvoll wissen.

»Ich werde mich beim Arbeitsamt melden und eine neue Arbeit suchen. Wie geht es denn mit Ihren Kindern?«

»Es geht so ...«

»Viel Glück beim Arbeitsamt ... Meine Mutter geht seit Jahren dorthin. Das ist kein Zuckerschlecken, das kann ich Ihnen schon einmal sagen«, meint Lena zu allem Ungemach noch rasch aufklären zu müssen.

Die ausweichende Antwort von Michèle erstaunt mich. Normalerweise ist sie gesprächiger, sobald die Rede auf ihre Kinder kommt. Ihre Augen beginnen dann zu leuchten, und ihre Stimme hellt sich auf, wenn sie von Antoine, Paula und Alexandre, dem Ältesten, spricht.

Ich könnte mich in die allgemeine Gefühlsseligkeit einklinken, aber meine Müdigkeit hindert mich daran. Ich komme immer wieder auf die ewige und unerklärbare Frage zurück, wie ich mich den ganzen Tag über so erschöpft fühlen und dann abends nicht einschlafen kann. Was für die meisten Menschen dieser Erde das Allernatürlichste ist, bedeutet für die hier an diesem Tisch sitzenden Personen jede

Nacht aufs Neue eine einzige Qual. Ich vertiefe mich in die Betrachtung des Plakats mit den Palmen, und meine Augen fallen angesichts des intensiven Blautons des Meeres langsam zu. Ich sinke in einen angenehmen, leichten Dämmerschlaf, den Hélènes Ausführungen auf beruhigende Weise lautlich untermalen. Ich klammere mich an einzelnen Worten fest, die mich sozusagen noch eben über Wasser halten. Zirkadianer Rhythmus, aus dem Takt geratene innere Uhr, Erfahrungen in Höhlen, allgemeine Kakophonie, mit sozialen Aktivitäten unvereinbare Rhythmen ...

»Ich würde gern in einer Höhle leben, Hauptsache, ich bin nicht gezwungen, sie wieder zu verlassen.«

Wieder unterbricht Hervé die gleichförmige Sprachmelodie. Ich tauche aus meinem Ozean auf und wende mich zu ihm um. Er ist hochrot im Gesicht. Nach ein paar Sekunden – vermutlich – erstaunter Stille gibt jeder einen Kommentar dazu ab, um ihm die unbestreitbaren Nachteile darzulegen, mit denen er sich in der Tiefe einer Höhle auseinandersetzen müsste, selbst wenn dieses abgeschiedene Leben ihm auf den ersten Blick ideal erscheinen mag. Hélène, die sich während unserer Ausführungen zurückhält, ruft uns wieder zur Tagesordnung und betont Hervé gegenüber, dass er, bevor er das Leben in einer Höhle wählt, versuchen sollte, mit der Schlafkompression fortzufahren. Also – die Anweisungen einzuhalten und nachts zu Hause zu bleiben.

»Ja, ich weiß ... Aber ich kann einfach nicht mehr zu Hause bleiben und dort auf den Schlaf warten.«

Ganz offensichtlich spricht hier sein Herz und nicht sein Verstand. Hervé verbirgt das Gesicht in seinen schmalen, langen Händen. Pianistenhände, könnte man beinahe denken. Für den Bruchteil einer Sekunde sehe ich die Silhouette des Mannes in der Bar vor mir, wie er spät am Weihnachtsabend mit seinen schmalen Händen gestikulierte, während er sprach. Und wenn Hervé ein geheimes Doppelleben führte? Das Leben eines Bohemiens, das man ihm nicht zutraut? Es ist die Stimme von Jacques, die mich aus meinen gedanklichen Abschweifungen reißt.

»Und was mich betrifft, glauben Sie wirklich, ich hätte meine Schlafmittel verringert?«, poltert der Psychiater. »Es bedeutet für mich die Hölle, morgens mit mindestens sieben Milligramm Zopiclone im Blut aufzustehen. Aber es geht nicht anders.«

»Jacques, das entspricht ganz und gar nicht unseren Abmachungen!«

Angesichts des mangelnden guten Willens auf unserer Seite wird Hélène ein klein wenig aus ihrer legendären Ruhe gebracht.

Ich frage mich, warum niemand von uns positiv auf diese Methode reagiert, warum wir die Anweisungen nicht ernsthafter beachten. Woher kommt dieser allgemeine Widerstand? Warum machen wir einfach, was uns in den Kopf kommt? Klar, da ist Michèle, die in gewisser Weise zu unserer Ehrenrettung dient, aber andererseits beweist ihre heutige Zermürbtheit das Gegenteil. Hélène fordert unsere ganze Aufmerksamkeit und versucht, einen ruhigen Tonfall beizubehalten. Sie gesteht ein, dass man möglicherweise die Schlafkompression abmildern könnte, und stellt für jeden von uns neue Stundenpläne auf. Hervé kann nun wieder sein Mittagsschläfchen halten. Das kommt ein wenig spät, denke ich voller Mitgefühl, aber immerhin wird er dann bei seiner Arbeitssuche besser in Form sein. Michèle werden ihre beiden morgendlichen Stunden Schlaf wieder zugestanden. Jacques darf zumindest bis acht Uhr schlafen. Bei Lena bleibt Hélène unentschlossen und bittet sie schließlich, noch einen Monat, also bis zur nächsten Sitzung, den bisherigen Rhythmus beizubehalten.

Und ich ... Die große Wanduhr zeigt bereits neun Uhr. Die Sitzung ist beendet. Ich glaube, dass Hélène ganz froh darüber ist, da sie Mühe hat, meinen nächtlichen Rhythmus zu verstehen.

Nach ein paar ermutigenden Worten, die sie uns mit auf den Weg gibt, und der eindringlichen Bitte an alle, nachts zu Hause zu bleiben, bricht sie als Erste auf. Ich helfe Michèle beim Abspülen der Tassen. Ich habe diesen Augenblick abgewartet in der Hoffnung, sie jetzt zum Sprechen zu bewegen. Diese Traurigkeit passt nicht zu ihr. Sie lacht zaghaft und bedankt sich, dass ich mir Sorgen um sie mache. Es sind die Albträume, die einfach nicht aufhören, sie wagt gar nicht mehr einzuschlafen. Die Schlaflosigkeit wird endgültig die Oberhand gewinnen, seufzt sie, und dabei entfährt ihr sogar ein leises Schluchzen. Ich beschwöre sie, nicht aufzugeben, denn wenn sie aufgibt, kann die ganze Gruppe gleich mit einpacken. Vor allem rate ich ihr für den Schlaf auch einmal ein Schlafmittel zu nehmen, nur ein einziges Mal. Gott wird es ihr nicht übel nehmen, wenn sie ein einziges Mal nicht zur Stelle ist.

»Gott nicht, aber meine Kinder schon.«

Ich warte, bis auch sie aufgebrochen ist. Am Fenster stehend blicke ich über die Dächer der Stadt. Ich muss es mir eingestehen, ich habe abgeschaltet. Die Müdigkeit hat mich fest im Griff, die Nacht ängstigt mich mehr als zuvor. Ich bin zu nichts mehr fähig, nur meine Arbeit schaffe ich gerade noch. Eine diffuse Angst bemächtigt sich meiner. Eine

Angst, die sich grundsätzlich von all den Ängsten unterscheidet, die ich bisher durchlebt habe. Es ist die Angst, in einen Abgrund zu stürzen, der sich vor mir auftut, unmittelbar unter meinen Füßen, und mich verschlingt. Ein furchtbarer Abgrund. Ich schrecke zusammen, als ich bemerke, dass ich doch nicht allein im Raum bin. Lena sitzt noch am Tisch und hat ihren Kopf in ihre aufgestützten Arme gebettet. Ich bin versucht aufzubrechen und so zu tun, als hätte ich sie nicht gesehen. Aber dann möchte ich sie doch lieber dazu bewegen, einen Kaffee mit mir zu trinken, ein Croissant zu sich zu nehmen und mir zu erzählen, warum sie um diese Zeit nicht zum Unterricht geht.

Sollte mir das gelingen, ist mein heutiger Tag kein verlorener Tag.

Montag, 1.15 Uhr. Das Telefon klingelt. Er hat damit gerechnet. Sie nimmt ihre alte Gewohnheit wieder auf, jetzt, wo die Feiertage vorbei sind. Er rührt sich nicht aus seinem Bett. Es herrscht eine eisige Stille, seit alle nach Weihnachten wieder aufgebrochen sind. Seine Frau ist keinen Tag länger geblieben als nötig, sie war auf dem Sprung zu einem Meditations- und Achtsamkeitsseminar in London. Sie hat ihm mitgeteilt, dass sie vermutlich nicht mehr zurückkommt. Und das in dem Ton, der all diesen Leuten eigen ist, die auf intensive, ja beinahe sogar exzessive Weise derlei Aktivitäten nachgehen – ein Ton, der ihn auf die Palme bringt. Sie hat ihm ihre Hand auf die Wange gelegt, ihm seine schlecht rasierte Haut gestreichelt und ihm erklärt, dass ihr Leben sich von nun an an einem anderen Ort abspielen würde. Und dann hat sie auch noch hinzugefügt, dass sie sich Sorgen um ihn mache. Er wirke in den vergangenen Tagen vollkommen abwesend und ungeheuer müde … Sie hingegen strahlte förmlich. Sie sah mit dem Alter noch besser aus, blühte förmlich auf und war begehrenswert. Wie sollte sie da noch etwas von ihm wollen? Er hatte sie schließlich seit Jahren vernachlässigt. Warum versucht er nicht, sie zurückzuhalten, ihr zu versprechen, dass alles anders werden kann? Weil nicht einmal er selbst daran glaubt. Da ist es noch besser, den eigenen Niedergang allein zu erleben. Er hofft, dass seine Kinder nichts von allem bemerkt haben. Er hatte den Eindruck, als hätte eine doch recht fröhliche Stimmung geherrscht, abgesehen davon, dass Catherine sich immer wieder in ihr Zimmer zurückzog, um zu telefonieren, und abgesehen von ein oder zwei Unterhaltungen über das Wirtschaftswachstum, die beinahe zum Streit zwischen den beiden Brüdern geführt hätten. Nein, insgesamt war es ein recht gelungenes Beisammensein. Es war alles glimpflich abgegangen.

2 Uhr. Erneut klingelt das Telefon. Diese Anrufe zu immer späterer Stunde verwirren Jacques, der damit seine Bezugspunkte verliert. Vor ein paar Wochen war alles einfacher, denn die Anweisung, um Mitternacht zu Bett zu gehen, fiel mit dem Klingeln des Telefons zusammen. Jetzt gelingt es ihm nicht mehr einzuschlafen, solange sie noch nicht angerufen hat. Dieses Mal klingelt das Telefon lange. Sie bleibt hartnäckig. Das verheißt nichts Gutes. Vermutlich will sie ihm Zeit geben, um aufzustehen und durch die gesamte Wohnung in sein Arbeitszimmer zu gehen. Sie kann sich denken, dass er auf seinen müden Beinen recht langsam unterwegs ist, und

wartet auf ihn. So, jetzt hat er es endlich geschafft, zitternd nähert sich seine Hand dem Hörer, dann nimmt er ab.

»Marie?«

»…«

»Es ist spät, schon nach ein Uhr morgens. Ist Ihnen das klar?«

»Ich schlafe nicht mehr, ich habe keine Zeitvorstellung mehr.«

Endlich spricht sie. Rau und schwerfällig klingt ihre Stimme, Jacques erkennt sie kaum wieder. Es ist eine von Schmerz und Leid leer gewordene Stimme.

»Und Sie wollen mir das gleiche Los auferlegen, nicht wahr?«

»Sie brauchen meine Anrufe nicht, um nicht zu schlafen, oder täusche ich mich da?«, fragt sie mit ironischem Unterton.

Aber Ironie passt eigentlich nicht zu ihr.

»Kann ich Ihnen helfen?«

»Bloß nicht. Erinnern Sie sich nicht mehr daran, wie es war, als Sie das versucht haben?«

»Ich habe lediglich meine Pflicht als Arzt getan.«

»Sie können überhaupt nicht ermessen, in welchem Maß sie mir fehlt. Es zerstört mich. Ich bin ein Nichts. Ich existiere nicht mehr.«

»In Ordnung …« Jacques holt tief Luft und versucht sich zu konzentrieren. »Erklären Sie es mir. Wir sprechen gemeinsam über alles, wenn Sie mögen. Marie?«

Aber es ist niemand mehr in der Leitung. Sie hat bereits wieder aufgelegt. Die Marie von früher ist verschwunden. Es ist kein Hauch von Freude oder Sanftmut geblieben. Ihre wiederholten Anrufe machen ihm plötzlich Angst. Muss er jemanden in Kenntnis setzen? Die Polizei? Den psychiatrischen Notdienst? Jacques streckt sich auf dem Sofa aus. Er hat schon viele Nächte hier verbracht, wenn er sich nach einem Patientengespräch zu später Stunde dort hinlegte, einschlief und erst am nächsten Morgen wieder aufwachte.

Im Dämmerschlaf kommt ihm die erste gemeinsame Sitzung mit Marie vor anderthalb Jahren in den Sinn. Über sechs Monate hinweg ist sie zweimal pro Woche zu ihm gekommen, um ihre schweren Angstzustände zu bekämpfen, die sie seit der Geburt ihrer Tochter immer wieder befielen. Das Baby war gerade einmal drei Monate alt, als es zur ersten Attacke kam. Sie war ihm sofort sympathisch. Das war keineswegs bei allen Patienten der Fall. Marie war eine junge, zurückhaltende und sanftmütige Frau. Beinahe schüchtern, aber von entwaffnender Aufrichtigkeit und dadurch sehr zugänglich. Er musste sich nicht auf bestimmte Gesprächsstrategien besinnen, um sie zu erreichen. Sie war vorbehaltlos offen ihm gegenüber. Alles schien so klar. Zudem war sie überaus klug und gebildet, dabei aber keineswegs überheblich. Auch das schätzte Jacques sehr an ihr. Es ging etwas von dieser Frau aus, das eine ungewohnte Bescheidenheit in ihm wachrief, die ihm guttat. Ihre Aufrichtigkeit verleitete ihn dazu, von seinem Sockel herunterzusteigen. Seine Bekanntheit war ihr vollkommen gleichgültig, und das fand er entspannend. Im Laufe der Sitzungen war er unmerklich über den strengen therapeutischen Rahmen hinausgegangen. Sie tauschten sich auch über Dinge persönlicher Natur aus. Über ihren Musikgeschmack, über Literatur, über das Familienleben und auch über die Besessenheit von Jacques, früh schlafen zu gehen, obwohl er doch im Vorhinein wusste, dass er nicht würde einschlafen können. Das alles war jedoch einer effektiven Behandlung nicht abträglich. Marie offenbarte ihm die Szenarien, die sie Tag und Nacht verfolgten. Es waren Szenarien, in denen ihre Tochter unter fürchterlichen Umständen zu Tode kam. Sie beschäftigten sich mit ihrer Kindheit, betrachteten über Generationen hinweg die Mutter-Tochter-Beziehungen, und Marie hatte sich allmählich tatsächlich besser gefühlt. Aber er hätte auf der Hut bleiben müssen: Es gab da eben auch ihren Hang, sich als allmächtige Mutter zu fühlen, die glaubte, dass nur sie allein wüsste, was gut für ihr Kind sei. Das passte nicht zu dem Rest. Sie nahm keinen Rat an, glaubte nur an naturheilkundliche Medizin und machte einen großen Bogen um die gesamte Ärzteschaft. Er hatte das Ausmaß ihres Krankheitsbildes unterschätzt.

Die Uhr im Arbeitszimmer zeigt 5 Uhr an. Er zwingt sich, nicht wieder ins Bett zurückzugehen, obwohl er eine unerträgliche Müdigkeit verspürt und die Lockerung der Schlafanweisungen ihm dies gestatten würde.

Während er in der Küche vor dem Herd steht und darauf wartet, dass der Wasserkessel zu pfeifen beginnt, verliert er sich in einer hypnotischen Betrachtung der Tasse, die er in der Hand hält. Sie gehört zu einem Teeservice, das er und seine Frau einmal von einer Japanreise mitgebracht hatten. Er mustert die zarten, handgemalten Blumenmotive und die winzigen Farbnuancen der rot glänzenden Keramik. In diesem beinahe entrückten Augenblick werden seine Muskeln durchaus willentlich dazu verleitet, ein wenig nachzugeben, die Tasse entgleitet dem Griff seiner Hand und zerspringt in tausend zinnoberrote Splitter auf dem schachbrettartig schwarz-weiß gemusterten Kachelboden. Ohne sich sonderlich zu wundern, senkt Jacques den Kopf und blickt unaufgeregt auf die Scherben. Dann schiebt er mit der Spitze seines Zeigefingers in beinahe heiterer Ruhe die Zuckerdose ganz langsam zur Tischkante und befördert sie mit einer kaum wahrnehmbaren Bewegung darüber hinweg, sodass sie neben der Tasse auf dem Boden landet. Der kostbaren Teekanne wäre vermutlich das gleiche Schicksal beschieden gewesen, wenn nicht ein Klingeln dieses absonderliche Schauspiel unterbrochen hätte. Er schreckt zusammen. Aber es ist nicht das Telefon. Es ist die Türklingel.

»Catherine! Hast du deine Schlüssel nicht?«

»Es ist noch sehr früh, da habe ich mir gesagt ... Eigentlich wollte ich dich nicht stören.«

»Aber du wohnst doch hier. Was für ein komischer Gedanke.«

»Ich will ein paar Sachen holen. Es tut mir leid. Ich wollte dir auch sagen ... Weißt du, ich will nichts haben, weder Möbel noch irgendwelche Dinge. Ich brauche das alles nicht mehr.«

Sie wollte keinen Tee mit ihm trinken und zog mit einem riesigen Koffer wieder von dannen. Vielleicht war es das letzte Mal, dass sie hier in die Wohnung kam. In der Diele bleibt Jacques lange vor dem auf dem Boden stehenden Louis-XV-Spiegel stehen. Das Bild, das sich ihm bietet, ist abscheulich.

Wütend stürmt er auf den Spiegel zu, fasst den schweren Rahmen mit beiden Händen und reißt ihn um, sodass er auf das Parkett fällt. Allerdings trägt das ohnehin bereits mit einer Patina versehene Möbelstück lediglich ein paar Kratzer davon. Jacques ergreift nun eine aus Holz geschnitzte afrikanische Figur, die auf der Kommode steht. Unerbittlich hämmert er kniend auf diesen Gegenstand ein, der ihm sein als so abstoßend empfundenes Bild offenbart hat. Am Ende schafft er es, den Spiegel zu zerstören, genau wie auch die hölzerne Figur. Schnaufend und schwitzend rappelt er sich hoch, befriedigt darüber, diese Schlacht geschlagen zu haben. Er schlurft in die Küche, um seinen kalt gewordenen Tee zu trinken. Als er den Raum fast schon wieder verlassen hat, besinnt er sich, kehrt um und wirft die Teekanne hinunter.

DIENSTAG, 2.20 UHR. Michèle ist bedrückt. Sie sitzt auf einer Bank hinten im Kirchenschiff, aber ein seltsames Gefühl stört ihr nächtliches Ritual. In dieser Nacht sind ihre Kinder nicht in Reichweite. Ihre Stimmen, die bei den letzten Besuchen so nah waren, lassen sich nicht vernehmen. Es gelingt ihr auch nicht, ihren gewohnten Tätigkeiten nachzugehen. Ihre Glieder sind steif, ihr Körper wiegt tonnenschwer. Sie sieht sich außerstande, nach einem Besen oder einem Putzlappen zu greifen, und obwohl sie versucht, die übermächtige Erschöpfung in Schach zu halten, fällt ihr der Kopf immer wieder auf ihre Brust, wenn der Schlaf sie übermannt.

3 Uhr. Sie wird wieder wach und schreckt mit dem Gefühl hoch, jemand hätte sie im Vorübergehen gestreift. In Panik richtet sie sich auf, überzeugt davon, nicht allein zu sein. Vom hinteren Teil des Gangs meint sie ein Murmeln zu vernehmen. Angsterfüllt wagt die arme Frau nicht, sich vom Fleck zu rühren. Von ihrer Bank aus sieht sie sich um, aber weder eine Frau in Turnschuhen noch ein anderes Ge-

meindemitglied lässt sich ausmachen. Das Murmeln kommt näher, ohne dass sie es irgendjemandem zuzuordnen vermag. Plötzlich spürt sie, wie eine unsichtbare Hand ihre Wange berührt. Michèle will aufschreien, aber lediglich ein erstickter Seufzer entfährt ihrem Mund. Von Panik erfüllt, springt sie auf, stürzt eilig davon und vergisst sogar, die drei Kerzen zu löschen. Sie hat Mühe, mit ihren zitternden Händen die Türe zu schließen und den Schlüssel an Ort und Stelle zu hinterlegen. Auf dem Heimweg möchte sie laufen, so schnell es geht, aber ihre Beine versagen ihr den Dienst. Sie zögert, will einen Passanten ansprechen und um Hilfe bitten, aber wobei soll er ihr denn helfen? Nach Hause zu finden? Man würde sie für verrückt halten, oder aber sie würde auf der Polizeiwache landen, und dann wüsste ihr Ehemann Bescheid. Sie setzt den Weg allein fort, aber die Angst macht ihre Schritte bleischwer.

Erst in ihrer heimeligen Küche kommt sie, eine Tasse heißen Eisenkrauttee in den Händen, langsam wieder zu Atem und findet an dem vertrauten Holztisch sitzend ein wenig Ruhe. Aber der Schrecken ist nicht vollständig gewichen und lässt ihr Herz ungewöhnlich schnell schlagen. Sie versteht das alles nicht. Was ist geschehen? Könnte es tatsächlich sein, dass die Kirche heute Nacht auch von einer anderen Person besucht wurde? Hat sie in ihrem Halbschlaf tatsächlich das Geräusch von Schritten gehört, das diese plötzliche Angst erklären kann? Hat vielleicht sogar ein Obdachloser versucht, sie anzugreifen? Aber sie erinnert sich nicht daran, jemanden gesehen zu haben. Da war lediglich diese Empfindung einer Hand auf ihrer Wange. Michèle steht auf und geht hinüber ins Schlafzimmer. Sie streift das Nachthemd über und schlüpft unter die Decken. An die Kopfkissen gelehnt, lauscht sie den regelmäßigen Atemzügen ihres Mannes. Etwas lässt sie trotz ihrer halb geschlossenen Lider stutzen. Es ist dunkel, aber in dem durch das Fenster fallenden Mondschein nimmt sie einen kräftigen Farbton wahr, der auf dem Boden aus der Dunkelheit heraus auftaucht. Sie richtet sich weiter auf, um besser sehen zu können. Tatsächlich, es sind zwei rosafarbene, genau genommen fuchsiarote Schuhe. Als sie den Blick hebt, sieht sie jemanden aufrecht vor dem Fenster stehen. Sie sieht starr zu ihr hinüber. Es ist die Frau in den Turnschuhen.

Das Blut erstarrt ihr in den Adern, ihr Herz verkrampft sich. Sie sagt sich, dass es ein Traum ist, dass es nichts ist, dass es ein böser Traum ist. Schließ die Augen, und die Vision wird verschwinden! Sie zählt nicht einmal ganz bis zehn, bevor sie sie wieder öffnet, hält die Hände – für alle Fälle – weiterhin schützend vor sich wie in einem Horrorfilm. Die Frau ist nicht mehr da. Dafür aber etwas anderes, und das übertrifft den Schrecken von eben noch bei Weitem. Sie sind da, reglos stehen sie am anderen Ende des Bettes. Sehr blass und ganz starr. Sie bewegen den Mund, als versuchten sie, mit ihr zu sprechen, aber sie hört nichts. Michèle möchte in ihrem Entsetzen aufschreien, versucht, nach ihrem schlafenden Mann zu tasten, aber ihre Glieder sind vollkommen gelähmt. Ihr Herz schlägt so heftig, dass ihre Brust schmerzt. Schweißtropfen perlen über die Stirn. Dann bewegt sich eines von ihnen, hebt seinen Arm in ihre Richtung. Erbarmen! Nein!, fleht Michèle. Es kommt langsam auf sie zu, löst sich von den anderen und geht um das Bett herum. Sie schließt die Augen. Sie vergräbt ihren Kopf unter dem Kopfkissen, versucht ihr Schluchzen zurückzuhalten und rührt sich nicht. Ein paar Sekunden, dann ist nur noch Dunkelheit um sie herum. Vielleicht hat sie das Bewusstsein verloren oder ist einfach nur eingeschlafen.

Als sie am frühen Morgen aufwacht, sieht alles wieder ganz normal aus. Ein kräftiger Sonnenstrahl bahnt sich seinen Weg durch die Vorhänge und fällt auf die Bettdecke. Sie hört, wie ihr Ehemann in der Küche vor sich hin trällert. Der Duft von geröstetem Brot dringt bis zu ihr ins Schlafzimmer hinüber.

MITTWOCH, 4 UHR. Lena bleibt im Bett liegen. In den Händen hält sie einen Brief. Nachdem sie sich vergewissert hat, dass ihr kleiner Bruder noch tief schläft, greift sie nach dem neben ihrem Kopfkissen liegenden Telefon. Bereits nach zwei Klingeltönen nimmt ihr Vater ab. Seine Stimme klingt freudig und zugleich fern. Die Verbindung ist nicht sehr gut. Lena beißt sich auf die Lippen. Sie hatte beinahe vergessen, wie sehr es ihr fehlte, ihn nicht mehr in der Wohnung zu hören. Sie bedauert, angerufen zu haben, und drückt das Gespräch mit wütender Entschlossenheit wieder weg. Kurz darauf vibriert das Handy mehrmals, ohne dass sie darauf reagiert. Anrufen, ja, das ist ein Leichtes für ihn. Weiß er denn überhaupt, was für eine Schule sie jetzt besucht? Und wie ihr Leben aussieht, seit er weggegangen ist? Von ihrer Mutter, die das Haus kaum noch verlässt und sich den ganzen Tag über beklagt? Vor allem aber bringt es sie zur Verzweiflung, dass es ihr nicht gelingt, ihm wirklich böse zu sein. Dazu bewundert sie ihn viel zu sehr.

Die junge Frau rollt sich aus dem Bett, hebt das Kuscheltier ihres Bruders auf, das auf den Boden gefallen war, und blickt nachdenklich auf die Straße hinaus. Ein weites T-Shirt bedeckt ihre weißen, knochigen Beine bis zu den Knien. Sie fühlt sich zu schwach, um sich heute Morgen auf den Weg zu machen. In ihr brodelt es jedoch. Sie würde am liebsten das Fenster einschlagen, irgendetwas zerstören oder ihren Ärger an jemandem auslassen. Die Termine für die Prüfungen kommen näher, und die Hoffnung, sie zu bestehen, schmilzt von Tag zu Tag. Ihre Situation ist von vornherein ausweglos, und das macht sie rasend vor Wut. Ihre Mutter hält ihr bereits jetzt Anzeigen von erbärmlichen kleinen Jobs unter die Nase. Damit hätte sie keine Chance auf ein anderes Leben. Sie muss einfach Geld verdienen, sonst wird auch ihr Bruder keine gute Ausbildung bekommen. Und ihre Mutter wird die Miete nicht mehr lange bezahlen können. Sie hat das Gefühl, in der Falle zu sitzen, und weiß nicht mehr, wem sie dafür böse sein soll. Zutiefst niedergeschlagen legt sie sich wieder ins Bett. Sie wird eine Krankheit vorschützen, um nicht in die Schule gehen zu müssen. Das Problem ist, dass ihre Mutter ihren vorgetäuschten Krankheiten keinen Glauben mehr schenkt. Bleibt noch die Möglichkeit, einfach ziellos durch die Straßen zu laufen, aber das erschöpft sie zu sehr. Sie kann Franck wieder einmal einreden, dass ihre Lehrer streiken oder krank sind. Auf diese Weise würde sie den Tag immerhin im Warmen verbringen und Franck ebenso wie sich selbst weismachen, dass sie ihren Stoff wiederholt, während sie eigentlich nur die Gäste beobachtet und ihren Gesprächen lauscht. Zornig schlägt sie die Decke zurück. Es geht nicht, sie kann unmöglich noch länger in diesem Zimmer bleiben. Sie zieht sich das weite T-Shirt über den Kopf und schlüpft in die noch am Boden herumliegenden Klamotten vom Tag zuvor. Ohne das Badezimmer aufzusuchen, schnappt sie sich ihre Tasche und verlässt das Haus.

DONNERSTAG, 1.15 UHR. Hervé ist in Gedanken versunken, über die sein gleichmütiger Gesichtsausdruck allerdings keinerlei Aufschluss liefert. Seine Augen sind halb geschlossen, sodass man annehmen könnte, er döse vor sich hin. Auf dem Tisch steht sein unangerührtes Glas zwischen der Schutzhülle, dem Schlafkalender und dem aufgeschlagenen Heft mit den Wortspalten. Am Tisch neben ihm tauscht sich ein Grüppchen begeistert über das gerade gesehene Theaterstück aus. Er öffnet die Augen. Sie bleibt vor ihm stehen und spricht ihn leise an. Das Ganze erstaunt ihn nicht wirklich. Die Nacht hält so manche Überraschung bereit.

»Das waren tatsächlich Sie, den ich neulich abends hier gesehen habe.«

Hervé sieht zu, wie sie Mantel, Handschuhe und Mütze ablegt und dann ihre Haare wieder in Ordnung bringt. Ihre Bewegungen sind knapp, ohne überhastet zu sein, und keineswegs zögerlich.

»Sie müssen ja reichlich Leute kennen, wenn Sie hier öfter herkommen.«

»Eigentlich nicht. Ich bin lieber allein.«

»Sie sehen müde aus.«

»Das Kompliment gebe ich gern an Sie zurück.«

»So habe ich das nicht gemeint. Ich wollte sagen, Sie sehen müde aus, aber irgendwie anders.«

Hätte diese Begegnung bei einem der Therapietermine oder am hellichten Tag auf der Straße stattgefunden, wäre er wie gelähmt gewesen. Herzrasen, Schweißausbrüche, Stottern. Aber hier ist es ihm nicht unangenehm. Auf diesem neutralen Boden herrscht Gleichheit. Und außerdem hat sie genug zu reden für beide.

»Ich weiß nicht genau, woran es liegt, Ihre Haare, Ihre Haltung ... vielleicht weniger angespannt.«

Hervé beobachtet ihre Grübchen, ohne ihren Worten große Aufmerksamkeit zu schenken. Darauf versteht er sich – so zu tun, als höre er zu, und dabei die Gesten und die Mimik des Gegenübers zu beobachten. Die Körpersprache zu entziffern, das beherrscht er ganz ausgezeichnet.

»Sie sind nachts auch nicht gesprächiger als tagsüber.«

»Da stimme ich Ihnen zu.«

»Ist das Ihr Heft? Schreiben Sie?«

»Nein, den Schlaflosen, der die Nacht nutzt, um schöpferisch tätig zu sein – den gibt es nur im Film. Da, nehmen Sie es ruhig. Es wird Ihnen vielleicht nützlicher sein als mir.«

Hervé reißt die paar vollgekritzelten Seiten heraus und reicht Claire das Heft.

»Sie haben recht. In Wirklichkeit ist das alles keineswegs sonderlich romantisch. Warum will man uns das nur immer weismachen?«

»Um aller Welt vorzugaukeln, dass es cool ist, nicht zu schlafen.«

Claire lacht herzhaft und steckt das Heft in ihre Tasche. Hervé wird rot vor Freude und wagt nun, sie zu fragen, warum sie heute Abend hier ist, so weit weg von zu Hause. Als ihre Züge sich jetzt verfinstern, bedauert er seine Frage sofort.

»Ich, ich wollte nur wissen, wie es ist, wenn man nachts sein Schlafzimmer verlässt. Fahren Sie noch zurück?«

»Nein, ich werde noch ein Weilchen bleiben.«

Hervé sieht, dass sie sich entspannt.

»Das mit Ihrer Arbeit tut mir wirklich leid. Sie werden sicher sehr schnell eine neue finden.«

Die Arbeit. Seit Claire hier aufgetaucht ist, hat er nicht mehr an seine Entlassung gedacht. Es wäre besser, er ginge nach Hause, sähe die Stellenangebote durch und hübschte seinen Lebenslauf auf, statt hier sein Geld auszugeben. Außerdem wird ihm der Aufenthalt an diesem Ort keineswegs einen besseren Schlaf bescheren. Das wiederum wird sich in den Vorstellungsgesprächen rächen. Er wird unruhig auf seiner Bank, ihm ist heiß, und er atmet schwer. Claire bemerkt dies und ergreift die Initiative. Mit einer klaren Handbewegung bestellt sie zwei weitere Gläser Wein, ohne Hervé Zeit zum Widerspruch zu lassen. Der Alkohol tut seine Wirkung: Hervé entspannt sich wieder, Claire fasst Vertrauen. Diese Müdigkeit, die alles beherrscht, immer und überall. Das Sich-gehen-Lassen, gegen das sie nicht ankommt. Sie wagt es nicht einmal mehr, zum Friseur zu gehen, aus Angst, sich im Spiegel ansehen zu müssen, ganz zu schweigen von der Konversation, die sie dort führen müsste, dabei hätten ihre kaum zu bändigenden Haare eine fachmännische Zuwendung dringend nötig. Früher, mit Paul, da gab sie sich Mühe mit ihren Haaren, vor allem, wenn sie abends noch gemeinsam ausgingen. Manchmal fand er sie sogar hübsch, aber jetzt, sehen Sie doch nur ... Hervé unterbricht sie.

»Nein, Sie lassen sich nicht gehen. Sie gehen über eine Brücke. Und zwischen den beiden Ufern kann die Leere schon einmal schwindelerregend sein. Ihre Haare sind sehr gut, so wie sie sind. Lassen Sie ihnen die Freiheit, so zu fallen, wie sie wollen.«

Claire erwidert nichts, fährt lediglich mit einer zögernden Handbewegung über ihren Kopf, als wolle sie sich der Richtigkeit seiner Worte versichern.

Es ist schon drei Uhr früh, als sie auseinandergehen. Und den ganzen Weg über, bis er vor seiner Wohnung steht, grübelt Hervé darüber nach, was ihn mit seiner Geschichte von der Brücke geritten haben mag.

FREITAG, 3 UHR. Im Nebenzimmer flammen die Auseinandersetzungen wieder auf. Seit einer Stunde schreit ein Baby in der Nähe, und die Treppe ächzt unter einem ständigen Kommen und Gehen. Von einer offenbar genau unter meinem Fenster einquartierten Gruppe schallt immer wieder lautstarkes Lachen zu mir herauf, was eine spürbare Anspannung bei mir hervorruft. Sobald Stille eingekehrt ist, lauere ich bereits auf den Augenblick, in dem der Lärm erneut ausbricht und mich vom Bett hochfahren lässt. Ich könnte versuchen, Hervé noch anzutreffen. Aber ich rechne rasch durch, wie lange ich bis dorthin brauche, und komme zu dem Schluss, dass er dann wahrscheinlich schon aufgebrochen ist. Ich muss mir eingestehen, dass ich ihn gestern Abend keineswegs langweilig fand. Dieser schüchterne Buchhalter erwies sich nachts letztlich als unerwartet gesprächig. Schon ertönt die nächste Lachsalve. Warum suche ich mir nicht eine ruhigere Bleibe? Denn ich bin keineswegs so weit, nach Hause zurückzukehren.

Diese Entscheidung zu treffen war letztlich gar nicht so schwer. Im Vorfeld hält man alles für hochdramatisch, und wenn es so weit ist, geht es vorüber, und das war es dann. Als ich nach meinem Coup von Weihnachten im Morgengrauen zurückkehrte, fand der erwartete Streit gar nicht statt. Paul sagte nichts. Er beließ es einfach dabei, nicht mit mir zu reden. Sein verzerrtes Gesicht offenbarte jedoch alles. Ich konnte ihn innerlich schreien hören, und das war weitaus schlimmer als eine offene Aussprache. Du bist wohl verrückt geworden! Man verschwindet nicht einfach so! Ist dir eigentlich klar, welche Sorgen ich mir gemacht habe und wie peinlich das alles vor meinen Eltern war? Und vor allem Thomas, wie konntest du nur? Er ist noch ein Kind! Ich höre all diese stillen Vorwürfe nur zu deutlich. Diesmal hatte ich die Grenze endgültig überschritten. Die Kluft zwischen unseren Lebensvorstellungen war zu groß geworden. Ich schwieg ebenfalls. Ich konnte nichts zu meiner Verteidigung anführen. Ich war wie betäubt, verspürte eine hartnäckige Blockade in Höhe des Solarplexus. Als Paul nach oben ging, griff ich nach einem Stapel schmutziger Teller, der noch auf dem Tisch stand, und ließ ihn fallen. Welch jämmerlicher Ausdruck meiner Auflehnung! Ich hätte die Teller zumindest quer durch das Zimmer werfen können. Dann kauerte ich mich mitten in die Scherben und weinte, bis es langsam hell wurde. Es war weniger das Pathos der Situation, das mir das Herz so schwer werden ließ, als die abgrundtiefe Leere, die ich verspürte, die unerträgliche Gewissheit, dass es keine Schulter gab, an der ich wenigstens für einen Augenblick Zuflucht suchen konnte.

Paul ging mir jetzt noch mehr aus dem Weg als zuvor, als stellte ich eine potenzielle Gefahr dar, eine tickende Zeitbombe. Ein paar Tage herrschte unverändertes Schweigen zwischen uns, dann wartete ich eines Abends, bis Thomas eingeschlafen war, und packte meine Sachen zusammen. Die Entschlossenheit, die ich dabei an den Tag legte, offenbarte mir, dass diese Entscheidung bereits seit Monaten in mir gereift war. Ich fühlte nichts, dabei hätte ich gern ein wenig Traurigkeit an mir wahrgenommen – in der Erinnerung an vergangene Gefühle. Aber ich blieb vollkommen ungerührt. Paul versuchte nicht, mich zurückzuhalten, er sagte lediglich mit einer Stimme, die seinen Überdruss verriet, dass meine Schlaflosigkeit mich unzugänglich gemacht habe, dass es sinnlos wäre, jemanden lieben zu wollen, der so abgedriftet sei wie ich, dass er versucht hätte, mir zu helfen, aber dass er nicht mehr könnte ...

Ich ließ ihn reden, war entrüstet über ein solches Ausmaß an Unaufrichtigkeit. Ich setzte alles daran, seinem Blick standzuhalten, und tatsächlich sah er irgendwann zu Boden. Das Gespräch war beendet. Während Paul wortlos zu Bett ging, als würde man sich am nächsten Morgen beim Frühstück wiedersehen, verweilte ich fassungslos am Küchenfenster.

Ich nahm dann den letzten Zug und suchte dasselbe Hotel auf. Der Mitarbeiter am Empfang zwinkerte mir zu, als er mich mit meinem Koffer auftauchen sah. Ich beachtete ihn nicht weiter und bat lediglich darum, das gleiche Zimmer zu bekommen.

Ich schlafe hier nicht besser, so viel steht fest. Der Lärm hört in diesem Hotel offenbar niemals auf. Andererseits habe ich mich zuvor ja über die Stille beklagt. Die Angst vor einem möglichen Absturz, der mit meiner Situation als alleinstehender Frau ohne festen Wohnsitz einhergehen könnte, hält mich ganze Nächte über wach. Ich werde schließlich nicht mein ganzes weiteres Leben im Hotel verbringen. Ich muss eine Wohnung, ein Zimmer oder sonst etwas finden, Hauptsache, ein Dach über dem Kopf. Ich würde neue Kunden suchen müssen, jetzt, wo ich nicht mehr auf die Einkünfte von Paul zählen kann. Ich dachte, dass meine Entscheidung fortzugehen mich stärker machen und mir neue Energie verleihen würde. Aber heute Abend in meinem Zimmer habe ich Angst, dass ich vielleicht keine gute Entscheidung getroffen habe. Meinen einzigen Trost finde ich darin, dass ich das Gefühl habe, hier vor Blicken geschützt zu sein, in denen Besorgnis und Schuldzuweisungen liegen. Und darin, dass ich niemanden mehr neben mir schnarchen höre. Aber abgesehen davon fühle ich mich entsetzlich einsam und haltlos.

Natürlich habe ich auch die zusätzliche Anweisung von Hélène über Bord geworfen, tagsüber nicht zu schlafen. Trotzdem werde ich aber weiterhin zu den Terminen gehen, denn sie stellen im Augenblick meine einzige regelmäßige Verbindung zur Welt dar. Mittlerweile warte ich sogar voller Ungeduld auf die nächste Sitzung. Der Gesichtsausdruck von Hervé kommt mir wieder in den Sinn. Der nächtliche, der sich auf so seltsame Weise von dem gequälten Ausdruck unterscheidet, den ihm sein zermürbendes Dasein tagsüber verleiht. Er ist tiefgründiger, dunkler.

4.30 Uhr. Erneut schallen Stimmen zu mir herauf. Eine Frau lacht aus vollem Halse. Ich fühle mich gefangen, mir wird eng ums Herz. Ich muss jetzt einfach schlafen. Ich springe auf, um in meinem Necessaire nach einem Fläschchen Donormyl zu suchen. Ich stecke vorsichtshalber immer eines ein, denn es beruhigt mich nicht nur, sondern ist im Notfall auch nützlich. Jetzt aber findet sich in meinem Necessaire kein solches Fläschchen. Ich kippe den gesamten Inhalt auf den Boden, Panik steigt in mir auf, und ich kauere weinend auf dem Linoleumboden des Badezimmers, als ich begreife, dass da tatsächlich keines ist. Wütend werfe ich alles, was mir unter die Finger kommt, durch den Raum. Wenigstens wird hier niemand meinem Treiben Beachtung schenken. Ich setze mich aufs Bett. Wir sind in der Stadt, und in der Stadt ist alles möglich, zu jeder Tages- und Nachtzeit. Eine Apotheke. Natürlich, es gibt eine diensthabende Apotheke. Ich stürze mich auf mein Handy und mache, oh, Wunder, eine Apotheke ausfindig, die geöffnet ist, noch dazu nur zwanzig Minuten Fußweg von hier entfernt. Ich war bereit, auch einen dreimal so langen Weg auf mich zu nehmen.

Vor mir warten ein übermüdetes Elternpaar mit einem Rezept des ärztlichen Notdienstes in der Hand, ein Drogenabhängiger, den das Wachpersonal wieder auf die Straße begleitet, und ein junger Mann, dessen Gesicht größtenteils von einer blutigen Kompresse verdeckt ist. Dann bin ich endlich an der Reihe. Der Apotheker, ein Asiate mit beinahe grünlichem Teint, Glatze und gleichmütigem Blick, schlägt mir diensteifrig eine ganze Reihe von Lösungen vor, allesamt auf pflanzlicher Basis oder mit ätherischen Ölen hergestellt. Er spricht sehr leise. Ich muss mich beherrschen, um ihm seine Kräutermischungen nicht um die Ohren zu schlagen, und wiederhole, dass ich einzig und allein Donormyl benötige, nichts anderes.

Er macht seufzend kehrt, um das Medikament zu holen. Ich schiebe meine Karte in das Lesegerät und gebe automatisch meine Geheimzahl ein. »Geheimzahl ungültig« leuchtet auf. Ich muss die Zahlen verdreht haben und setze noch einmal an. Dieses Mal schon leicht nervös. Zweiter Versuch, wieder erscheint »Geheimzahl ungültig«. Der Schweiß bricht mir aus, mein Herz klopft bis zum Hals. Das ist doch nicht möglich, ich erinnere mich immer an meine Geheimzahl, nichts leichter als das. Der Apotheker weist mich darauf hin, dass mir jetzt noch ein Versuch bleibt, bevor meine Karte gesperrt würde. Ich muss dieses Medikament bekommen, ich muss endlich schlafen können. Ich werde mich richtig erinnern, es gibt keinen Grund, warum es nicht klappen sollte, aber die Zahlen rutschen durcheinander, ich weiß plötzlich gar nichts mehr. Das darf nicht sein, ich kann auf keinen Fall mit leeren Händen den Rückweg antreten. Meine Hände zittern, mein Herz rast. Egal, ich ringe mich durch. Dritter Versuch. »Geheimzahl ungültig.« Scheiße! Ich habe geschrien, ohne dass ich mir dessen bewusst war. Der Wachmann fasst mich misstrauisch ins Auge, jetzt bereit, augenblicklich einzugreifen. Ich flehe den Mann hinter der Verkaufstheke an, dessen Abgeklärtheit mit einem Mal dahin ist. Bitte, ich komme morgen wieder und werde bezahlen. Ich lasse Ihnen meinen Personalausweis hier. Die Antwort besteht lediglich in einem verneinenden Kopfschütteln. Einem Nervenzusammenbruch nahe, verlasse ich die Apotheke und gehe hinaus auf die Straße. Ich verfluche die ganze Welt.

Als ich mein Zimmer wieder erreicht habe, postiere ich mich am Fenster. Der Himmel färbt sich ganz langsam und gemächlich in hellere Nuancen, dann setzt ein feiner Regen ein. Mein Atem wird ruhiger. Der Kellner im Café gegenüber stellt die Tische auf den Gehsteig und rollt die schützende Markise aus. Die Leuchtschrift lockt die ersten Frühaufsteher an. Die Straße erwacht, und ich nehme daran teil. Im Zimmer neben mir höre ich einen Wecker klingeln.

7

Montag, 8.10 Uhr. Es ist still im Raum. Hervé sitzt steif und aufrecht auf seinem Stuhl und hält seinen Blick auf das Fenster gerichtet. Seine Brille sitzt etwas schief auf der Nase. Als er meine Anwesenheit bemerkt, vermeidet er es sorgsam, dass sich unsere Blicke kreuzen, während ich mir einen boshaften Spaß daraus mache, seinen zu erhaschen.

Neben uns ist Hélène mit Unterlagen beschäftigt.

»Sind das die Notizen zu unseren Nächten?«

»Es ist schon ein seltsames Phänomen, dieses Unvermögen zu schlafen, nicht wahr?«

Ich bin erstaunt. Ihre Stimme klingt warmherziger als sonst, beinahe freundschaftlich. Es ist lediglich eine kleine Nuance, aber diese ist doch in einer Weise wahrnehmbar, dass ich in Hélène etwas anderes sehe als einen Lehrer, der seine Schüler dazu zwingt, brutale und unangebrachte Regeln zu befolgen. Eher eine Frau, die ihren Beruf liebt und uns aufrichtig helfen möchte.

»Auf jeden Fall ein großes Rätsel. Aber warum bleibt bei uns allen gleichermaßen der Erfolg aus?«

»Sie sind eine recht ... komplexe Gruppe, was eher selten ist ...«

»Sie müssen doch an schwierige Fälle gewöhnt sein, oder?«

»Jeder Fall von Schlaflosigkeit ist anders, und jeder, der darunter leidet, würde es verdienen, dass man ihm mehr

Zeit und Aufmerksamkeit schenkt. Aber da das zu viele Kosten verursacht, müssen wir andere Methoden anwenden und das Beste daraus machen.«

»Diese Sache mit der Schlafkompression, klappt das wirklich?«

»Aber natürlich. Es gibt ausreichend Belege dafür und auch positive Berichte Betroffener. Glauben Sie, ich würde mir – und Ihnen – sonst über Monate all diese unschönen Dinge antun? Fangen wir an, die anderen werden dann einfach dazustoßen. Jacques, hoch mit Ihnen!«

Jacques, den ich gar nicht bemerkt hatte, erhebt sich mühsam. Er wirkt jedes Mal älter und hinfälliger. Langsam schlurft er zum Tisch, sein Blick hält nach der Thermoskanne Ausschau. Michèle hingegen ist noch gar nicht eingetroffen, was mich etwas beunruhigt. Das passt nicht zu ihr. Hélène nimmt unsere aktuellen Schlafkalender in Augenschein und kann ihre Enttäuschung nicht verbergen. Ich hadere wieder mit mir, weil ich nicht gewissenhafter vorgegangen bin.

Jetzt erscheint Michèle endlich doch. Ihr Gesichtsausdruck ist ein anderer, und niemandem entgeht das. Sie ist sehr blass, dunkle Ringe verschatten ihre hellen Augen. Aber es ist vor allem der Blick. Er ist leer, schweift unruhig, ja rastlos umher. Hélène zeigt sich besorgt und fragt sie, was mit ihr los ist. Das reißt Michèle aus ihrer Benommenheit, und sie begrüßt uns mit vorgetäuschter Heiterkeit. Dann befördert sie die Thermoskanne aus ihrem Korb hervor, als wäre nichts geschehen.

»Danke, Sie sind meine Rettung.«

»Eine schlechte Nacht gehabt, Jacques?«, fragt sie in bemüht heiterem Tonfall zurück.

Die Sitzung beginnt. Ich kann meinen Blick nicht von Michèle losreißen und versuche zu ergründen, was sich hinter ihrer Maske verbirgt. Hélène beglückwünscht sie nachdrücklich dazu, mehrere Nächte hintereinander nicht in die Kirche gegangen zu sein. Das gibt der Schlafkalender preis.

»Ich hatte es Ihnen ja schon gesagt. Sie sind in Ihrem Herzen, Michèle, da spielt es keine Rolle, an welchem Ort Sie sind. Und nachts, da sind Sie einfach am besten in Ihrem Schlafzimmer aufgehoben.«

Michèle wird blass. Die angespannte Atmosphäre ist mit Händen greifbar. Sie war schließlich unser Fels in der Brandung. Jemand, der trotz Schlaflosigkeit Optimismus verströmt und sich trotz allem nicht unterkriegen lässt. Gibt sie auf, dann können wir anderen unsere Hoffnung gleich mit begraben.

In diesem Augenblick trifft Lena ein. Sie ist außer Atem, ihre Wangen sind von der Kälte gerötet.

»Was soll denn diese Stille? Habt ihr ein Gespenst gesehen, oder was ist los?«

Michèle lässt den Kopf in ihre Hände sinken. Jetzt ist es so weit, sie sinkt in sich zusammen. Ich lege meine Hand auf ihren Arm und ermuntere sie, uns doch zu erzählen, was vorgefallen ist. Sie hebt ihren Blick, in ihren Augen liegen Angst und Schrecken.

»Sie haben den Nagel auf den Kopf getroffen, Lena.«

Jacques sieht augenblicklich hoch.

»Das sollte doch nur ein Spaß sein«, bringt das junge Mädchen zaghaft hervor.

»Ich sehe sie«, stößt Michèle, der Verzweiflung nahe, hervor. »Ich sehe unsere Kinder, so wie ich Sie alle jetzt hier sehe. Sie treten jeden Abend leibhaftig vor mir in Erscheinung. Ich kann nicht mehr! Vielleicht bin ich tatsächlich verrückt geworden. Jacques, Sie hatten recht.«

»Ich werde mich hüten, eine so vorschnelle Diagnose zu stellen.«

»Das ist ja irre«, haucht Lena.

»Es ist entsetzlich«, erwidert Michèle.

»Wo und wann haben Sie das Gefühl, Sie würden Gespenster sehen?«, fragt Hélène nun, ohne sonderlich beunruhigt zu sein.

»Überall! In der Kirche, in meinem Schlafzimmer, jeden Abend sehen sie mich mit matt schimmernden Augen an. Aber es ist, als wären es gar nicht sie. Es sind nicht mehr meine Kinder. Ich kann nicht mehr mit ihnen sprechen.«

Ihre Stimme bebt. Die Ärmste, sollte die Müdigkeit ihr tatsächlich den Verstand geraubt haben?

Hélène wechselt wieder zu dem ihr eigenen ruhigen, unaufgeregten und professionellen Tonfall, als sie jetzt fortfährt: »Hören Sie mir zu, Michèle. Sie sind keineswegs verrückt. Es sind auch keine Erscheinungen. Was Sie da erleben, das sind hypnagogische Halluzinationen.«

»Was ist denn das schon wieder für ein Ding?«, fragt Lena.

»Solche halluzinatorischen Phänomene treten während der Übergangsphase zwischen dem Wachzustand und dem Schlafen auf. Unmittelbar bevor man nicht mehr bewusst wahrnimmt, aber noch über seine fünf Sinneswahrnehmungen verfügt. Meistens sind die Visionen höchst real und daher ungeheuer angsteinflößend. Sie können einhergehen mit der Wahrnehmung von Stimmen, Geräuschen und Präsenzempfindungen. Gleichzeitig besteht bei dem Schläfer eine Unfähigkeit, sich zu bewegen.«

Michèle ist keineswegs beruhigt durch diese wissenschaftliche Erklärung.

»Aber ich träume doch nicht, wenn ich in der Kirche bin oder wenn ich ins Bett gehe!«

»Es ist klar, dass Sie das denken, Michèle. Aber vergessen Sie nicht, dass Sie sehr wenig schlafen, und der Körper holt sich notgedrungen, was er braucht, auch ohne Ihr Wissen. Auch wenn Sie sich auf einem Stuhl nur kurz ausruhen wollen, kann es sein, dass die Müdigkeit Sie übermannt und Sie für ein paar Sekunden einschlafen. Ich verstehe Ihre Verzweiflung, aber das alles ist nicht besorgniserregend. Ich rate Ihnen, vollständig auf Ihre Besuche in der Kirche zu verzichten. Sie liefern Ihrem Unbewussten nur verstärkt Nachschub an aufwühlenden Bildern.«

Jacques untermauert die Argumentation von Hélène, bemüht, die Not der armen Michèle zu lindern. Ich bin überrascht von einer solch fürsorglichen Anwandlung, die ich nicht recht mit seiner sonstigen Art zusammenbringe. Aber nichts scheint Michèle überzeugen zu können. Sie ist am Boden zerstört. Ich vermute, dass hinter ihrer Verzweiflung etwas anderes steckt: Sie hat Angst, ihre imaginären Kinder ganz zu verlieren.

Die weitere Sitzung verläuft so, als hätten wir gerade die Nachricht vom Tod eines uns nahestehenden Menschen erhalten. Wir sprechen gedämpft und haben alle ein Auge auf Michèle, deren Züge sich angesichts unserer Rücksichtnahme ganz allmählich etwas aufheitern. Es gibt diese Augenblicke, in denen man den Schutzwall um sich herum öffnet, so hoch und fest er auch sein mag. Man fühlt sich nicht verurteilt und ist bereit, etwas von sich preiszugeben. Manchmal bedauert man dies später, wie etwa an jenen Abenden, an denen man unter dem Einfluss von Alkohol jemandem sein Herz ausschüttet. Aber dann ist es zu spät, das

Gesagte ist gesagt. Nur im ersten Augenblick hat man sich ein wenig besser gefühlt.

Zum ersten Mal lässt sich Jacques darauf ein, über sein Privatleben zu sprechen. Er erzählt uns, dass seine Frau ihn unmittelbar nach den Feiertagen verlassen hat. Jetzt antwortet sie nicht mehr auf seine Anrufe, und über ihr neues Leben hat sie ihm nichts mitgeteilt. Er weiß nicht einmal, ob sie jemanden kennengelernt hat. Aber er geht davon aus. Catherine ist sehr schön und keine Frau, die allein bleiben wird. Er hat versucht, seine Kinder auszuhorchen, ist damit aber gescheitert.

Ich verkneife mir jegliche sarkastische Bemerkung, da er mir nun viel menschlicher erscheint als sonst. Lena zieht das Foto eines Neugeborenen aus der Tasche. Michèle gerät in pure Verzückung angesichts des pausbäckigen Babys. Das neue Kind von meinem Vater, erklärt Lena trocken. Jeden Morgen beim Aufwachen muss sie an dieses Kind denken. Es macht sie verrückt, dass ihr Vater nun dieses kleine Mädchen in seine Arme schließt, herzt und küsst, bevor er zur Arbeit geht. Sie kann nicht anders, sie verabscheut dieses Kind und lehnt es ab, ins Flugzeug zu steigen, um es kennenzulernen. Hervé meint, eine Ähnlichkeit im Blick und in der Mundform zu bemerken. Sofort schnappt sich Lena das Foto und beugt sich darüber, um es eingehend zu studieren. Gut gemacht, Hervé, denke ich bei mir.

Hélène, die einsieht, dass es heute vergebliche Mühe wäre, unsere weißen und schwarzen Kästchen analysieren zu wollen, hält sich zurück und beschäftigt sich mit ihren Unterlagen, bis die Wanduhr das Ende der Sitzung anzeigt.

DIENSTAG, 0.30 UHR. Michèle verbirgt den Kopf in ihren Händen. Hélène täuscht sich, es sind keine Halluzinationen. Sie sind da, und zwar leibhaftig, aus Fleisch und Blut. Aber sie hat das nicht gewollt. Sie hat niemals den Wunsch gehabt, dass ihre Kinder etwas anderes werden als Kinderstimmen, die fröhlich durch die Stille der Kirche klingen. Stimmen, die in ihrem Kopf entstanden sind. Sie streckt sich auf einer Bank in einer kleinen Seitenkapelle hinten in der Kirche aus. Einige Kerzen sind angezündet. Die Angst wird mit jeder neuen Vision größer. Die Frau in Turnschuhen steht wieder an ihrem Platz vor dem Chorraum, diesmal in Begleitung einiger neuer Gäste, die Michèle zitternd mit einer schüchternen Handbewegung gegrüßt hat. Es ist immer diese Frau, die sie zuerst sieht, noch vor den Kindern, woraus sie schließt, dass sie eine Art Wächterin über die Welt der Toten ist. Die Zwillinge stehen dicht beieinander und versetzen sie in Angst und Schrecken. Sie sehen aus wie siamesische Zwillinge, die direkt einem Horrorfilm entsprungen sind. Ihre bleichen Gesichter haben nichts gemein mit den heiteren Mienen, die Michèle sich jedes Mal vorstellt, wenn sie mit ihnen spricht. In ihrer Fantasie sind ihre Kinder viel menschlicher als diese bedrohlichen Fremden, die sie gegenwärtig jeden Abend sieht, jedoch wie abgeschottet in einer anderen Dimension. Kein einziges Wort hat sie mehr mit ihnen wechseln können seit jenem Abend in ihrem Schlafzimmer, als sie dort zum ersten Mal am Fußende ihres Bettes auftauchten. Michèle fühlt sich einmal mehr am Rande einer Depression. Sie wagt nicht, sich dem Priester anzuvertrauen. Und noch weniger ihrem Ehemann, der offenbar bisher keine Veränderungen im Verhalten seiner Frau festgestellt hat. Was wäre, wenn diese Visionen bedeuteten, dass sie besessen ist? Sie hatte schließlich bereits einmal den Teufel gesehen, warum sollte sie nicht auch Geister sehen? Vielleicht handelt sich bei diesen Kindern um Tote, die nun auferstanden sind, um ihre Nächte heimzusuchen. *Mein Gott, steh mir bei, welcher Abgrund tut sich da vor mir auf?* Sie öffnet ihre Augen einen Spaltbreit. Sie kann erkennen, dass die drei Dämonen immer noch an der gleichen Stelle stehen und sie auch jetzt noch anstarren, gerade so, als erwarteten sie irgendetwas von ihr.

Michèle setzt sich auf und versucht, sich zur Vernunft zu rufen. Ein paar Minuten später schlägt sie mutig ihre Augen auf und hält ihren Blicken stand. Warum sollten sie ihr eigentlich etwas Böses wollen? Es sind Kinder. Vielleicht muss man nur ihr Zutrauen gewinnen und ihnen mit ein wenig Liebe und Zuneigung begegnen. Etwas anderes verlangt ein Kind schließlich gar nicht. Gott schickt ihr eine Botschaft. *Sie kommen zu dir, wenn deine Nächte am dunkelsten sind, hab Vertrauen zu ihnen.* Sie erhebt sich von ihrer Bank und richtet sich vor ihnen auf, wobei ihr allein schon diese Anspannung ihres Körpers wieder ein wenig Zutrauen einflößt. Jetzt meidet sie ihre Blicke nicht mehr, sondern nähert sich ihnen vorsichtig. Ihre Furcht versteckt sie, so gut es geht, dann streckt sie ihnen die Hand entgegen, streichelt ihre Wangen und kann den warmen Hauch ihres Atems auf ihrer Haut spüren. *Meine Kinder, meine lieben Kinder ...*

DIENSTAG, 0.10 UHR. Der Lärm im Hotel ist in vollem Gange. Ein dumpfes Geräusch aus dem Nebenzimmer lässt mich auffahren. Die Atmosphäre wird bedrohlich. Die familiär entspannte Stimmung des Tages kann sich nach Einbruch der Nacht leicht zu einem Albtraum wandeln. Ich wage einen Blick auf den Flur hinaus. Es ist die Polizei, die versucht, die Tür des Nebenzimmers gewaltsam zu öffnen. Sie bleiben besser nicht hier, Madame. Es kann sein, dass der Mann bewaffnet ist. Nehmen Sie das Nötigste mit und verlassen Sie das Gebäude, bis wir die Situation geklärt haben. Das lasse ich mir nicht zweimal sagen. Das Geschrei im Zimmer lässt mich das Schlimmste befürchten. Hastig werfe ich ein paar Sachen in meine Tasche und schwöre mir, dass ich gleich morgen das Hotel wechseln werde.

Draußen auf der Straße hat sich ein kleiner Menschenauflauf formiert. Es ist kalt, und ich habe weder Lust, hier zu warten, bis die Situation wieder »unter Kontrolle« ist, noch, später an den Ort des Verbrechens zurückzukehren, als sei nichts vorgefallen.

Ich muss an Michèle denken, an ihre Verzweiflung während der letzten Sitzung. Was hat es mit diesen Visionen auf sich? Sollte sie tatsächlich dem Wahnsinn anheimgefallen sein? Ich zögere ein paar Minuten, dann beschließe ich, mich auf die Suche nach ihr zu begeben. Ich weiß, wo besagte Kirche liegt.

Die Straße in diesem tagsüber sehr belebten Viertel ist menschenleer. Der Haupteingang der Kirche ist verschlossen. Ich gehe um das Gebäude herum und stoße auf eine Seitentür, durch die ich zunächst in einen vollkommen dunklen Eingangsbereich gelange. Blind taste ich mich ein paar Schritte vorwärts und finde den Zugang zum Kirchenraum. Gleich neben der Tür sind, etwas abseits von den übrigen, drei Kerzen angezündet. Michèle ist da. Ohne weiter nachzudenken, zünde ich eine vierte Kerze an. Die Stühle sind wunderbar ordentlich aufgereiht, es herrscht absolute Stille. Ich begreife, was Michèle, abgesehen von ihren Kindern, an diesem Ort sucht. Es spielt keine Rolle, welchem Gott, welchem Glauben oder welcher Überzeugung man huldigt, die Empfindung von Ruhe ist universell. Die Welt wird draußen gehalten, hinter diese schweren Türen verbannt. Im Kerzenschein und im Halbdunkel der Alkoven kommt der Schlaf leichter. Die Farben der Glasfenster, deren schwacher Widerschein auf den steinernen Boden fällt, und der Geruch des Weihrauchs beschwichtigen meine um diese Zeit für gewöhnlich alarmbereiten Sinne.

Ich setze mich und schließe die Augen, um die Aura der heiligen Stätte besser wahrzunehmen, und vergesse darüber beinahe den Anlass meines Besuchs.

Eine Stimme aus der Tiefe der Kirche erinnert mich an mein Vorhaben. Ich folge ihrem schwachen Widerhall in die düsteren Winkel des hinteren Bereichs. Dort erstrahlt plötzlich eine kleine Seitenkapelle im Schein unzähliger Kerzen. Michèle kehrt mir den Rücken zu und kann mich nicht sehen. Sie spricht leise vor sich hin, murmelt etwas, aber ich kann ihre Stimme kaum hören. Mich verwirren jedoch vor allem ihre Gesten. Ich sehe förmlich eine menschliche Gestalt unter ihren Bewegungen entstehen. Sie geht in die Knie und agiert, als hätte sie ein Kind vor sich, umfasst mit ihren Armen zarte Schultern und berührt mit ihren Lippen unsichtbare Wangen. *Meine Lieblinge, Kinder meines Herzens, ihr habt mir so gefehlt, ich liebe euch so sehr ...* Tränen steigen mir in die Augen, aber ich presse die Kiefer aufeinander, um sie zurückzuhalten. In diesem Augenblick existieren ihre Kinder wirklich, und ich verspüre eine ungeheure Leere, einen schrecklichen Mangel. Während ich dieser beinahe mystischen Szene beiwohne, ertönt eine Musik in der Stille und erfüllt den Kirchenraum mit ihrem kristallklaren, unwirklich reinen Klang. Ich weiß nicht, ob Michèle mich nun mit in ihre Umnachtung fortreißt oder ob es der Schlafmangel ist, der uns in diese Trancezustände versetzt, aber das ist auch unwichtig. Diese reglose Gestalt, die hingebungsvoll vereint ist mit denen, die sie in ihrem Leben so sehr entbehren muss, und das im Zusammenspiel mit dem anrührenden Klang der Violine – es liegt etwas Sakrales in dieser Szene. Ich blicke zu Michèle hinüber und denke an die Kinder, die sie nie haben wird, und an diejenigen, die ich nie haben wollte. Ich denke an Thomas, für den ich nicht einmal die Rolle der Ersatzmutter richtig hatte ausfüllen können.

Michèle wendet mir immer noch den Rücken zu, sie sitzt nun in sich gekehrt da. Mit gefalteten Händen und geschlossenen Augen, nehme ich an. Ich kann die Inbrunst ihres Gebets förmlich spüren. So vorsichtig wie möglich mache ich kehrt. Als ich wieder den Chorraum der Kirche erreiche, treffe ich auf einen Mann im Frack, der vor einem Notenpult auf einem Stuhl sitzt, eine Violine in der einen und eine Bierdose in der anderen Hand. Er macht einen Satz auf seinem Stuhl, als sähe er ein Gespenst. Und in gewisser Weise hat er nicht einmal unrecht damit. Durch den ständigen Schlafmangel hat sich mein Gesicht verändert. Mein Teint ist mittlerweile beinahe genauso weiß wie der von Lena, und hohlwangig bin ich auch. Dazu ausladende dunkelviolette Augenringe, die mich tatsächlich wie eine wandelnde Leiche aussehen lassen.

Ich lächele ihm zu, darum bemüht, so freundlich wie möglich zu wirken.

»Was war das?«

»*Concerto für Violine in e-Moll* ... Mendelssohn ... Opus 64 ...«, stößt der Mann in einem Atemzug stotternd hervor.

Ich stelle mir vor, was für ein Gesicht der Ärmste machen wird, wenn er gleich einer alten Frau begegnet, die mit sich selbst spricht.

1.30 Uhr. Ich brauche ein paar Augenblicke, um wieder in die wirkliche Welt zurückzukehren. Ich lehne mich an die Fassade der Kirche und zünde mir eine Zigarette an. Ein paar Menschen gehen vorüber, ich beobachte ihre Wege, schnappe einzelne Worte aus ihren Unterhaltungen auf und blicke dann nach oben zu den wenigen noch erleuchteten Fenstern. Mir wird klar, dass Michèle dabei ist, ihren Halt zu verlieren, und ich schwöre mir, dass ich versuchen werde, sie zu den Lebenden zurückzuführen. Selbst wenn ich dafür mit Jacques sprechen muss, um die Meinung eines Profis zu hören.

Ich bin nicht in der Lage, in mein heruntergekommenes Hotel zurückzukehren, und fast möchte ich meine Entscheidung bedauern. Ich habe kein Haus mehr, kein bequemes Zimmer, niemanden, der mich aufnehmen könnte. Ich rufe Françoise an, erreiche aber nur ihren Anrufbeantworter. Sie ist auf einer Tournee im Ausland, das hatte ich vergessen. Paul lässt nichts von sich hören. Zehn Jahre haben wir gemeinsam miteinander verbracht, und es bleibt nichts davon übrig, nicht einmal die Sorge um den anderen. Aber es ist eigentlich auch Thomas, der mir fehlt. Ich würde gern mit ihm sprechen, ihm begreiflich machen, dass mir keine andere Wahl blieb. Dass ich ihn mitgenommen hätte, wenn er mein Kind wäre. Wir hätten einen Weg gefunden. Wir hätten es wie alle anderen auch gemacht, uns mit der Betreuung wochenweise abgewechselt. Ich mache mich auf, schlage den Weg zu dem Café von Hervé ein und hoffe, ihn dort noch anzutreffen.

DIENSTAG, 1.00 UHR. Hervés Blick ist auf den Eingang der Bar gerichtet. Er vertraut seinen Intuitionen nur selten. Außerdem hat er auch nur höchst selten welche. Aber diesmal weiß er, dass sie kommen wird. Seit sie sich getroffen haben, kommt er jeden Abend hierher. Er versucht erst gar nicht mehr einzuschlafen. Bis Mitternacht hört er Sendungen im Radio, dann zieht er seinen Schlafanzug an und legt sich ins Bett, womit er sowohl der von Hélène aufgestellten Regel Folge leistet wie auch ein unverrückbares Ritual beibehält. Gegen 1 Uhr steht er dann wieder auf, schlüpft in seine Kleider und geht los, um hier auf sie zu warten.

Ein Gedanke geht ihm immer wieder durch den Kopf, und er möchte seine seltsame Entdeckung gern mit Claire teilen. Er muss mit jemandem darüber reden. Und mit wem sonst aus der Gruppe? Aber vielleicht hat ihre erste Begegnung sie endgültig davon geheilt, nachts draußen unterwegs zu sein? Es wäre vermutlich besser, zu Hause zu bleiben und dieses Bewerbungsgespräch vorzubereiten. Das ist schließlich im Augenblick seine einzige Chance. Er sieht auf die Uhr seines Handys. Automatisch öffnet er die Mailbox, die jetzt immer leer ist. Nach seiner Entlassung hat sich Hervé eine eiserne Disziplin auferlegt. Es kommt nicht infrage, sich gehen zu lassen, als wäre er im Urlaub. Er steht um 8 Uhr auf, unabhängig davon, wie viele Stunden er geschlafen hat. Dann wird geduscht und gefrühstückt. Anschließend erledigt er seine Einkäufe. Wieder zu Hause, bereitet er sich eine ausgesuchte Mahlzeit zu, die er dann oft gar nicht zu sich nimmt. Sein kranker Magen ist von den Angstgefühlen stark angegriffen. Womöglich hat er ein Magengeschwür. Es wäre gut, wenn er einen Arzt aufsuchen würde. Aber das würde ihm am Ende eine weitere schlechte Nachricht einbringen … Er ist sich nicht sicher, ob er einen solchen Schock auch noch verkraften könnte. Dann beschäftigt er sich eingehend mit der Arbeitssuche. Seine Entlassung aufgrund eines in Ausübung des Berufs begangenen Fehlers ist nicht sofort gleichbedeutend mit Arbeitslosigkeit. Vermutlich aus Schuldgefühlen haben sie ihm zum Abschied immerhin einen Umschlag überreicht. Aber es ist keine große Summe, er muss alles daransetzen, rasch wieder Arbeit zu finden.

Immer wieder wirft die Frau an der Bar ihm Blicke zu, denen er geflissentlich ausweicht. Ansonsten würde sie dies womöglich falsch interpretieren. Selbst wenn die Erfahrung mit ihr durchaus als gelungen gelten kann, legt er keinen Wert darauf, sie zu wiederholen.

2 Uhr. Das Café leert sich, jetzt beginnen die einsamen Stunden der Nacht. Allmählich fühlt er sich einfach nur noch lächerlich. Er will gerade seinen Trenchcoat überziehen, als Claire endlich eintrifft: Ihre schlaflose Nacht hat sie nun endlich doch hierhergeführt. Ein paar lockige Haarsträhnen ragen unter ihrer Mütze hervor. Ihre Züge wirken angespannt. Aber Wangen und Nase sind von der für die Jahreszeit zu frostigen Nacht gerötet, und die Farbe belebt ihr Gesicht. Sie kommt an seinen Tisch und grüßt ihn zurückhaltend. Hervé beginnt zu stottern, fängt sich wieder und bittet sie, sich zu setzen. Er muss als Erster das Wort

ergreifen. Später wird er es nicht mehr wagen, sie zu unterbrechen. Aber sie sagt nichts, setzt sich, zieht die Mütze ab und stützt den Kopf in ihre Hände. Hervé muss beinahe lachen, weil ihre Haare so lustig in alle Richtungen abstehen.

»Wollen Sie ein wenig abgelenkt werden?«

Ohne ihre Antwort abzuwarten, erzählt er ihr die ganze Geschichte von der ersten Nacht an, in der er diese seltsame Begegnung hatte, ganz zufällig auf dem Nachhauseweg. Claire bleibt skeptisch, nachts kann es leicht zu Verwechslungen kommen, noch dazu, wenn Müdigkeit mit im Spiel ist ... Da kann man seinen Sinnen nicht mehr vertrauen. Hervé ist enttäuscht. Er hatte damit gerechnet, ihr Interesse zu wecken, aber sie scheint nicht neugierig geworden zu sein. Er beschließt fortzufahren, verstrickt sich aber in seiner Erzählung, er hat keine besondere Begabung für die strukturierte und stimmige Wiedergabe von Zusammenhängen. Das Beste wäre, er zeigt ihr einfach alles. Er schlägt ihr vor, jetzt auf der Stelle dorthin zu gehen. Sie lehnt rundweg ab. Mitten in der Nacht und bei dieser Kälte durch die Straßen laufen, nein danke. Aber seine erstaunliche Hartnäckigkeit zahlt sich am Ende aus.

Ein wenig nervös steht er auf und zieht Claire mit sich nach draußen. In der spärlich erleuchteten Gasse wird sein Gang geschmeidiger, seine Beine holen befreit zu raumgreifenden Schritten aus. Sein Trenchcoat bläht sich im Wind. Mit erhobenem Haupt und wehenden Locken ist er jetzt auf seinem Weg. Claire erkennt das zusammengekauerte Individuum aus den Sitzungen kaum wieder. Sie hat den Eindruck, der Metamorphose eines gequälten Menschen zu einem Vogel der Nacht beizuwohnen, der sich nun anschickt davonzufliegen.

Er bittet Claire, ihm zu folgen.

Nach einem viertelstündigen Fußmarsch bedeutet Hervé ihr stehen zu bleiben, indem er ihr den Weg mit seinem Arm versperrt und sie unter das Portal eines Gebäudes aus Quadersteinen zieht.

»Hier ist es, halten Sie still.«

Auch seine Stimme ist verändert. Entschlossener, gewichtiger. Die enge Straße ist menschenleer. Die Gebäude sind alle dunkel, die Menschen dort drinnen schlafen. Aber bei einem, das genau gegenüber von ihrem Versteck liegt, ist es anders. Wenn man genau hinsieht, bemerkt man, dass an jedem Fenster feine Lichtstrahlen durch die dichten, schweren Vorhänge dringen. Man muss ein sehr guter Beobachter sein und um diese Zeit nichts anderes zu tun haben, um zu begreifen, dass dort drinnen anscheinend niemand schläft.

Innerhalb einer Stunde sind drei Personen in das Gebäude hineingegangen, dann ist sie endlich herausgekommen. Claire kann ihren Augen kaum trauen. Hervé frohlockt innerlich angesichts ihrer überraschten Miene. Sie flüstert: »Zugegeben, das ist eine Überraschung, aber natürlich steht es ihr zu, ihr Haus zu verlassen, wann sie will.«

»Ich glaube nicht, dass das ihr Zuhause ist. Folgen Sie mir.«

Sie setzen ihren Weg fort. Hervé ist sehr geschickt bei seinen Manövern. Er hält den richtigen Abstand, agiert vorausschauend, sucht im rechten Augenblick ein Versteck auf, wenn er spürt, dass seine »Zielperson« sich umschauen könnte. Sie lassen die gehobenen Wohnhäuser hinter sich und gelangen in ein angrenzendes, weniger vornehmes Viertel, wo sie ein zweites Mal stehen bleiben. Es bietet sich das gleiche Szenario: Ein auf den ersten Blick vollkommen dunkles Gebäude, in dem alle zu schlafen scheinen; wenn man jedoch innehält und sich die Zeit nimmt, genau hinzusehen, dann bemerkt man, dass auch hier in den Zimmern hinter den Fensterläden oder Vorhängen Licht ist. Die Frau verschwindet in dem Gebäude. Dicht gefolgt von einem älteren Mann, der sich gebeugt auf einen Stock stützt, sowie von einer zierlichen Gestalt, die unter einer Straßenlaterne hervortritt. Mit ihrer Bommelmütze, unter der die lockigen Haare herausschauen, ihrem Rucksack und ihrem Dufflecoat sieht sie aus wie eine Studentin.

»Sie sieht beinahe aus wie Sie«, flüstert Hervé.

»So eine Mütze habe ich noch nie getragen«, erwidert Claire empört. »Und so groß bin ich auch nicht, aber meinetwegen.«

Eine halbe Stunde später verlässt die Frau das Gebäude wieder, steigt in ein bereits wartendes Taxi und verschwindet in der Stadt. Ende der Verfolgungsjagd. Hervé wirkt enttäuscht, dass nun alles vorüber ist. Er befürchtet, Claire zu verlieren, da sie womöglich beschließen könnte, den Rückweg anzutreten. Deshalb lädt er sie, noch voller Elan von der Jagd durch die Stadt, aber ohne sich allzu viel davon zu versprechen, auf einen Kaffee zu sich nach Hause ein. Das Haus, in dem er wohnt, ist nicht weit entfernt, und ihnen täte es gut, sich aufzuwärmen. Zu seiner großen Überraschung nimmt Claire das Angebot ohne jedes Zögern an. Noch nie hat sich Hervé so bedeutsam gefühlt. Aber während sie das enge Treppenhaus hinaufgehen, von dessen Wände die Farbe abbröckelt, verfliegt sein Wagemut, und mit jeder Etage bereut er seinen Vorschlag mehr. Claire hat allerdings nicht ein Wort über den heruntergekommen

Zustand der Örtlichkeit gesagt und auch keinerlei Erstaunen gezeigt.

»Hier ist es. Eine Wohnungsbesichtigung ist nicht nötig. Sie haben alles auf einmal im Blick. Über die Einrichtung müssen Sie hinwegsehen.«

In seiner Stimme liegt mit einem Mal Scham. Seine altbackene kleine Wohnung, treues Abbild seiner großen Einsamkeit, kommt ihm so unglaublich schäbig vor, jetzt, wo diese Frau hier ist. Er muss an Aschenbrödel denken, wenn es nach dem prachtvollen Fest wieder nach Hause zurückkehrt. Aber Claire wirkt auch jetzt keineswegs erstaunt über die dürftige Einrichtung und legt sich auf das Sofa. Er entspannt sich und verschwindet in der kleinen Küche, um kurz darauf mit zwei Tassen dampfendem Kaffee zurückzukommen. Er stellt sie auf den Tisch und nimmt selbst am Fußende des auf der gegenüberliegenden Zimmerseite stehenden Bettes Platz. Seine Bewegungen sind langsam, sein Rücken ist vor Erschöpfung gebeugt.

»Seit wann verfolgen Sie sie?«

»Seit ein paar Wochen. Ich weiß es nicht mehr genau. Ich bin ihr zufällig begegnet.«

»Was steckt Ihrer Meinung nach hinter dem Ganzen? Was geht in den Gebäuden vor sich?«

»Keine Ahnung. Aber wir sollten warten, bevor wir sie danach fragen. Soweit ich weiß, ist es verboten, Leute zu verfolgen.«

»Aber es ist ja nicht illegal, ihnen über den Weg zu laufen.«

Hervé fährt sich mit seiner Hand über die schlecht rasierten Wangen.

»Das steht Ihnen gut.«

»Das Ungepflegtsein?«

Claire schließt die Augen. Die Stille hat nichts Unangenehmes. Hervé sucht in den Tiefen seines Wandschranks nach einer Wolldecke und deckt die bereits eingeschlafene, rätselhafte Frau vorsichtig zu. Auch er legt sich hin, findet jedoch keinen Schlaf. Ihre Anwesenheit verwirrt ihn. Er kann nicht sagen, ob es störend oder angenehm ist. Beides gleichermaßen, befindet er nach ein paar Minuten des Abwägens. Dann greift er, ohne dies im Geringsten vorher geplant zu haben, nach seinem Handy und tippt eine Nachricht. *Hallo, mein Sohn, wie geht es dir?*

Zwei Stunden später steht er leise auf, nimmt eine Dusche, schreibt ein paar Worte auf einen Zettel und legt die Nachricht auf den Tisch.

Termin bei der Arbeitsagentur. Frischer Kaffee in der Küche. Machen wir bald weiter? Sie wissen, wo Sie mich finden ...

Als er die Treppe hinuntereilt, vibriert sein Handy. *Ganz gut, und dir?* Der Tag beginnt verheißungsvoll. Ich könnte ihn vielleicht in den nächsten Tagen einmal zum Mittagessen einladen, gemeinsam mit Claire, dann hätten sie mehr Gesprächsstoff, denkt Hervé, während er, zufrieden mit seiner Idee, die Stufen beschwingter als sonst hinuntersteigt.

MONTAG, 2 UHR. Jacques sitzt in seinem Arbeitszimmer, wild entschlossen. Die Anrufe um Punkt Mitternacht sind ein für alle Mal vorbei. Und wenn schon. Während er wartet, macht er sich mit einer kleinen Nagelschere am Überzug des Sofas zu schaffen. Sorgfältig trennt er eine Naht des Stoffes nach der anderen auf. Es ist ein Designerstoff, der der ganze Stolz seiner Frau gewesen war. Sie hatte ihn in einem Stofflager zum Sonderpreis aufgestöbert, ein leuchtend gelber Samt. »Fröhlich und warm, das ist perfekt für deine Patienten!«, hatte sie begeistert befunden.

Er wird keine Patienten mehr haben, und er wird keine Couch mehr haben. Die auf dem Boden gestapelten Kissen haben ihre Hüllen bereits eingebüßt. Das Klingeln des Telefons lässt ihn hochfahren. Er lässt die Schere fallen und stürzt sich auf das Telefon.

»Marie?«

»Wenn ich es recht bedenke, können Sie mir vielleicht helfen.«

»Es freut mich, dass Sie das sagen. Das ist ein guter Anfang.«

»Sie haben sie mir fortgenommen, wie Sie wissen. Und ich werde sie niemals wiedersehen.«

»Warum sagen Sie das? Sie werden sie wiedersehen, wenn Sie wieder gesund sind. Und ich werde Ihnen helfen.«

»Ich habe den Brief erhalten. Ein ganzes Jahr habe ich gewartet, ein Jahr in der Hölle. Der Richter hat vor einem Monat sein Urteil gesprochen. Ich verliere das Sorgerecht vollständig. Ein Widerruf ist ausgeschlossen.«

»Was ist passiert? Haben Sie die Behandlung nicht fortgesetzt? Hören Sie mir zu. Sind Sie noch da?«

Ihr Schluchzen dringt zu ihm durch, und er erahnt ihre maßlose Verzweiflung.

»Wie konnte es nur so weit mit mir kommen?«, bringt sie weinend hervor.

»Wir werden gemeinsam daran arbeiten. Sie sind nicht allein. Können Sie heute Abend nicht irgendjemanden anrufen? Sie haben mir häufig von Ihrer Mutter erzählt. Bitten Sie sie doch, die Nacht bei Ihnen zu verbringen.«

»Wenn meine Mutter noch leben würde, wäre sie bereits bei mir.«

»Oh! Mein aufrichtiges Beileid. Wann ist sie gestorben?«

»Als ich sechs Jahre alt war.«

Ein Anflug von Panik erfasst Jacques, sein Herz pocht schneller. Die Sache ist ernst. Marie hatte stets im Präsens von ihrer Mutter gesprochen. Er fröstelt.

»Was hatte sie?«

»Einen Herzanfall. Der Notfallsanitäter hat es nicht geschafft, sie zu reanimieren. Ich war dabei, es war im Wohnzimmer, am Weihnachtsabend.«

Erneut hört er Schluchzer. Was für ein Idiot er war, wo doch alles zusammenpasste. Jeder Psychiater, jeder noch so blutige Anfänger, hätte es geschafft, sie zum Reden zu bringen. Er atmet ein paarmal tief durch, besinnt sich und spricht dann so bedächtig und beruhigend wie möglich auf sie ein, um ihr Halt zu geben, um ihr Trost zu spenden für etwas, das doch kein Trost lindern kann. Aber zumindest versucht er es und denkt währenddessen über eine Lösung für die augenblickliche Situation nach. Aber er ist zu langsam, nicht reaktionsschnell genug. Er hört nichts mehr. Wieder einmal hat sie das Gespräch beendet.

Er bleibt in seinem Sessel sitzen, eine leichte Benommenheit setzt sein – die ersten Anzeichen, dass die Schlafmittel ihren Dienst tun. Bruchstückhaft kommt ihm die letzte Sitzung mit Marie in den Sinn.

Als sie eintraf, war sie nervös und fahrig. Das passte nicht zu ihr. War sie normalerweise kooperativ, so zeigte sie sich nun verschlossen und ließ sich nur widerstrebend auf seine

Versuche ein, den Kontakt zu ihr herzustellen. Nach einer Dreiviertelstunde hatte er ihr endlich entlockt, dass der Zustand ihrer Tochter ihr Sorgen bereitete. Das Fieber ging seit achtundvierzig Stunden nicht herunter, die Kleine hustete so sehr, dass sie zu ersticken drohte, und die Behandlung mit ätherischen Ölen schien nicht anzuschlagen.

Jacques hatte gespürt, wie ihn ein diffuses Unbehagen beschlich – ebenjene Gefühlslage, die einem leise zuflüstert, dass etwas nicht stimmt. Dem Baby schien es sehr schlecht zu gehen, und die Mutter verlor den Boden unter den Füßen. Besorgt riet er ihr, nach Hause zu gehen und unverzüglich mit dem Baby zum Arzt zu gehen. Als sie seiner Besorgtheit gewahr wurde, hatte sie auf wundersame Weise ihre Ruhe wiedergefunden und alles darangesetzt, die Situation zu verharmlosen. Sie würde dem Baby die Tropfen des pflanzlichen Heilmittels häufiger verabreichen, und dann würde alles wieder gut werden. Da Jacques keineswegs beruhigt war, hatte er Marie gebeten, ihn am gleichen Abend um 20 Uhr nach seiner Sprechstunde anzurufen, um dann hoffentlich sicher sein zu können, dass alles auf einem guten Weg war. Zu seiner großen Erleichterung hatte sie eingewilligt.

Jacques weiß, dass er aufstehen und etwas tun müsste, um dieser Frau zu helfen. Aber nach diesem Anruf, bei dem er all seine Kräfte gebündelt hatte, um einen klaren Kopf zu behalten, fühlt er sich wie betäubt. Alles dreht sich, die Lampe scheint zu schwanken, und die Beine seines Schreibtisches sehen seltsam verdreht aus. Die Schlafmittel haben die Oberhand gewonnen. Ohne es verhindern zu können, ist er bereits ein paar Minuten später eingeschlafen, der schwere Kopf auf seine Brust gesunken.

4.30 Uhr. Ein zunächst noch weit entferntes, wie aus

einer anderen Welt kommendes Klingeln reißt ihn aus seinen Träumen. Langsam kommt er zu sich, der grelle Klingelton bringt ihn mit allem Nachdruck in die Realität zurück. Er schlägt die Augen auf, braucht ein paar Sekunden, um aus seinem Tiefschlaf aufzutauchen. Es ist die Türklingel. Mittlerweile ertönt ein Dauerton, als hielte jemand seinen Finger unentwegt auf dem Knopf. Jacques steht auf und wankt mehr schlecht als recht Richtung Eingang. Was hat er gestern Abend denn nur an Medikamenten geschluckt? Zunächst glaubt er allen Ernstes an eine durch übermäßige Einnahme von Schlafmitteln hervorgerufene Halluzination, als er die Haustür öffnet und zwei Polizeibeamte in Uniform sowie einen dritten Mann in Zivil kerzengerade vor sich stehen sieht, die ihn kühl und knapp auffordern, ihnen unverzüglich aufs Revier zu folgen. Sollte er Widerstand leisten, würden sie ihn in Handschellen abführen. Vollkommen verblüfft greift Jacques, der noch keinen klaren Gedanken fassen kann, nach seinem Mantel und den Turnschuhen, die noch auf dem Boden herumliegen. Dann verlässt er folgsam mit den Ordnungskräften das Haus.

Montag, 6.15 Uhr. Lena sitzt am Tresen und tut so, als würde sie ihren Unterrichtsstoff wiederholen, was ihr beifällige Blicke von Franck einbringt. Er ist gerade eifrig damit beschäftigt, die Zinkoberfläche mit essiggetränktem Lappen hingebungsvoll blank zu scheuern.

»Das wird ja zur Besessenheit bei dir. Du wirst noch die Kunden vertreiben mit diesem Geruch.«

»Sind ja keine da um diese Zeit. Und schau doch mal, wie schön das aussieht.«

Lena legt ihren Kopf auf die Arme und blickt auf die Straße hinaus, wo die ersten Passanten vorübergehen. Mit einem Mal richtet sie sich schlagartig auf, winkt Franck zu sich heran und weist auf den Mann, der sich anschickt, die Bar zu betreten.

»Schon wieder ein Penner. Warte, ich kümmere mich darum.«

»Nein, das ist der Psychiater aus meiner Schlaflosengruppe!«

Franck starrt erst den Mann, dann Lena und schließlich wieder den Mann an, bevor er in Lachen ausbricht. Lena fleht ihn an, damit aufzuhören, aber Franck kann nicht an sich halten und versteigt sich gar zu einigen zweifelhaften Scherzen über die Psychofritzen und die Schlaflosen.

Lena springt von ihrem Hocker herunter und geht dem Mann entgegen, um ihm einen Platz neben sich anzubieten.

»Ich habe von Weitem gesehen, dass das Café bereits offen ist. Das einzige weit und breit. Ich hätte mir fast denken können, dass ich Sie hier treffe.«

»Sie sind im Schlafanzug unterwegs. Ist das normal?«

»Es gab einen Notfall mitten in der Nacht ...«

Lena wendet sich zu Franck um, der immer noch Mühe hat, seine Fassung wiederzuerlangen. Sie wirft ihm missbilligende Blicke zu, während sie zwei Tassen Kaffee in Auftrag gibt. Jacques wirkt verstört und hilflos.

»Möchten Sie noch nach Hause gehen und sich umziehen, bevor wir unsere Sitzung haben?«

Lena blickt auf die Uhr, die Straßenreiniger werden gleich auftauchen, und dann wird der arme Mann sich zum

Gespött des ganzen Cafés machen. Sie ruft zu Hause an, um ihrem Bruder zu sagen, dass er heute Morgen allein zurechtkommen muss, und schlägt Jacques vor, ihn nach Hause zu begleiten.

»Nein, das ist nicht nötig ...«

»Sie sind im Schlafanzug, und Sie bringen nicht einmal drei zusammenhängende Worte heraus. Ich werde ein Taxi rufen, Sie nehmen eine ausgiebige Dusche, und dann gehen wir zusammen in die Sitzung.«

»Ach ja, stimmt, die Sitzung ...«

Jacques leistet keinen großen Widerstand mehr. Die beiden Gestalten, die eine groß und schwer, die andere zart und zerbrechlich, verlassen das Café und verschwinden in einem Taxi.

Angesichts des Eingangsbereichs in dem stattlichen Haussmann'schen Gebäude kann Lena ihr Erstaunen nicht verbergen und äußerst ein ums andere Mal ihre Bewunderung. Noch nie hatte sie die Gelegenheit, so luxuriöse Wohnhäuser zu betreten. Der Kronleuchter in der Eingangshalle wäre eines Fünfsternehotels würdig, der weiche rote Teppichboden, die marmorverkleideten Wände im Aufzug – all das erinnert sie an die romantischen Komödien, die sie so gern ansieht und in denen die Leute immer reich sind.

Jacques versucht, seine Tür aufzuschließen, aber seine Hände zittern zu sehr. Lena greift nach den Schlüsseln und hat die Tür im Nu geöffnet. Der sich in der Wohnung bietende Anblick lässt sie zur Salzsäule erstarren.

Der Hausherr schaltet das Licht an und bewegt sich Richtung Wohnzimmer.

»Passen Sie auf, wo Sie hintreten, verletzen Sie sich nicht, Mädchen!«

Der Boden ist in der Tat übersät mit verschieden großen Ansammlungen von Bruchstücken. Holzplanken, Teile einer Kommode, zerstörte Schubladen, zerbrochene Gegenstände, Glasscherben, Stofffetzen. Alles ist entlang der Wände aufgetürmt. Kaum ein Möbelstück steht mehr unversehrt an Ort und Stelle, kaum ein Einrichtungsgegenstand ist erkennbar.

»Was ist denn das für ein Chaos?«

»All diese Dinge ... Ich hatte genug davon. Meine Frau hatte recht, sie lenken uns nur vom Wesentlichen ab. Warten Sie im Wohnzimmer auf mich. Ich werde mich umziehen. Machen Sie sich doch einen Kaffee!«

»Total verrückt ...«, murmelt Lena.

Während Jacques zum anderen Ende der Wohnung gegangen ist, hat er seine Stimme gehoben, damit Lena ihn noch hört. Aber Lena ist sprachlos, sie schenkt seinen Worten keine Beachtung. Was hier im Gange ist, überschreitet ihr Vorstellungsvermögen. Wie kann man absichtlich seine eigenen Möbel und Dinge zerstören? Noch dazu so schöne und teure Gegenstände. Sie betritt, noch immer vollkommen perplex, ein kleines Zimmer, das vermutlich ein wohnliches Arbeitszimmer war, bevor es das gleiche Schicksal erlitten hat. Sie legt den noch in der Luft hängenden Telefonhörer auf, knipst eine Lampe aus, deren gläserner Schirm in Scherben auf dem ebenfalls verwüsteten Perserteppich liegt. Dann legt sie sich auf das kaputte Sofa. Hier finden also diese Therapien statt, denkt sie und stellt sich vor, wie sie einem Unbekannten, der fürs Zuhören bezahlt wird, alles erzählt, was ihr durch den Kopf geht, alles, was ihr auf der Seele brennt und ihre Gedanken verwirrt, seit ihr Vater fortgegangen ist. Die Vorstellung missfällt ihr nicht. Zwei Minuten später ist sie eingeschlafen.

8

Montag, 8.20 Uhr. Hervé und Michèle sitzen bereits an ihren Plätzen. Ich werfe einen Blick zu dem Sessel hinüber, aber Jacques ist nicht da. Bei dieser Einstellung zur Pünktlichkeit werden wir unsere Sitzungen demnächst erst fünf Minuten vor Schluss beginnen. Hélène begrüßt mich mit einem höflichen Lächeln. Ich weiß, dass unser verspätetes Eintreffen sie entmutigt, und das verstehe ich. Wir sind ein Haufen kindischer Erwachsener, nicht dazu in der Lage, Verantwortung für unser eigenes Wohlergehen zu übernehmen. Ich will mich gerade entschuldigen, da sehe ich Jacques und Lena am Ende des Flurs auftauchen. Es ist das erste Mal, dass die beiden gemeinsam eintreffen. Als wir alle am Tisch sitzen, bleiben mir die beunruhigten Blicke der Kleinen zu Jacques hinüber nicht verborgen.

Die Leiterin mustert Jacques.

»Sie sind heute Morgen sehr blass. Haben Sie nicht geschlafen? Haben Sie Ihren Schlafkalender dabei?«

Jacques wirkt vollkommen verwirrt. Von seiner früheren Selbstsicherheit und Gelassenheit ist nichts übrig geblieben. Er braucht eine Weile, um zu antworten.

»Ich wurde heute Nacht beschuldigt, für den Tod einer Frau verantwortlich zu sein. Da müssen Sie verstehen, dass ich den Kalender vergessen habe.«

Was ist das denn wieder für eine Geschichte? Diese

Gruppe hat eindeutig ein riesiges Problem. Nach Michèle mit ihren Gespenstern schleppt Jacques jetzt einen Todesfall mit sich herum.

Niemand reagiert, bis auf Lena, die gequält lächelt. Jacques sieht nicht so aus, als würde er scherzen.

»Hatten Sie vielleicht einen Albtraum?«, bemüht sich Hélène halbherzig um Klärung.

Aber Jacques hört ihr gar nicht zu. Er blickt starr ins Leere, nimmt niemanden wahr.

»Sie hat mich angerufen, und wir haben miteinander geredet. Ich hätte mich gleich auf den Weg zu ihr machen müssen. Ihr Anruf war ganz klar ein Signal. Diese Nacht war anders als die anderen. Sie hatte begriffen, dass sie niemals wieder das Sorgerecht für ihre Tochter erhalten würde. Aber ich blieb einfach sitzen, ich war nicht in der Lage, mich zu bewegen. Mit der von mir geschluckten Dosis Schlaftabletten habe ich geschlafen wie ein Stein. Noch bevor es dämmerte, tauchte die Polizei bei mir auf. Sie hatten in ihrer Wohnung einen Brief gefunden, in dem sich wüste Beschimpfungen meiner Person fanden. Was mich offenbar zu einem potenziellen Verdächtigen machte. Sie haben mich in einen kleinen, fensterlosen Raum gebracht und mir dort eine Menge Fragen gestellt. Unsanft konfrontierten sie mich damit, dass sie gesprungen ist und dass sie nun ihrerseits in Erwägung zogen, ich hätte sie dazu gebracht, dies zu tun. In ihren Armen hielt sie einen alten Plüschbären. Sie haben dann rasch begriffen, dass ich außer Verdacht stehe.«

»Wer war diese Frau?«, tastet sich Michèle zaghaft vor.

»Eine ehemalige Patientin.«

»Haben Sie so etwas zum ersten Mal erlebt?«

»Nein. Aber früher hat mir das nicht den Schlaf geraubt.«

»Und was ist mit der Kleinen, ihrer Tochter? Was ist mit ihr geschehen?«, fragt Michèle angsterfüllt.

»Sie ist aufgrund mangelnder Fürsorge nur knapp dem Tod entgangen, was ich selbst eine ganze Zeit lang falsch eingeschätzt habe. Deshalb fühle ich mich mitverantwortlich für alles. Sie lebt heute bei ihrem Vater.«

»Was wollen Sie damit sagen?«

»Als Marie das letzte Mal zur Therapiesitzung kam, hat sie mir nach langem Zögern anvertraut, dass sie sich Sorgen um den gesundheitlichen Zustand ihrer Tochter machte. Wir hatten vereinbart, dass sie mich am Abend noch einmal anrufen sollte. Ich wollte auf jeden Fall wissen, wie sich das Ganze den Tag über entwickelt hatte. Aber um 21 Uhr war immer noch kein Anruf erfolgt. Ich habe meine Frau um ihre Meinung gebeten, ohne ihr allzu viel von dem Fall zu erzählen, und sie ermutigte mich, selbst anzurufen. Ich erreichte den Vater, der in Panik war, da das Baby nur sehr schlecht Luft bekam und bereits vollkommen apathisch war. Seine Frau jedoch versuchte, ihn davon zu überzeugen, dass alles wieder in Ordnung käme, und wurde regelrecht hysterisch bei dem Vorschlag, das Baby zum Arzt zu bringen. Ich bemühte mich nun um einen ebenso ruhigen wie bestimmten Tonfall und drohte ihm, die Polizei zu verständigen, wenn er das Baby nicht unverzüglich in die Notaufnahme brächte, ganz gleich, wie sehr sich seine Frau auch widersetzte. Dann legte ich auf und rief das Jugendamt an. Anschließend bin ich zu Bett gegangen und eingeschlafen.«

»Das ist alles?«, hakt Lena erstaunt nach. »Ich wäre zumindest hingefahren und hätte nachgesehen!«

»Als ich am nächsten Morgen das Jugendamt anrief, bedankte man sich für meine richtige Einschätzung. Das Kind konnte gerade noch rechtzeitig vor einer akuten Bronchiolitis gerettet werden. Ein paar Stunden später wäre dies nicht mehr möglich gewesen. Sie hatten das Kind ihrer Mutter entzogen, um deren psychiatrischen Zustand zu überprüfen. Noch am selben Abend rief mich Marie hysterisch an, schrie und beschimpfte mich, dass ich ihr das Baby weggenommen hätte, ihr eigenes Fleisch und Blut, ihr Leben. Ob ich damit jemals wieder ruhig schlafen könnte, fragte sie mich, und in meinen Ohren klang das wie ein Bannspruch, den sie über mich verhängte. Dann legte sie auf. Das war vor einem Jahr. Seitdem ruft sie immer wieder gegen Mitternacht bei mir an. Vor ein paar Wochen wurden diese Anrufe dann regelrecht zwanghaft und erfolgten immer später. Gestern ahnte ich schon beim Abnehmen, dass etwas vorgefallen sein musste. Sie hatte die Benachrichtigung vom Gericht erhalten. Nachdem man sie der versuchten Entführung beschuldigt hatte – sie hatte ihre Tochter eines Nachts mit sich nehmen wollen, wie ich von der Polizei erfahren habe – und auf der Grundlage von mehreren psychiatrischen Gutachten, hatte der Richter sein Urteil gefällt. Man sprach ihr das Recht ab, ihre Tochter zu sehen, lediglich ein paar Stunden pro Monat wurden ihr gewährt, und nur im Beisein des Vaters und einer Sozialarbeiterin. Das war natürlich unerträglich für diese Frau, die sich ausschließlich über ihr Dasein als Mutter definierte und nur darüber einen Sinn in ihrem Leben sah. Und jetzt ist sie heute Nacht in den Tod gesprungen.«

»Scheiße.«

»Das können Sie laut sagen, Lena. Danke für den Kaffee heute Morgen übrigens.«

»Mein Gott ...«, murmelt Michèle mit feuchten Augen. »Die arme Frau und das arme Kind ...«

Am liebsten würde sie jetzt aufstehen und Jacques in die Arme schließen, der freilich einen solchen Gefühlsausbruch zurückweisen würde.

»Wenn ich also nach neun Sitzungen zusammenfasse, dann haben wir einen Psychiater, der Zeuge des Selbstmordes einer seiner Patientinnen geworden ist, eine Dame, die Gespenster sieht – pardon, Michèle, ich übertreibe natürlich –, einen Mann, der seinen Arbeitsplatz verloren hat, eine Frau, die Heim und Herd verlassen hat, und ein junges Mädchen, das frühmorgens in den Straßen von Paris unterwegs ist.«

»Die Sitzung ist beendet«, schließt Hélène unsere Zusammenkunft.

Es ist 9.10 Uhr, aber niemand rafft sich auf, um seiner Wege zu gehen.

»Hast du keinen Unterricht?«, frage ich Lena.

»Doch, doch. Ich gehe schon«, antwortet sie mir mit unverhohlenem Missmut.

»Du wirst die Schule doch jetzt nicht an den Nagel hängen, oder? Deine Prüfungen sind doch schon bald, nicht wahr?«

»In einem Monat. Ich bin eifrig am Lernen.«

Ich glaube ihr kein Wort, und Michèle ebenso wenig, wenn ich ihren besorgten Gesichtsausdruck richtig deute.

»Wir sollten etwas unternehmen, wir können nicht so tun, als sähen wir nichts. Haben Sie nicht auch bemerkt, wie dünn sie geworden ist?«, fragt sie mich leise.

»Wir werden eine Lösung finden«, antworte ich ihr, alles andere als überzeugt von meinen eigenen Worten.

Wir sehen Lena nach, und ich kann mir ein Lächeln nicht versagen, weil sie hinter ihrem breiten Rucksack fast verschwindet. Ganz in Schwarz gekleidet, wirkt ihre Haut noch transparenter, wobei sich unter der dünnen Frühlingsgarderobe ihre knochigen Schultern und Knie abzeichnen.

Wir werden einen Weg finden, wiederhole ich im Stillen.

SONNTAG, 1.25 UHR. Hélène verschwindet in einem stattlichen Wohngebäude. Die Wände des feudalen Eingangsbereichs und des Treppenhauses sind in sienagelbem Stuckmarmor gearbeitet, großartig gestaltet von einem Stuckateur. Über die Stufen zieht sich ein flauschiger Teppichläufer.

Sie fördert einen dicken Schlüsselbund aus ihrer Tasche zutage und schließt eine schwere Doppeltür aus Holz in der ersten Etage auf. Die Diele ist weitläufig, die Zimmer gehen sternförmig von ihr ab. Die Inneneinrichtung passt allerdings nicht zur edlen Ausstattung von Eingangsbereich und Treppenhaus. Das Ganze wirkt wie ein Sammelsurium ausrangierten Mobiliars. Die Einrichtungsgegenstände sind aus verschiedensten Epochen und Stilrichtungen zusammengewürfelt. Ein wenig abgewetzte Perserteppiche liegen auf einem alten Parkettboden, hier und da stehen Lampen in futuristischem Design herum. Hinter den mit Büchern und Aktenordnern prall gefüllten Regalen sind die Wände kaum zu sehen. Aber wie so oft in einem solchen Fall wirkt das Ganze auf seltsame Weise harmonischer, als wenn alles mit Kunstverstand arrangiert worden wäre, und auch die Atmosphäre verströmt genauso viel Ruhe wie ein streng minimalistisch gehaltenes Interieur.

Das erste Zimmer auf der einen Seite ist ein kleines Arbeitszimmer. Ein junger Mann, dessen Haltung an die eines Klassenbesten erinnert, sitzt ruhig und konzentriert vor einem Computerbildschirm. Hélène unterbricht ihn bei seiner Arbeit, um sich auf den neuesten Stand zu bringen. Die Gruppe der Neuen wartet bereits auf sie. Zwei Männer und eine Frau sind am frühen Abend eingetroffen, und er hat sie ihren Bedürfnissen entsprechend auf die Räume verteilt. Sie dankt ihrer wertvollen »rechten Hand« und begibt sich in das angrenzende, sehr viel größere Zimmer.

Etwa zehn Personen, deren Altersspanne etwa von dreißig bis achtzig Jahren reicht, sitzen um einen in der Mitte des Raums stehenden Holztisch und unterhalten sich ruhig. Sie begrüßen Hélène herzlich, und diese erkundigt sich unverzüglich nach dem Befinden jedes Einzelnen. Klappt es mit der Eingewöhnung? Ist mit der Wohnung alles in Ordnung? Entspricht die neue Arbeit den verlangten Fähigkeiten? Im Großen und Ganzen sind alle zufrieden. Nur ein Mann mit ausländischem Akzent bittet um ein Einzel- und kein Gruppengespräch. Sie fordert ihn auf, sich bei Aurélien im Arbeitszimmer nebenan einen Termin geben zu lassen.

In der darauffolgenden Stunde berichtet jeder Einzelne über seinen Schlaf, seine Aktivitäten und eventuelle Schwierigkeiten bei der Gewöhnung an die neuen Lebensumstände. Hélène hört zu, erteilt Ratschläge, macht sich Notizen und vereinbart schließlich einen Termin für die nächste Woche.

Sie setzt ihren Weg fort und geht in ein Zimmer am anderen Ende der Wohnung. Um einen ähnlichen Tisch herum sitzen kleine Grüppchen, die sich im hellen Licht von Leselampen über Bücher beugen oder etwas aufschreiben. Die Wände sind rundum mit Bücherregalen zugestellt. Ein paar Personen sind in eine lebhafte Diskussion verstrickt. Hélène tritt zu ihnen.

»Diese Texte sind geradezu dafür gemacht, dass wir uns ärgern«, schimpft eine eindrucksvolle Frau mit langen roten Haaren und einem Madonnengesicht.

Hélène lächelt und klopft ihr auf die Schulter.

»Sie sollten nach Hause gehen, Marianne, Sie sind etwas übereifrig. Miguel, kommen Sie mit Ihrer Übersetzung voran?«

»Ich werde sie morgen fertigstellen. Ich habe heute mit dem Verband gesprochen.«

»Es gibt also nichts Besonderes zu vermelden? Alles läuft gut?«

Hier finden sich Philosophiedozenten, Lehrer, leidenschaftliche Kunstliebhaber oder auch Menschen aus einem ganz anderen beruflichen Umfeld ein, um Studien zu betreiben, ihre Gedanken auszutauschen, Texte oder Aufsätze zu verfassen, die hin und wieder sogar publiziert werden. Manche Teilnehmer kommen nur sporadisch vorbei, bleiben ein paar nächtliche Stunden und kehren dann wieder zu sich nach Hause zurück. Andere, so auch Marianne, die Witwe und zudem im Ruhestand ist, haben sich dem Netzwerk fest angeschlossen und verlassen es nur noch selten.

Ein weiteres Zimmer in einer anderen Wohnung ist die letzte Station von Hélènes Rundgang. Ein Mann sitzt mit Kopfhörern auf den Ohren vor einer Tastatur und komponiert Musik am Computer. Ein anderer liegt auf einem Sofa, eine Frau döst auf einer Meridienne vor sich hin, am Fenster sieht man die rückwärtigen Umrisse einer Gestalt, die dort über ein Heft gebeugt sitzt und etwas aufschreibt. Es sind ebenfalls ungefähr zehn Personen, die hier zwar beisammen sind, aber doch jeweils für sich ihren stillen Beschäftigungen nachgehen.

Hélène beschließt, die Ruhe nicht zu stören, und verlässt den Raum rasch wieder. Sie schaut noch einmal bei Aurélien vorbei, der sich nicht von der Stelle gerührt hat, und verabschiedet sich. Vor dem Gebäude stößt sie beinahe mit einer Person zusammen, die sich gerade anschickt hineinzugehen. Es ist eine ehemalige Kursteilnehmerin, die sich nun dazu durchgerungen hat, das Netzwerk einmal aufzusuchen. Hélène ermuntert sie warmherzig, ihre Schüchternheit abzulegen und hinaufzugehen. Gleichzeitig versichert sie ihr, dass sie sich gleich morgen um sie kümmern wird.

Auf diese Weise eilt sie von Viertel zu Viertel, von einem Gebäude zum nächsten. Die Lebhaftigkeit und der Geräuschpegel hängen dabei von der Aktivität der jeweiligen Bewohner ab. Hélène überzeugt sich jeweils davon, dass die Logistik funktioniert, dass es mit den jeweiligen Beschäftigungen vorangeht, kümmert sich um Neuankömmlinge, die an früheren Kursen teilgenommen und nun hierher gefunden haben. Jeder Besuch erfüllt sie mit Freude und Stolz auf ihr gelungenes Konzept.

MONTAG, 2 UHR. Jacques nimmt zum vierten Mal den Weg von seiner Wohnung hinunter und anschließend wieder hinauf in Angriff. Er entsorgt prallvolle Müllsäcke. Den Sperrmüll hat er inzwischen auch verständigt, und er hofft, dass die wirklich alles mitnehmen, denn die Menge an Sperrgut ist mittlerweile beträchtlich angewachsen. Wie viele Nächte hat es gebraucht, um diese Zerstörung ins Werk zu setzen? Mit jedem hinuntergeschafften Sack fühlt er sich leichter.

Ganz in Beschlag genommen von seiner Aufgabe, hat er den Mann nicht bemerkt, der vom gegenüberliegenden Gehsteig aus sein Treiben beobachtete. Er hat nicht einmal gesehen, wie dieser die Straße überquerte und näher kam. So fährt er hoch, als er einen warmen Atemhauch an seinem Ohr spürt und hört, wie ihn jemand fragt, ob er sich bedienen dürfte. Nach einem ersten Schreckmoment ist Jacques einverstanden. Letztlich sind es ja nur Überreste. Der Obdachlose wühlt ein paar Augenblicke in dem Müllberg und greift nach ein paar Stoffresten und zwei Kissen, bevor er mit enttäuschter Miene wieder aufsieht.

»Das ist ja alles kaputt. Mit Ihrem Zeug kann man wirklich gar nichts mehr anfangen.«

Bevor Jacques etwas antworten kann, hat der Mann bereits kehrtgemacht und verschwindet mit seiner mageren Ausbeute um die nächste Straßenecke. Dieser Kerl hat ihm doch tatsächlich einen Schreck eingejagt. Aber ganz nebenbei hat er ihm durchaus die Augen geöffnet. Jacques realisiert das ungeheure Ausmaß seiner Zerstörungswut, die ihn dazu gebracht hat, so achtlos und verschwenderisch vorzugehen. Das hatte er bei seinem Treiben lieber ausgeblendet und sein Gewissen damit beschwichtigt, dass er sich selbst weismachte, dieses Gemetzel hätte einen Sinn: Nur auf diese Weise ließe sich alles über Bord werfen, nur so käme ein Neuanfang in Reichweite. Alles zu verschenken hätte nicht die gleiche Wirkung gehabt …

Gegen 3 Uhr schließt er beschämt die Tür hinter sich. Er versucht, den Clochard zu vergessen, und geht in seiner beinahe leeren Wohnung auf und ab. Seine Schritte hallen wider wie diejenigen von Interessenten, die eine freie Wohnung besichtigen, um dann womöglich dort einzuziehen. In seinem Schlafzimmer hat er sein Bett stehen lassen, die Conforama-Lampe und den Wecker. Er legt sich hin, hegt aber keine Hoffnung, einschlafen zu können. Er denkt an seine Frau, die nicht mehr hierherkommen wird, an Marie, die nicht mehr anrufen wird, an die Patienten, die er nicht mehr sehen will. Der Gedanke, alle seine vorhandenen Schlafmittel auf einmal zu schlucken, geht ihm durch den Kopf ...

DIENSTAG, 6 UHR. Lena liegt seit einer Stunde in ihrem Bett. Sie liest den am Tag zuvor erhaltenen Brief ihres Vaters zum dritten Mal. Ein Brief pro Monat, und jedes Mal die gleiche Bitte. Kommt doch zu mir, du und dein Bruder. Sie betrachtet noch einmal eingehend die Fotos, als ginge es darum, ein bestimmtes Detail oder Indiz aufzuspüren. Die mit schlechtem Geschmack eingerichtete Wohnung, die Palmen am Strand, die Bäckerei und ihr stolzer Vater davor. Das Baby auf dem Arm der Frau. Warum hat er ihr nichts gesagt? Was hat er sich dabei gedacht? Er hat zwei Kinder im Stich gelassen, um im sonnigen Süden ein drittes zu machen. Unvorstellbar, dass sie sich in so ein gottverlassenes Kaff zurückzieht und dort vermodert. Als müsste er nur mit den Fingern schnippen, ja, das sieht ihrem Vater ähnlich.

Da erträgt sie lieber ihre Mutter als diese schmucke Stiefmutter. Es ist wohl ihr Schicksal, ihr ganzes Leben bei ihrer Mutter zu wohnen, da sie sich mit einem Putzfrauengehalt niemals eine eigene kleine Wohnung wird leisten können. Vielleicht in den Banlieues, aber dann doch lieber sterben, als dorthin ziehen.

Ihr Kopf ist schwer. Mühsam setzt sie sich im Bett auf und braucht ein paar Sekunden, bis sie sich aufrafft. Der Weg ins Badezimmer kommt ihr endlos vor, sie kann sich kaum auf den Beinen halten. Die innere Energie, die sie jeden Morgen aus dem Bett treibt, nimmt stetig ab. Aber Lena will um jeden Preis das Haus verlassen, denn sie weiß, dass sich nur draußen auf der Straße, in diesem Zeitraum zwischen Nacht und Morgendämmerung, ihre Wut verzieht.

6.30 Uhr. Sie hebt zum ersten Pinselstrich an, um die gravierenden Spuren der ständigen Müdigkeit in ihrem Gesicht zu vertuschen, hält aber inne, da sie ein leises Klopfen an der Haustür zu vernehmen glaubt. Es muss die Katze sein, die mit dem Kopf immer wieder daran stößt. Die Geräusche setzen sich hartnäckig fort, werden sogar immer nachdrücklicher. Das Biest wird doch nicht so dumm sein, dass es sich selbst den Schädel einschlägt. Sie zögert, oder wer könnte wohl um diese Uhrzeit hierherkommen? Als sie durch den Türspion schaut, glaubt sie ihren Augen nicht zu trauen. Vor der Tür steht dicht gedrängt die komplette Gruppe der Schlaflosen. Was treibt die denn hierher?, murmelt Lena leise vor sich hin, während sie widerstrebend die Tür öffnet und zusieht, wie alle auf Zehenspitzen ins Haus kommen. Sprachlos mustert Lena sie von oben bis unten und rätselt, was sie so früh am Morgen hier bei ihr wollen. Hervé wirkt in diesen beengten Räumen wie ein echter Riese. Der sichtbar verlegene Jacques räuspert sich ein wenig. Claire und Michèle hingegen scheinen die Situation ganz natürlich zu finden. In diesem Augenblick kommt Lenas Mutter aus ihrem Schlafzimmer. Offenbar hat sie von diesem Besuch gewusst, denn sie ist angezogen und sogar bereits ein wenig geschminkt. Neben ihrer Überraschung denkt Lena im Stillen, dass ihre Mutter immer noch hübsch ist, wenn sie es will. Klar, sie müsste abnehmen, aber sie hat eine glatte Haut, feine Gesichtszüge, und ihr Blick ist, wenn sie die Augen etwas mit schwarzem Kajal hervorhebt, durchaus verführerisch.

Nach einem kurzen Kopfnicken in Richtung der Gäste verschwindet sie in der Küche.

Michèle, offenbar Initiatorin dieses Aufmarsches, spricht als Erste. Sie scheint heute Morgen in großartiger Verfassung zu sein. Schon lange haben ihre Augen nicht mehr so sehr gestrahlt.

»Ihre Telefonnummer und Ihre Adresse haben wir von Hélène bekommen. Wir sind jetzt hier, weil wir Ihnen bei der Prüfungsvorbereitung helfen wollen. Natürlich in Absprache mit Ihrer Mutter. Wir werden es vielleicht auch morgen nicht schaffen, wieder richtig zu schlafen, aber Sie, meine Liebe, Sie werden, das verspreche ich Ihnen, Ihr Diplom schaffen.«

Misstrauisch sucht Lena nach dem Haken bei der Sache. Sie rührt sich nicht einen Millimeter vom Fleck, ist verärgert darüber, sich so in die Enge getrieben zu sehen, und überlegt fieberhaft, wie sie die Eindringlinge wieder vor die Tür setzen kann. Aber Reaktionsschnelligkeit war noch nie ihre Stärke. Kaum hat ihre Mutter ein paar einladende Worte hervorgebracht, nimmt die Gruppe auch schon um den Küchentisch herum Platz, ohne dass Lena Zeit für Einwände geblieben wäre.

»Und wie stellen Sie sich das vor?«, fragt Lena, immer noch im Türrahmen stehend.

»Indem wir bis zu Ihren Prüfungen einmal pro Woche morgens hierherkommen«, antwortet Michèle ihr. »Hier ist unser Zeitplan.«

»Das ist unsere neue Art der Schlafkompression. Vielleicht ist sie ja wirksamer als die bisherige«, ergänzt Claire.

»Ich habe die Direktorin Ihrer Schule aufgesucht«, fährt die ehemalige Literaturlehrerin fort. »Sie scheint große Stücke auf Sie zu halten. Wir haben uns eine Liste geben lassen mit dem zu wiederholenden Stoff. Das sieht alles keineswegs katastrophal aus. Wir haben die Aufgaben je nach unseren Fähigkeiten unter uns aufgeteilt.«

»Bei allem, was mit Zahlen zu tun hat, kann ich Ihnen nützlich sein«, mischt Hervé sich ein.

Lena wirft einen fragenden Blick zu Jacques hinüber.

»Er hat darauf bestanden mitzukommen ...«, erklärt Claire. »Zur moralischen Unterstützung ... Ich bin mit meiner Zweisprachigkeit vielleicht hilfreich, da die englische Sprache bei einer Tätigkeit auf internationaler Ebene unabdingbar ist.«

Ihre Mutter bringt inzwischen Kaffee und dazu einen ganzen Berg von Mandelgebäck, das sie am Abend zuvor in den Ofen geschoben hatte. Seitdem ihr Mann sie verlassen hat, hat sie nicht ein einziges Mal irgendein Gebäck in Angriff genommen. Dann zieht sie sich wieder zurück, mit Jacques im Schlepptau, der in der engen Küche ohnehin keinen Platz findet.

Lena lässt sich schließlich überzeugen und holt ihre

Schultasche aus der Diele. Im Vorübergehen wirft sie einen Blick ins Wohnzimmer und sieht, wie Jacques und ihre Mutter nebeneinander auf dem kunstledernen Sofa sitzen und von den morgendlichen Fernsehsendungen ganz gefesselt sind. »Was soll's«, murmelt Lena, die diese Nähe für unangebracht hält. Soll sie sich ihm doch auf den Schoß setzen, wo sie schon einmal dabei ist. François, der gespürt hat, dass etwas Ungewöhnliches im Haus vor sich geht, kommt aus seinem Zimmer und krabbelt unter den Küchentisch. Michèle beobachtet ihn gerührt und drückt ihm immer wieder heimlich Kekse in die Hand.

Eine Stunde lang stellt Michèle jetzt ihre Fähigkeit zuzuhören, ihr Wohlwollen und ihr pädagogisches Geschick unter Beweis. Dabei legt sie eine ebensolche Inbrunst an den Tag wie beim Gebet. Hervé, der normalerweise nicht sonderlich kommunikativ ist, erweist sich zu Lenas Überraschung als erstaunlich gut im Erklären. Claire sagt zwar im Augenblick nichts, korrigiert aber sorgfältig die Blätter, für die sie zuständig ist. Jacques schaut nur noch einmal kurz herein, um den Teller ein weiteres Mal mit Gebäck zu füllen und sich erneut Kaffee zu holen. Aber trotz all ihrer Anstrengung, konzentriert zu bleiben, verspürt Lena bereits jetzt eine Erschöpfung bei der Vorstellung, dass sich diese Aktion wiederholen wird. Sie verkündet ihren unverhofften Lehrmeistern frank und frei, dass sie sich nicht ohne Not zu verausgaben brauchen, dass es ohnehin verlorene Liebesmüh ist und sie nicht erneut herkommen müssen.

»Ich habe in meiner ganzen Laufbahn als Lehrerin noch nie einen Schüler aufgegeben. Und, entschuldigen Sie, wenn das nicht gerade bescheiden klingt, gerade die hoffnungslosesten Fälle haben es durch mich geschafft.«

Claire und Hervé nicken zustimmend. Lena begreift, dass dieser Ansage nichts hinzuzufügen ist. Und damit treten sie genauso still und geordnet, wie sie hereingekommen sind, den Rückzug an, und Lena bleibt nachdenklich mit all ihren Aufzeichnungen allein am Tisch sitzen. Ihre Mutter ist in ihr Schlafzimmer zurückgekehrt, aus dem sie vermutlich den ganzen Tag nicht mehr herauskommt. Warum soll sie eigentlich keine Hilfe in Anspruch nehmen, wo man sie ihr dieses eine Mal so großzügig anbietet? Zudem nimmt sie eine sehr wohltuende innere Ruhe an sich wahr. Jetzt, wo sie darüber nachdenkt, fällt ihr auf, dass sie während dieser Unterrichtsstunde wieder etwas verspürt hat, was sie seit dem Verschwinden ihres Vaters nicht mehr empfunden hatte. Ein Gefühl der Geborgenheit.

»François, komm da unten raus. Ich mach dir dein Frühstück, und dann muss ich los zu Franck.«

Der Kleine, dem nichts von diesem eigenartigen Unterricht entgangen ist, kommt unter dem Tisch hervor.

7.30 Uhr. Draußen herrschen beinahe milde Temperaturen. Die Lichter glitzern auf dem noch feuchten Boden. Lena atmet tief durch. Ihre Beine zittern nicht mehr, beinahe beschwingt geht sie wie in einem Trancezustand ihres Weges. Auf der anderen Seite der Straße liegt ja direkt das Café, und sie achtet weder auf den Zebrastreifen noch auf das nahende Auto, als sie – nur ihr Ziel im Blick – zur Überquerung ansetzt.

Ein paar entfernte Stimmen halten sie noch einen kurzen Augenblick bei Bewusstsein. Dann ist alles still, leer und dunkel um sie herum.

MITTWOCH, 1.30 UHR. Ich sehe ihn hinten im Café. Er sitzt mit geschlossenen Augen vor einem halbvollen Glas Wein, daneben eine bereits recht gut geleerte Flasche. Der Großteil der Gäste hat sich am Tresen versammelt. Ich spüre ihre auf mich gerichteten Blicke. Es muss sie zwangsläufig stutzig machen, dass eine Frau diesen einsamen Stammgast zum wiederholten Male aufsucht. Als ich näher trete, schlägt Hervé die Augen auf, als hätte er meine Anwesenheit bereits gespürt. Seine Gesichtszüge beleben sich. Er hat sich für sein Vorstellungsgespräch nicht rasiert. Der Schlafkalender liegt ordnungsgemäß ausgefüllt vor ihm auf dem Tisch.

»Haben Sie eine Arbeit gefunden?«, frage ich ihn und schenke mir Wein in sein Glas ein.

»Meine Beraterin hat mir ein Stellenangebot unterbreitet, wo ein Wachmann gebraucht wird. Morgen habe ich das zweite Gespräch.«

»Soll das ein Scherz sein?«

»Nein, es geht um eine Stelle in einem Altenheim. Kein Grund zur Besorgnis.«

»Braucht man denn Wachpersonal in Altenheimen?«

»Das braucht man heutzutage doch überall. Aber es geht wohl hauptsächlich darum, dass die Bewohner nicht weglaufen.«

Ich würde am liebsten loslachen, aber er sieht so niedergeschlagen aus. Also lasse ich das heikle Thema auf sich beruhen und bohre nicht weiter nach. Ohnehin drängt es Hervé offenbar zum Aufbruch, denn er zieht bereits seinen Mantel über. Wir stehen beide auf, und er leert noch rasch das Glas.

Draußen ist es endlich etwas milder geworden. Der nahende Frühling macht sich angenehm bemerkbar. Hervé hat seine langen Beine bereits in Gang gebracht und ist rasch ein Stück voraus. In diesem Augenblick hätte ich ihn gern gebeten, langsamer zu gehen und auf mich zu warten, damit ich seinen Arm nehmen könnte. Ich muss meinen Schritt beschleunigen, um ihn einzuholen. Das Szenario gleicht bis auf wenige Details unserem ersten nächtlichen Streifzug, nur führt unser Weg diesmal in andere Viertel, zu anderen, bisher noch nicht entdeckten Gebäuden. Wir postieren uns an der gleichen Stelle, dann folgen wir Hélène zwei Stunden lang vorsichtig auf ihren Wegen. Ich schlage Hervé vor, sie hier und jetzt zur Rede zu stellen, aber er will sie nicht stören und lieber noch mehr herausfinden.

Ich kann seine sture Entschlossenheit nicht nachvollziehen, will ihn aber nicht verärgern. Allerdings warne ich ihn schon jetzt, dass ich mich kein drittes Mal auf eine solche Unternehmung einlassen werde. Ich kann vielleicht nachts nicht schlafen, aber deshalb muss ich noch lange nicht meine Energie bei nächtlichen Fußmärschen aufbrauchen – selbst wenn ich zugeben muss, dass diese Situation auch mich neugierig macht. Hélène, die immer so eins mit sich zu sein scheint und stets so ausgeglichen wirkt, führt ganz eindeutig ein Doppelleben.

Nach unserer Beschattungstätigkeit ergreife ich diesmal die Initiative, und so landen wir am Ende wieder in seinem kleinen Wohnzimmer und wärmen uns mit einem Kaffee auf, ohne ein Wort zu sagen. Seltsam, wie wohl ich mich in dieser winzigen Wohnung fühle, die eigentlich gar nichts Einladendes hat.

Hervé sitzt am Fußende des Bettes in der gleichen Haltung wie beim letzten Mal, während ich versuche, mich auf dem alten Sofa in die richtige Position zu bringen. Er schlägt mir vor, mich aufs Bett zu legen. Es wird sehr viel bequemer sein, ich werde mir sonst noch Rückenschmerzen holen, fügt er rasch hinzu, als brauche er eine Rechtfertigung. Unter anderen Umständen könnte es auch ein gewagter Vorschlag sein, aber hier löst er keinerlei Misstrauen bei mir aus. Hervé reicht mir ein Kopfkissen. Ich frage ihn, ob nicht zwei Schlaflose am Ende vielleicht einen einzelnen guten Schläfer abgeben könnten. Er bricht in ein so herzhaftes Lachen aus, wie ich es von ihm gar nicht kenne. Dann hält er mit einem Schlag inne, als hätte er eine Unhöflichkeit begangen. Wir bleiben vollkommen angekleidet auf dem Bett liegen und sagen ein paar Minuten kein Wort.

»Haben Sie denn vor, wieder nach Hause zurückzukehren?«

»Ich glaube nicht.«

»Ach. Und was ist mit Ihrer Arbeit?«

»Ich habe mich wieder recht intensiv darangemacht.«

»Das ist gut. Man muss sich ja über Wasser halten.«

»Das ist mir klar. Möchten Sie schlafen?«

»Sie zuerst, bitte.«

»Einverstanden, danke. Gute Nacht, Herr Detektiv.«

Auch wenn es dunkel ist, spüre ich, dass Hervé lächelt. Tief in meinem Innern breitet sich eine sanfte Wärme aus, genau dort, wo mich gewöhnlich ein dumpfer Schmerz daran erinnert, dass ich allein bin.

Als ich aufwache, liegt erneut ein Zettel auf dem Tisch.

Ich bin zu meinem Gespräch gegangen, lasse Ihnen aber meinen Zweitschlüssel da, für den Fall, dass Sie einen ruhigen Ort zum Arbeiten brauchen.

Ich gehe in die Küche, um mir einen Kaffee zu machen. Als ich das Fenster öffne, blicke ich überrascht in eine Überfülle von Küchenkräutern, die in üppig bepflanzten Blumenkästen vor dem Fenster gedeihen. Wieder im Wohnzimmer, ist der Raum lichtdurchflutet. Das von Sonnenstrahlen umschmeichelte Bett stellt geradezu eine Einladung dar, die Nacht zu verlängern. Ich sinke alsbald in einen tiefen Schlaf. Als ich aufwache, ist die Mittagszeit bereits vorüber, und ich habe das erstaunliche Empfinden, ausgeruht zu sein.

9

Montag, 7.40 Uhr. Hélène ist mitten in einem Telefongespräch, das sie jedoch abkürzt, als sie mich ankommen sieht. Ich habe mit Hervé vereinbart, dass wir diese Geschichte heute klären. Sie sieht mich erstaunt an, da ich gewöhnlich nicht zu früh eintreffe. Aber sie grüßt mich freundlich. Noch bevor ich Platz genommen habe, will ich mit meiner Befragung beginnen und die Möglichkeit zu einem Gespräch unter vier Augen nutzen, aber da treffen bereits Jacques und Michèle ein. Sie sehen aus, als hätten sie kein Auge zugetan. Michèle, die in der letzten Woche einen Hauch neuen Lebensmut bei Lena wahrgenommen zu haben glaubte, ist nun selbst beängstigend blass. Dann taucht Hervé auf, jetzt wieder in der geduckten Haltung eines verschreckten Tieres. Was ist denn heute los, dass alle pünktlich aufkreuzen? Schließlich kommt mir Hélène zuvor, ohne dass ich die Gelegenheit gehabt hätte, auch nur ein Wort an sie zu richten.

»In dieser letzten Sitzung würde ich gern eine persönliche Bilanz für jeden Teilnehmer ziehen. Anschließend möchte ich Ihnen gerne eine Alternative vorstellen.«

Ich packe die Gelegenheit beim Schopfe, die sie mir ohne ihr Wissen bietet.

»Steht diese Lösung in Zusammenhang mit Ihren nächtlichen Unternehmungen?«

Hélène sieht mich überrascht, aber keineswegs peinlich berührt an.

»Sind Sie im Bilde? Kennen Sie das Netzwerk?«

»Welches Netzwerk? Nein. Wir haben Sie nur ganz zufällig gesehen, Hervé und ich.«

»Aber warum haben Sie mich denn nicht gleich angesprochen?«

Ihre ausbleibende Verlegenheit bringt nun mich ein wenig aus der Fassung.

»Um Sie bei Ihren geheimnisvollen nächtlichen Beschäftigungen nicht zu stören.«

»Da gibt es keinerlei Geheimnis. Ich wollte Ihnen nur nicht zu früh davon berichten, das ist alles.«

»Ich bin nicht ganz sicher, ob ich Ihnen folgen kann«, macht sich nun Jacques bemerkbar. »Sie behaupten also, dass Hélène, die Schlaftherapeutin, nachts nicht schläft? Aha!«

»Genau das, Herr Doktor. Sie haben das ganz richtig verstanden, aber Sie sind ja schließlich auch Psychiater, wenn ich mir diese Feststellung erlauben darf. Nun, Sie haben vollkommen recht, das alles ist höchst erstaunlich«, fahre ich ihn bissig an.

»Es ist in der Tat so«, erwidert unsere Kursleiterin nun in ruhigem Ton, »dass ich wenig schlafe. Sehr wenig ... mit anderen Worten, ja, es stimmt, ich habe Schlafprobleme.«

»Sie auch ... Aber dann ...«, murmelt die arme Michèle.

Sie sackt in sich zusammen, und ihr Gesicht verfinstert sich. Der letzte Rettungsanker ihrer Nächte scheint dahin.

»Können Sie uns das erklären?«, setze ich meine Fragen unbeirrt fort.

»Absolut, Frau Richterin. Bei Nacht übe ich meinen Beruf als Psychologin innerhalb eines Netzwerkes aus, das ein wenig speziell ist. Und zugleich bin ich auch noch die Präsidentin des Ganzen.«

»Was ist das denn jetzt schon wieder für eine Geschichte?«, fragt Jacques müde und abgestumpft, als könnte ihn rein gar nichts mehr in Erstaunen versetzen.

»Es ist ein ziemlich einzigartiges Abenteuer, das für Sie ebenfalls von Bedeutung sein könnte. Ich werde es Ihnen erklären. Vor fünf Jahren nahm ein Mann namens Théodore Orian ebenfalls an einem solchen Schlafseminar wie diesem hier teil. Leider ist er vor sechs Monaten im Alter von neunzig Jahren gestorben. Er war ein sehr gebildeter Mensch, und er war sehr reich – das muss in diesem Zusammenhang erwähnt werden. Er forschte auf dem Gebiet der Neurologie, war aber zugleich ein anerkannter Philosoph. Wenn Sie Interesse daran haben, können Sie seine Aufsätze problemlos bestellen. Aber ich schweife ab. Kurze Zeit nach Abschluss der Sitzungen hatte er für sich festgestellt, dass die Schlafkompression nicht zu der erhofften Verbesserung seines Schlafens führte, und suchte erneut Kontakt zu mir. Wir begannen dann sehr ernsthaft und ausgiebig, über das Leiden der von Schlaflosigkeit betroffenen Menschen zu reden. Während die Gesellschaft alle möglichen Gruppen, Kurse und Vereine anbietet, ist und bleibt die Schlaflosigkeit stets vor allem mit Einsamkeit gekoppelt. Théodore hatte eine sehr genaue Vorstellung im Kopf, und er brauchte meine Hilfe, um sie zu konkretisieren. So entstand aus unserer Zusammenarbeit das Netzwerk Orian.«

»An was ist er denn gestorben?«, unterbricht Hervé ihre Ausführungen.

»An einem Herzinfarkt.«

Reflexartig fährt er mit der Hand zu seinem Herzen, ohne diesen Ausdruck seiner Furcht verbergen zu können. Beruhigend lege ich meine Hand auf seinen Arm. Hélène hält ihre Tasse mit dem dampfenden Kaffee ruhig und fest in der Hand, als sie ihre Erzählung fortsetzt.

»Théodore ging von zwei Annahmen aus. Erstens, dass die chronisch schlaflosen Menschen, zu denen auch Sie zählen – ohne dass dies ein unabwendbares Schicksal wäre, wie Sie gleich merken werden –, Menschen sind, für die die Nacht der einzige Ort ist, an dem sie sich ausdrücken können. Damit meine ich keineswegs nur das künstlerische Schaffen. Haben Sie sich diese Frage noch nie gestellt? Michèle und die Kirche, Hervé und seine nächtlichen Streifzüge, Lena und ihr Gang ins Café am frühen Morgen. Es ist, als triebe Sie irgendetwas hinaus, als böte die Nacht Ihnen etwas, was der Tag Ihnen versagt.«

»Gehen Sie da nicht ein wenig zu weit? Sie sollten uns doch heilen, Hélène, und nicht die Vorteile aufschwatzen, die wir davon haben, wenn wir nachts wach bleiben!«, fällt Jacques ihr jetzt mit seiner lauten, durchdringenden Stimme ins Wort. »Ich habe in meiner Praxis viele Patienten gehabt, die sehr gut schliefen, bevor ihr Leben durch Trauerfälle oder andere Schicksalsschläge aus dem Lot gebracht wurde.«

Aber Hélène fährt unbeirrt fort: »Die Nacht könnte jener besondere Zeitpunkt sein, zu dem man mit seiner inneren Stimme in Kontakt treten kann. Aber dieser wertvolle Austausch wird von der Sorge, der Angst und auch von der Wut ausgehebelt und zunichtegemacht, es nicht wie alle anderen machen zu können: unfähig, tagsüber auf der Höhe zu sein. Und die Menschen, von denen Sie sprechen, Jacques, brauchen die Nacht vielleicht ebenfalls, weil sie sich nur dann auf einen Austausch einlassen können, der für sie sehr schmerzlich ist, und vielleicht würden sie ihr Leid gern an einem Ort lindern, an dem sie nicht allein sind. Tagsüber finden sie weder den Ort noch die Zeit dafür! Sie wissen doch, wie die Gesellschaft heute funktioniert. Es muss alles schnell gehen, es geht nur um Reaktionsschnelligkeit und Rentabilität. Koste es, was es wolle, es muss vorwärtsgehen«, ereifert Hélène sich jetzt voller Leidenschaft.

»Wie dem auch sei, diese Geschichte von innerem Austausch klingt mir ein wenig zu esoterisch, um ernst genommen zu werden …«

»Jacques, wenn Sie so weitermachen, gehen Sie doch einfach! Mich interessiert das sehr!«

Wir wenden uns allesamt zu Michèle um, deren plötzliche Autorität uns überrascht. Möglicherweise ein alter Reflex aus ihrem früheren Leben als Lehrerin.

»Fahren Sie doch bitte fort, Hélène.«

»Théodore glaubte zudem, dass diese an Schlaflosigkeit ›Leidenden‹ den Schlaf gar nicht unbedingt wiederfinden wollen. Ich weiß, dass Ihnen das absurd erscheinen muss, aber halten Sie es bitte nicht für eine Provokation. Er zog in Erwägung, dass den Schlaflosen das gar nicht bewusst ist, solange sie sich nicht der Verpflichtungen entledigt haben, die unsere Gesellschaft uns abverlangt. Daher wollte er, und er besaß die notwendigen Mittel dazu, eine Gemeinschaft schaffen, in der die Schlaflosen ihren Platz haben. Sie sollten arbeiten, miteinander reden, schreiben, schöpferisch tätig sein können. Und ganz gleich, was es wäre – hier sollten sie es tun können, aber vor allem sollten sie nicht länger allein mit ihren existenziellen Sorgen, ihren Zweifeln und ihren Ängsten sein. Sie sollten zu all dem Gelegenheit haben, wozu sie sich nach einer schlaflosen Nacht tagsüber nicht mehr in der Lage fühlen.«

Hélène hält inne, um ein paar Schluck Kaffee zu sich zu nehmen und sich zu vergewissern, dass wir förmlich an ihren Lippen hängen.

»In seiner zweiten Annahme ging er davon aus, die Schlaflosigkeit sei das Ergebnis eines ungestillten Bedürfnisses. Das kann so etwas Einfaches sein wie der Wunsch nach mehr Sicherheit oder Zuwendung. Häufig finden sich Menschen am frühen Abend dort ein – nicht jeder bringt den Mut auf, trotz schlimmster Schlaflosigkeit mitten in der Nacht aufzustehen –, suchen sich in dem ein oder anderen Zimmer einen Platz, nehmen an einer Gesprächsrunde teil oder trinken einfach nur einen Tee in der Küche. Die bloße Tatsache, sich unter Leuten zu wissen, ich möchte beinahe sagen, sich gut aufgehoben zu wissen, beruhigt sie. Viele kommen dann im Übrigen sehr schnell nicht mehr oder doch nur noch gelegentlich. Das Wissen, dass es einen solchen Ort gibt und er ihnen offensteht, reicht aus, damit sie ihren Schlaf wiederfinden. Jeder benutzt das Netzwerk und kann es auf seine Weise mitgestalten, wenn er es an seine Bedürfnisse anpasst. Wir begleiten das Ganze mit unserem Fachwissen und den angebotenen Infrastrukturen. Es gibt keine vorbestimmten Regeln außer dem Respekt und dem Wohlwollen. Es finden sich sehr unterschiedliche Menschen hier ein und tauschen sich aus. In unserem Netzwerk spielen Geschlecht, Religion, soziale Herkunft oder Beruf keinerlei Rolle.«

»Ist das nicht eine Utopie?«

»Nein, Claire, denn es funktioniert! Auch wenn Théodore in medizinischer Hinsicht vollkommen klar war, dass der menschliche Körper sich nicht an diese Umkehrung des Tag-Nacht-Rhythmus gewöhnen kann.«

»Aber es gibt doch auch Leute, die immer nur nachts arbeiten«, bringt sich Hervé zögerlich ein.

»Das stimmt. Aber Studien zeigen, dass bei diesen Personengruppen Krankheiten und Depressionen deutlich häufiger auftreten. Ich habe Théodore dabei geholfen, sein Projekt tatsächlich umzusetzen und so zu strukturieren, dass es langfristig bestehen kann.«

»Und all das geht in diesen Gebäuden vonstatten?«

»Ja, Théodore besaß etwa zwanzig Häuser in nah beieinandergelegenen Vierteln. Sie waren hauptsächlich an Ärzte, Anwälte und Notare vermietet. Ich weiß nicht, wie er es angestellt hat, und ich will es auch gar nicht wissen, aber als sein Entschluss feststand, das Netzwerk zu gründen, ist es ihm gelungen, nach und nach alle Mieter vor die Tür zu setzen. Jedes Haus besitzt schallisolierte Räume für diejenigen, die sich dort für eine Weile zurückziehen wollen; es gibt große Küchen, Seminarräume, Arbeitszimmer, Ruheräume ... Wir sind inzwischen sogar dabei, das Konzept auch ins Ausland zu bringen.«

Hélène schweigt, um uns die Möglichkeit zu geben, auf ihre Ausführungen zu reagieren. Aber diesmal macht sich niemand mit Einwänden bemerkbar. Vor uns tut sich die ungeahnte Existenz einer anderen Welt auf, die wie für uns gemacht zu sein scheint. Maßgeschneidert. Und als ich in die Gesichter meiner Weggefährten blicke, stelle ich fest, dass wir gleichermaßen Mühe haben, das alles zu glauben.

Angesichts unseres Schweigens ergreift sie erneut das Wort: »Wir sind immer noch in der Experimentierphase. Es gibt das Netzwerk erst seit vier Jahren. Théodore wollte –

und in diesem Sinne arbeite ich –, dass die Schlaflosen, für die das Leben zu mühsam geworden ist, ohne Furcht aus ihrem Schlupfwinkel hervorkommen können.«

»Was genau läuft denn dort ab?«, frage ich, immer noch keineswegs überzeugt.

»Im Augenblick laufen verschiedene Versuche. Wir überprüfen tagtäglich, wie diese Lebensweise funktioniert. Es ist alles sehr komplex, aber sehr gut organisiert.«

»Versuche welcher Art?«

»Nichts Schlimmes, sehen Sie mich nicht so skeptisch an, Claire. Zum Beispiel arbeiten wir mit der Lichttherapie. Dafür haben wir alle Gebäude, in denen das Netzwerk Räumlichkeiten belegt, mit jenen Lampen versehen, deren Licht in seiner Intensität dem Sonnenlicht sehr nahe kommt. So wollen wir die mit der Dunkelheit in Zusammenhang stehenden negativen Effekte minimieren.«

»Und diese Gemeinschaft steht allen an Schlaflosigkeit leidenden Menschen offen, auch Rentnern?«, fragt Michèle, und in ihrer Stimme keimt Hoffnung auf.

»Warum nicht? Auch in dieser Lebensphase kann die Schlaflosigkeit zu einer solchen Last werden, dass man sie nicht mehr ertragen kann. An diesem Punkt schalte ich mich dann ein. Sagen wir es einmal so, nach Abschluss solcher Therapiesitzungen wie dieser hier treffe ich die Entscheidung, welche der Schlaflosen infrage kommen. Was die Gruppe der Rentner betrifft, Michèle, so gibt es eine ganze Reihe, die dem Netzwerk beitreten, wenn ihr Gesundheitszustand es zulässt – und das ist bei Ihnen sicherlich der Fall. Oft besitzen sie Kompetenzen, die mit ihrer früheren Berufstätigkeit oder mit einer leidenschaftlich ausgeübten Freizeitbeschäftigung in Zusammenhang stehen. Im Allgemeinen sind diese Menschen sogar sehr aktiv. Und wenn die Renten nicht ausreichen, um den Beitrag zu bezahlen, so haben wir die Möglichkeit einer finanziellen Unterstützung in Abhängigkeit vom Einkommen.«

»Wir sind also im Grunde so etwas wie Ihre Versuchskaninchen?«

»Keineswegs, Jacques. Aber wenn wir am Ende dieser Sitzungen keine Erfolge erzielt haben, dann ist das Netzwerk eine Lösung, die ich Ihnen vorschlagen kann.«

»Und was ist mit schlaflosen Menschen, die nicht in der Stadt leben?«, frage ich mit dem Gedanken an die Weite des Landes.

»Ich würde gern alle Menschen aufnehmen, die es wünschen, wenn ich die Möglichkeit dazu hätte. Aber das Netzwerk hat seine Grenzen. Geografische, familiäre, soziale … Wir haben jedoch eine telefonische Hotline eingerichtet. Das ist zwar kein Ersatz, aber jede Nacht sind Freiwillige vor Ort, um den Schlaflosen zuzuhören, die sich uns nicht physisch anschließen können. Wir benutzen mittlerweile sogar Skype, um Gruppensitzungen abzuhalten. Das ist anfangs zunächst einmal etwas verwirrend, aber man gewöhnt sich schnell daran, und am Ende spielt der Bildschirm gar keine Rolle mehr. Für Sie, Claire, die Sie weit weg wohnen, wäre das möglicherweise eine Alternative.«

Hervé sieht mich amüsiert an. Ich senke den Blick. Wie sollte Hélène auch auf dem Laufenden sein bezüglich meines neuen Lebens im Hotel?

Im Anschluss an ihre Ausführungen scheint jeder am Tisch in seine eigenen Gedanken versunken zu sein.

»Ist das denn so etwas wie ein Geheimbund?«, frage ich schließlich leise.

Hélène lächelt.

»Nein, obwohl das Netzwerk tatsächlich keiner breiten Öffentlichkeit bekannt ist. Wäre in der Métro Werbung für uns zu sehen, würden wir förmlich überrannt von Hilfesuchenden, und ich fürchte, dass nicht nur die Schlaflosen an unsere Tür klopfen würden ... Wir verlangen von unseren Mitgliedern, dass sie eine Vertraulichkeitsklausel unterzeichnen. Auch eine Mund-zu-Mund-Propaganda würde sehr schädlich sein. Die Gesundheitsbehörden und auch viele Fachärzte sind über unsere Existenz im Bilde, und ich stehe täglich in Kontakt mit Ärzten aus verschiedenen Krankenhäusern der Stadt, die sich mit Schlafstörungen beschäftigen. Sie sind diejenigen, die wir ermächtigt haben, uns Patienten zu schicken. Und solange es unsere Kapazitäten nicht überschreitet, wollen wir uns auch nicht verschließen, wenn einer von Ihnen in seinem Umfeld von jemandem weiß, der massiv an Schlaflosigkeit leidet. Wir werden ihn nicht abweisen, aber er wird Tests durchlaufen, Gespräche führen und zunächst auch an Sitzungen wie dieser hier teilnehmen müssen. Unser Netzwerk wächst unentwegt. Zum Glück hat Théodore das vorausgesehen, und es gibt noch weitere Gebäude, über die wir verfügen können. Und wie ich es Ihnen bereits sagte, abgesehen von etwa fünfzehn Dauergästen herrscht ein Kommen und Gehen, das sich ganz natürlich ergibt.«

»Dauergäste?«

»Ja, Michèle. Etwa fünfzehn ebenfalls an Schlaflosigkeit leidende Menschen, zu denen auch Aurélien zählt, meine rechte Hand und zugleich ein Enkel von Théodore. Sie haben sich entschieden, in einem Gebäude des Netzwerks zu wohnen und auch für das Netzwerk zu arbeiten. Da ist beispielsweise Marianne, die einen Hochschulabschluss in Philosophie besitzt und eine Grundsatzerklärung für uns verfasst. Oder Lucas, ein ehemaliger Techniker der Elektrizitätswerke, der sich um die Instandhaltung der Gebäude kümmert, und Laurence, die Psychologin ist ... Bei den anderen handelt es sich um ein zeitweiliges Vorbeischauen oder um mehr oder weniger regelmäßige Besuche.

In dem vorigen Kurs war beispielsweise eine sehr junge Mutter, die bereits vor der Geburt ihres Kindes an Schlaflosigkeit litt, danach aber noch viel stärker. Das Baby schrie jedenfalls unentwegt. Ich sah sie eines Abends bei uns eintreffen, und ich verhehle nicht, dass ich skeptisch war, als ich sah, dass sie den Kleinen in einem Wickeltuch dicht am Körper vor sich trug. Ihr Mann war selten zu Hause, und die Einsamkeit machte ihr schwer zu schaffen. Ich habe sie in einem ruhigen Zimmer untergebracht, wo ein paar Personen in ein unaufgeregtes Gespräch vertieft waren. Umgeben von dem entspannten Redefluss schlief sie recht bald ein. Fünf Stunden lang versank sie im Reich der Träume. Sie kam dann eine Zeit lang regelmäßig zu uns, irgendwann wurden die Abstände zwischen ihren Besuchen wieder größer. Es war ihr gelungen, bei uns das Zutrauen und den Halt zu finden, die ihr fehlten.«

»Und diejenigen, die in diesem ... Netzwerk, wie Sie es nennen, leben – schlafen sie tagsüber?«, erkundigt sich Hervé.

»Das wäre etwas verkürzt dargestellt. Jeder Schlaflose wird persönlich betreut, um seinen Schlafrhythmus genau zu ermitteln. Wir haben recht schnell festgestellt, dass auf eine produktive, intellektuell befriedigende Tätigkeit meist ein tiefer und erholsamer Schlaf folgt, im Allgemeinen mitten in der Nacht.«

»Können Sie uns ein Beispiel dafür nennen?«

Hélène steht, wie von einer körperlichen Ungeduld getrieben, auf, aber ihre Stimme bleibt ruhig.

»Stellen Sie sich vor, dass es bereits nach Mitternacht ist, Sie vom Kopf her keinerlei Chance haben einzuschlafen, der Wecker aber um 6.30 Uhr klingeln wird. Stellen Sie sich weiter vor, Sie könnten dann an einen Ort gehen, an dem Sie herzlich aufgenommen werden und alle in der gleichen Situation wie Sie sind. Sie könnten dort wählen, ob Sie an einer Gesprächsrunde teilnehmen, in einem Arbeitszimmer Unterrichtsstoff nacharbeiten, in einem behaglichen Zimmer schlafen oder mit einem Arzt sprechen wollen. Und all das natürlich in dem Wissen, dass der Wecker nicht am nächsten Morgen klingeln wird. Denn eines unserer Ziele ist es, unseren Mitgliedern die Möglichkeit zu verschaffen, ihre Anstellung zu behalten oder eine solche zu finden, bei der die Arbeit im Homeoffice akzeptiert wird. Das ist der Punkt, der sich am schwersten bewerkstelligen lässt, denn in vielen Berufen ist das nicht möglich, und viele Unternehmen haben Vorbehalte, sich auf ein solches Konzept einzulassen. Aber mittlerweile haben wir eine recht beachtliche Kartei von Unternehmen, die uns unterstützen. Manchmal ist auch unser Netzwerk in der Lage, neue Mitarbeiter einzustellen. Einen Psychologen, einen Osteopathen, einen Buchhalter ... Stellen Sie sich schließlich vor, dass Hervé den Entschluss fasst, zu uns zu stoßen. Er könnte auf der Stelle für uns arbeiten und wählen, ob er ganz im Netzwerk leben oder seine gegenwärtige Wohnung behalten will. Es ist wichtig, dass die Mitglieder – wenn es irgendwie möglich ist – finanziell unabhängig sind, allein schon, um einen Beitrag leisten zu können. Denn selbst wenn wir über ein beträchtliches Vermögen verfügen, wäre ein solches Projekt sonst in keinster Weise realisierbar.«

»Dann bedeutet die Mitgliedschaft also nicht den Verzicht auf ein normales Leben?«

»Wie sieht ein normales Leben denn aus? Ich begegne Nacht für Nacht Personen, die einen inneren Frieden wiedergefunden haben, nachdem es ihnen gelungen war, ein leidlich ertragenes Wachsein in eine Erfahrung zu wandeln, die nur die Nacht ermöglichen kann. Und ich wiederhole es noch einmal, das Netzwerk ist für die meisten nur ein zeitlich begrenzter Zufluchtsort, ein Übergang und kein Ziel als solches. Es ist auch kein Paradies. Jeder Einzelne hat seine Geschichte und seine Schwierigkeiten. Es gibt auch dort Spannungen, es gibt auch dort Probleme, die gelöst werden müssen, und manchmal kommt es auch dort zu Missverständnissen. Oft bedarf es auch eines psychologischen Beistandes, aber letztlich nicht öfter als woanders. Ich könnte Ihnen wirklich noch sehr viel mehr erzählen, aber ich glaube, es reicht jetzt. Ich lade Sie lieber zu uns ein, damit Sie sich vor Ort einen eigenen Eindruck verschaffen können.«

Ich sehe auf die Uhr und stelle fest, dass die Zeit diesmal im Nu vergangen ist.

»Wäre Lena hier, dann würde sie sagen, dass das Ganze wohl einer Sekte von wandelnden Leichen gliche. Was ist überhaupt mit ihr los? Weiß jemand etwas?«

»Ja, ich wollte eigentlich zu Beginn der Sitzung darauf zu sprechen kommen ...«

Hélène setzt sich wieder, nimmt ihre Brille ab, um sich die

Augen zu reiben, und ringt um Worte. Allen ist sofort klar: Es muss etwas Schlimmes geschehen sein.

»Geht es ihr denn zumindest gut?«, erkundigt Michèle sich besorgt.

»Ich will ganz offen sein. Sie hat einen Unfall gehabt. Wurde von einem Auto angefahren. Sie liegt derzeit im Koma. Im Augenblick kann man nicht sagen, wie es weitergeht.«

Michèle legt sich ihre Hand vor den Mund, um einen Aufschrei zu ersticken.

»Das arme Kind«, murmelt Hervé.

»Wie kam es denn dazu?«

»Es war letzte Woche, frühmorgens« – Hélène zögert – »unmittelbar nach Ihrem Besuch ... Es geschah genau vor dem Café, in das sie immer geht. Sie hat die Straße überquert, als die Fußgängerampel Rot zeigte, und offenbar hat sie nicht einmal geschaut, ob die Straße frei war. Es tut mir so leid, dass ich Ihnen das mitteilen muss.«

Wir sind am Boden zerstört. Ich möchte am liebsten losschreien. Wäre sie nicht so erschöpft gewesen, dann hätte sie vielleicht aufgepasst ... Unsere Aktion hatte ihr noch zusätzlich die Kräfte geraubt. Dieser Unfall bedeutet für uns alle gleichermaßen eine Katastrophe. Er verdeutlicht das Ausmaß dieses schrecklichen Leidens. Was wird jetzt aus ihrem Diplom? Sie wird die Prüfungen nicht schaffen. Und damit ist ihr der Weg verbaut, aus ihrem Umfeld herauszukommen. Die Wut packt mich, und der dumpfe Aufprall meiner auf den Tisch niederfahrenden Faust lässt alle aufschrecken.

Obwohl die Zeit längst um ist, kann sich keiner von uns zum Gehen aufraffen. Michèle hat kein Wort mehr hervorgebracht und blickt verstört in die Runde. Jacques hat seit der Eröffnung der schrecklichen Nachricht die Augen nicht mehr aufgeschlagen und hält sein Gesicht in den Händen vergraben.

»Das war also unsere letzte Sitzung?«, fragt Hervé, und ein Anflug von Angst liegt in seiner Stimme.

»Wir bleiben in Kontakt. Ich werde Ihnen allen einen schriftlichen Abschlussbericht zukommen lassen«, versucht Hélène uns zu beschwichtigen. »Wenn Sie es möchten, werde ich Ihnen genaue Ratschläge geben, um die Methode auch weiter anzuwenden. Michèle, mit Ihnen würde ich nach der Sitzung gerne noch ein paar Worte reden. Und ich möchte Sie alle um 1 Uhr heute Nacht in den Hauptsitz des Netzwerkes einladen. Ich weiß, dass die Situation schwierig ist, aber vielleicht ist es gerade deshalb wichtig, dass Sie alle kommen.«

MONTAG, 23.30 UHR. Unterwegs zu Lenas Zimmer im Krankenhaus begegnen wir auf dem Flur, der dorthin führt, einem heftig schluchzenden Mann, dessen Arme auffällige Tätowierungen zieren. Als Jacques an ihm vorüberkommt, bleibt er stehen und klopft ihm sanft auf die Schulter, als würden sie sich kennen. Ohne sich um irgendwelche Umgangsformen zu scheren, wirft sich der Tätowierte in seine Arme. Verblüfft halten wir etwas Abstand und warten ab. »Der Typ aus dem Café, der Freund von Lena«, flüstert uns Jacques ein wenig verlegen zu, während er versucht, sich aus der Umklammerung des Barkeepers zu lösen.

Das Zimmer wird von einer Neonröhre über dem Bett nur

spärlich beleuchtet. Wäre da nicht der dicke Verband um den Kopf und ein Hämatom auf ihrer Wange, so könnte man meinen, Lena würde friedlich schlafen. Ihre mit Antidepressiva vollgepumpte Mutter hält ihre Hand fest umschlungen und empfängt uns mit schwerer Zunge lallend. François liegt in tiefem Schlaf auf einer Matratze neben dem Bett. Wir suchen uns alle einen Platz, bis auf Jacques, der vor dem beinahe die gesamte Breite des Raums einnehmenden Fenster stehen bleibt. Von dort beobachtet er wie hypnotisiert die unten auf dem Parkplatz manövrierenden Autos. Nach einer halben Stunde wird Hervé, der seine schlaksigen Beine auf das Fußende des Bettes gelegt hat, schläfrig. Michèle vermittelt mit ihren geschlossenen Augen und den bebenden Lippen den Eindruck, als sei sie in ein intensives inneres Gespräch vertieft.

Ich blicke starr in Lenas Gesicht und auf die abgemagerten Umrisse ihres Körpers unter dem Leintuch. Dazu die Schläuche, die Sauerstoffmaske. Ich stelle mir sogar die Frage, ob sie hier womöglich besser aufgehoben ist, wo sie nicht vergeblich gegen äußere Umstände ankämpfen muss, die stets die Oberhand behalten. Der fehlende Vater, die schwache Mutter, der Geldmangel, die Einsamkeit. Mir wird klar, dass ich an mich selbst denke. Lena stehen doch noch alle Möglichkeiten offen. Ich blicke auf den mittlerweile eingeschlafenen Hervé, und sein Anblick beruhigt mich, ebenso wie das Zimmer hier. Krankenhäuser vermitteln mir Sicherheit, und ich lasse keine Gelegenheit aus, dorthin zu gehen. Vor zwei Jahren, als meine Großmutter ihre letzten Wochen in einem ebensolchen Zimmer verbracht hat, war ich natürlich die Einzige der Familie, die mehrere Stunden pro Woche an ihrem Krankenbett verweilte. Niemand verspürte das Bedürfnis, die Nähe zu dieser kalten und manipulatorischen Frau zu suchen, nicht einmal ihre eigenen Kinder, nicht einmal jetzt, wo es um ihre letzten Tage ging. Aber ich empfand es als wohltuend, von der Cafeteria zum Krankenzimmer oder vom Krankenzimmer zum Getränkeautomaten zu schlendern. Hier und da hielt ich ein Schwätzchen mit den Krankenschwestern und Pflegehelferinnen oder mit ein paar alten Patienten, die noch bei Kräften waren. Ich fühlte mich eins mit mir. Eines Abends tat meine Großmutter ihren letzten Atemzug, der von einem sarkastischen Lächeln begleitet wurde. Ich hielt ihre Hand. Dann musste ich das Zimmer verlassen, damit es ausgeräumt werden konnte. Ich denke noch immer mit etwas Wehmut an diese Abende, wenn der Lärm auf den Fluren allmählich abebbte und schließlich nur noch hin und wieder das Geräusch eines einzelnen Rollwagens oder ein fernes Lachen zweier Krankenschwestern zu mir ins Zimmer drang.

Ich ziehe das Heft von Hervé aus meiner Tasche, denn ich habe mir angewöhnt, ein paar Worte aufzuschreiben, wenn mir danach ist, und auf diese Weise das ein oder andere festzuhalten, das mir in den Kopf kommt.

Jacques ist es schließlich, der das Schweigen bricht, sich von seinem Fenster und dem Ausblick zu uns wendet, als hätte er endlich die Lösung gefunden.

»Was ist, gehen wir jetzt zu ihrem Paradies für Schlaflose oder wie auch immer es heißen und aussehen mag?«

Ich strecke mich ausgiebig, um meine schmerzenden Muskeln zu lockern. Gehen wir. Vielleicht ist es eine Utopie, aber allein die Vorstellung ist beruhigend, dass es in dieser Stadt einen Ort geben könnte, an dem die Nächte kein Albtraum mehr wären.

Sachte lege ich die Hand auf Hervés Schulter, denn er ist durch die Worte von Jacques hochgeschreckt. Der Reihe nach verabschieden wir uns alle von Lena. Michèle zeichnet ihr das Kreuzzeichen auf die Stirn und kann ein paar stille Tränen nicht zurückhalten. Dann kniet sie sich neben den auf der Matratze schlafenden kleinen Jungen. Ihr Gesicht ist so leichenblass wie das der Gespenster, die ihr in ihren Träumen begegneten. Ich muss Jacques oder Hélène unbedingt bitten, sie nicht aus den Augen zu lassen. Jetzt, wo die Sitzungen beendet sind, muss sich jemand um sie kümmern. Jacques könnte ihr als ersten Schritt eine weitere Therapie verschreiben. Er spricht gerade mit Lenas Mutter, die ihr Gesicht in die Hände gestützt hat und dabei unaufhörlich den Kopf schüttelt. Er gibt ihr seine Karte und bietet ihr seine Hilfe an.

Wir versprechen alle, am nächsten Abend und auch an allen weiteren Abenden vorbeizukommen. Als wir schließlich aufbrechen, ist uns schwer ums Herz. Keiner wagt es, sich einzugestehen, aber jeder von uns hat Angst, dass die Nacht uns Lena für immer entreißt. Dicht aneinandergedrängt machen wir uns auf den Weg zu unserer Verabredung. Außerstande, in die Einsamkeit unserer Zimmer zurückzukehren.

10

Acht Monate später

MONTAG, 1 UHR. Der letzte Patient ist gerade gegangen. Die Idee, Sprechzeiten zu so später Stunde anzubieten, findet bei vielen Menschen Zuspruch, wie die lange Warteliste zeigt. Es reicht aus, im Internet »Psychiater« und »Nacht« einzugeben, und schon taucht neben »Psyche-im-Netz« und »Psyche-SOS« auch Jacques auf. Das war eine bisher nicht entdeckte Nische. Er bleibt einen Augenblick an seinem Schreibtisch sitzen, um ein paar Notizen zu machen. Sein Aussehen passt nicht so recht zu der absolut minimalistischen Ausstattung des Raums. Die Kaschmirpullover, die er trägt, sind die einzigen Überbleibsel aus seinem vorigen Leben. Jacques macht das Licht aus, ohne den Anrufbeantworter zu beachten, der blinkt. Sicher ist es seine Tochter, die nicht lockerlässt und ihn dazu bewegen will, doch noch eine Lösung zu finden, um an Weihnachten zu ihnen zu stoßen. Er hat vorgeschützt, ein Seminar halten zu müssen. Dieses Jahr fehlt ihm die Kraft, und er hat auch keine Lust mehr, anderen etwas vorzuspielen. Er wird seine Kinder zu einem späteren Zeitpunkt sehen, hat sogar vor, seinen Enkel in dieser Jurte irgendwo im abgelegensten Winkel von Frankreich zu besuchen.

1.30 Uhr. Um die gleiche Zeit wie jeden Abend kehrt er

in seine kleine Wohnung zurück, die unmittelbar hinter der rückwärtigen Tür der Praxisräume liegt. Dort schläft er auf der Stelle ein. Es ist etwas Seltsames geschehen, seit er die Schlaftherapie beendet hat und umgezogen ist. Er hat damit begonnen, alle Anweisungen von Hélène streng einzuhalten, obwohl gerade er diesen Regeln bis zum Schluss mit einer gewissen Überheblichkeit begegnet war. Er gestattet sich nicht die geringste Abweichung, niemals. Sogar seinen Schlafkalender füllte er jeden Tag aus, um sich selbst eine Vorstellung zu verschaffen. Und wundersamerweise hat es nach ein paar Wochen funktioniert. Er konnte schlafen, ohne jegliches Schlafmittel. Seither gestattet er sich nicht den geringsten Verstoß. Jedenfalls geht er nicht mehr aus und lebt wie ein Einsiedler am anderen Ende der Stadt, so fern wie möglich von seinem früheren Leben.

Von dem Geld, das der Verkauf seiner Wohnung eingebracht hatte, spendete er eine beträchtliche Summe an das Netzwerk. Nicht so sehr aus Selbstlosigkeit, sondern zur Beruhigung seines Gewissens. Die Schuld, Marie nicht geholfen haben zu können, wiegt immer noch schwer. Und auch die Scham, den Kontakt zu der Gruppe aufgegeben zu haben, die Scham, ganz allein den Gegenwert eines kleinen Vermögens vernichtet zu haben, und die Scham, eine rote Linie überschritten zu haben ... einen Fehler begangen zu haben, den er sich immer noch nicht verzeiht.

Zwei Tage, nachdem er Lenas Mutter im Krankenhaus seine Karte gegeben hatte, klingelte sie an seiner Tür. Jacques hatte nicht geglaubt, dass sie den Kontakt suchen, und schon gar nicht, dass sie aufs Geratewohl vorbeikommen würde. Es war am frühen Abend. Sie bat ihn um Hilfe. Sie musste durchhalten, allein schon wegen der Kinder. In

Verlegenheit gebracht, erklärte Jacques ihr, dass er bereits zu sehr in ihr Leben eingebunden sei und somit Neutralität und Objektivität nicht mehr gegeben seien. Sie solle sich deshalb an einen Kollegen wenden. Er entschuldigte sich, ja, er hätte daran denken müssen, als er ihr seine Karte gab. Sie blieb stur auf dem, was von dem Sofa noch übrig war, sitzen und führte alle möglichen Gegenargumente an. Jacques dachte bei sich, wie stark diese Frau sein musste, dass sie bei all den Medikamenten nicht eingeschlafen war. Aber am Ende gingen ihr angesichts der kategorischen Weigerung des Psychiaters die Worte aus, und sie wurde still.

Eine Weile herrschte Schweigen. Ihr Mascara hatte Spuren auf ihren Wangen hinterlassen. Mit vollkommen ruhiger Stimme bat sie ihn schließlich, bevor sie aufbrechen wollte, um einen ordentlichen Drink. Er musterte ihr Kleid, das schlicht, aber dekolletiert war. Wieder weigerte er sich. Sie bestand darauf, nur ein Glas, das brauchte sie jetzt angesichts all dessen, was ihr widerfahren war. Vor allem wegen der Medikamente zögerte er immer noch. Dann aber holte er in einer Anwandlung von Nachgiebigkeit und Schwäche eine Flasche Whisky hervor. Sie tranken gemeinsam ein Glas, dann zwei, und was anschließend geschehen ist, weiß er nicht mehr so recht. Sie war diejenige, die aufstand und seine Hand nahm. Er ließ es geschehen. Es ging von dieser Frau ein überwältigendes Begehren aus, gegen das man sich nur schwer wehren konnte. Ihre schweren Brüste, der Jasminduft in ihrem Haar, die runden Hüften, die vollen Schenkel und der dunkle Teint – Jacques verspürte plötzlich eine geradezu brutale Lust auf das alles. Er, der abgesehen von ein paar flüchtigen Affären während seiner Ehe, die allesamt jung und knochig waren, nur den auf ewig schlanken Körper von Catherine kannte. Und, das musste er sich beschämt eingestehen, die Verzweiflung dieser Frau und ihr Bedürfnis, jetzt und hier geliebt zu werden, entzündeten seine Lust noch mehr.

Danach, noch auf dem Boden liegend, wusste er nicht, was er sagen, was er tun sollte. Er war unfähig, sich ihr in irgendeiner Weise zuzuwenden, nichts. Beschämt verachtete er sich bereits dafür, die Schwäche dieser mit solchen Schwierigkeiten kämpfenden Frau ausgenutzt zu haben. Ihm den Rücken zukehrend, zog sie sich wieder an und ging ohne ein Wort von dannen.

Als er eine Woche später noch einmal allein ins Krankenhaus ging, brachte er nur ein gestammeltes »Es tut mir leid, ich hätte das nicht tun dürfen, ich bedauere es wirklich« zustande. Da richtete sich Lenas Mutter stolz und kerzengerade vor ihm auf, sodass ihre Brust beinahe sein Leinenhemd streifte. Niemals hatte er in einem Blick eine solche Enttäuschung und zugleich eine solche Verachtung gesehen. »Ich nicht«, entgegnete sie trocken. Und damit verließ sie den Raum. Seither verlässt sie stets das Zimmer, wenn er Lena besuchen kommt. Die Verbindung zu der Gruppe hat er abgebrochen, schon, um ihnen zuvorzukommen. Jetzt begnügt er sich mit einem sehr begrenzten Sozialleben, was ihm letztlich recht gut gefällt.

Manchmal schickt er Patienten zu Hélène. Soll sie doch sehen, welche Ratschläge sie für sie bereithält. Das ist seine einzige Verbindung zu dem Netzwerk. Seine Honorare fallen inzwischen geringer aus, und seine Praxis kann es nicht mit dem Prunk der vorigen aufnehmen, da er jetzt andere, weniger wohlhabende Patienten hat. Das erinnert ihn an die

Anfangszeiten. Er hat neuerdings wieder den Eindruck, seinen Beruf auf sinnvolle Weise auszuüben.

Jede Nacht schaltet Jacques genau um die gleiche Uhrzeit das Licht, das Telefon und den Computer aus, um dann, erschöpft von den fünf Stunden Sprechstunde, ruhig einzuschlafen. Zuvor sieht er manchmal, wenn er die Bilder, die sein Gehirn ihm zuspielt, nicht mehr unter Kontrolle hat, diesen überwältigenden, über ihn gebeugten Körper vor sich.

DIENSTAG, 23.45 UHR. Michèle weiß, dass der Schlaf sich heute Abend nicht einstellen wird. Das ist nicht schlimm. Sie steht auf, zieht sich an und ruft ein Taxi, um zu Hélène zu fahren. Es gibt immer etwas zu tun. Sie läuft von einer Etage in die andere und freut sich über die mittlerweile vertraut gewordenen Gesichter, die sie hier und da antrifft. Manchmal gesellt sie sich zu Gesprächsrunden und bereichert sie mit ihren guten Kenntnissen auf dem Gebiet der Theologie. Ihre Offenheit und ihr unerschütterliches Wohlwollen nehmen auch in heiklen Situationen jeder Diskussion die Schärfe. Genauso kommt es vor, dass sie sich für eine Weile in einen Lesesaal zurückzieht, einfach nur, um die stille Anwesenheit der Besucher zu genießen. Dann findet Hélène sie manchmal frühmorgens schlafend auf einem Sofa liegen.

Seit einiger Zeit schläft sie besser, selbst wenn die Schlaflosigkeit immer zu ihrem nächtlichen Leben gehören wird. Gewinnt sie die Oberhand, geht Michèle ins Netzwerk, das zu ihrem zweiten Zuhause geworden ist. Sie ist ihm nicht sofort beigetreten, obwohl sie es sich eigentlich gewünscht hatte. Hélène hatte jedoch verlangt, dass sie sich zunächst einer Schlaftherapie in einer Spezialklinik unterzieht und parallel dazu eine psychiatrisch verordnete medikamentöse Therapie durchläuft. Diesen Psychiater sucht Michèle auch heute noch im Krankenhaus auf. Nach dem Unfall von Lena war ihr Ehemann, der hilflos mitansehen musste, wie sich ihr Gesundheitszustand immer weiter verschlechterte, kurz davor, eine Einweisung zu veranlassen. Die Halluzinationen hatten vollkommen von Michèle Besitz ergriffen, sodass nicht mehr viel gefehlt hätte, und sie wäre in eine von irrealen Wesen bevölkerte Welt abgedriftet.

3 UHR. Wieder zu Hause, setzt sie sich noch im Mantel neben das schlafende Kind. Sie kann sich kaum noch wach halten, aber sie will diesen Anblick genießen, der sie jeden Abend zu Tränen rührt. Sie fährt mit der Hand durch die dichten schwarzen Haare von François und kann es kaum glauben. *Mein kleiner Engel ... das Leben geht nicht eben sanft mit dir um.* Michèle legt eine grenzenlose Geduld an den Tag bei dem Versuch, beschwichtigend auf die Wutanfälle und Tränenausbrüche des Kleinen einzuwirken. Sie könnte bis zum Morgen an seiner Seite wachen, doch ihr Mann schaut zwar verschlafen, aber gleichwohl mahnend durch die Tür. Es ist Zeit, selbst schlafen zu gehen. Mit leisem Bedauern steht sie auf und zeichnet noch rasch ein Kreuz auf die glatte Stirn, wie sie es auch jedes Mal bei seiner Schwester tut, wenn sie diese im Krankenhaus besucht. *Gute Nacht, François.*

Nach Beendigung der stationären Schlaftherapie hat sie jeden Tag Lenas Mutter im Krankenhaus besucht. Auch François war immer dort, meist ziemlich unruhig und überdreht, da er nicht unentwegt in diesem Zimmer bleiben wollte. Michèle konnte es nicht mitansehen, den Jungen so eingesperrt zu sehen. Sie ging sehr vorsichtig und einfühlsam vor. Zunächst aßen sie nur ein Eis in der Cafeteria, dann gingen sie außerhalb des Krankenhauses Mittag essen, irgendwann besuchten sie ein Kino oder drehten gemeinsam eine Runde durch den Park. Es war nicht so sehr das Kind, sondern die Mutter, der man Zeit schenken musste. Und die Erleichterung, ihr Kind in guten Händen zu wissen, stand dieser ins Gesicht geschrieben. Ohne dass dies offiziell beschlossen worden war, aber weil es allen Seiten sehr gut passte, zog der Kleine ein paar Wochen später mehr oder weniger bei Michèle ein, die glücklich wie nie zuvor war. Eine Mutter ohne Kind auf der einen Seite, ein Kind, dem die Mutter fehlt, auf der anderen. In diesem freien Raum entstand ein fein gesponnenes Band. Manchmal, aber selten, schließt sie auch jetzt noch die Kirchentür mitten in der Nacht auf. Zu ihrem Leben gehört nun zwar ein kleines lebendiges Wesen, aber in dem Halbdunkel soll den Seelen der Abwesenden dennoch eine Kerze leuchten. Bevor Michèle ihr Schlafzimmer aufsucht, geht sie noch rasch ins Wohnzimmer und schaltet die Lichterketten aus, die die Tanne schmücken. Es ist die erste Tanne seit ihrer letzten Fehlgeburt vor langer Zeit. Dieses Jahr hat Weihnachten wieder einen Sinn.

MITTWOCH, 22 UHR. Das ist ihre Zeit. Lena hört das leise Klopfen an der Tür. Nachdem sie ihre Mutter begrüßt haben, betreten sie auf leisen Sohlen das Zimmer und setzen sich, jeder immer am gleichen Platz. Jacques ist nicht dabei, er kommt sie einmal pro Woche tagsüber besuchen. Was für ein Idiot, dass er sich abgesondert hat. Claire hält sich ein wenig im Hintergrund auf einem Sessel in der Ecke des Zimmers. Hervé sitzt auf einem Stuhl, streckt die Beine so aus, dass er die Füße ganz unten aufs Bett legen kann. Michèle sitzt ihrer Mutter gegenüber, die Tag für Tag an ihrem Bett ausharrt, allerdings immer verzweifelter wird. Es läuft nicht gut. Lena glaubt, dass der Unfall ihr letztlich einen guten Vorwand für ihre Depression geliefert hat. Sie ist noch fülliger geworden und schminkt sich überhaupt nicht mehr. Da war es letztlich doch noch besser gewesen, wenn sie allzu offenherzig in der Bäckerei aufkreuzte.

Zum Glück hat ihr Vater die Miete der Wohnung übernommen, sonst stünde sie mit Sicherheit bereits auf der Straße.

Jetzt beginnen sie zu flüstern. Als könnten sie sie aufwecken, wenn sie laut sprächen. Heute haben sie Kekse mitgebracht, die sie auf dem Nachttisch abstellen, und Claire bringt eine Lichterkette über dem Bett an. Anfangs kamen sie jeden Abend, aber mit ihren Terminen im Netzwerk und dem normalen Leben, das wieder weiterging, wurde die Zeit knapper, an dem dienstäglichen Besuch wird jedoch nicht gerüttelt. Und da Franck weiß, dass sie an diesem Tag gut behütet ist, gestattet er es sich, am Dienstag ausnahmsweise nicht zu kommen. Der Arme musste einen Kellner als Teilzeitkraft einstellen, um ein paar Stunden pro Tag bei Lena sein zu können.

Sie wirken, als ginge es ihnen besser, sogar für Claire gilt das. Faszinierend, dieses Netzwerk. Sie reden voller Begeisterung darüber. Vor allem Hervé und Michèle, die sich nachts dort offenbar regelmäßig über den Weg laufen. Ich werde Jacques vielleicht davon überzeugen, auch dorthin zu gehen, wenn ich wieder aufwache, denkt Lena bei sich.

In der gedämpften Stille des Zimmers und dem bläulichen Licht der Abenddämmerung kommt man sich wie in einem Wattebausch vor, durch den hin und wieder ein erstickter Schluchzer dringt. Lena kann ihn aus ihrem tiefen Schlaf heraus hören. Und dann – in der Hoffnung, man könne auch sie hören – denkt sie bei sich, »Mama, lass mich noch ein wenig ausruhen, später wache ich wieder auf, versprochen«.

Sie muss noch ein wenig mehr Kraft und Entschlossenheit sammeln, um sich aus diesem köstlichen Schlaf mit seiner betäubenden Wirkung zu befreien. Keine Wehmut und keine Übelkeit mehr am Morgen, keine Wut und keine Mutlosigkeit mehr. Einfach nur eine himmlische Ruhe. Man muss sich wirklich aufraffen, um sich davon zu lösen.

DONNERSTAG, 2.10 UHR. In einem kleinen Zimmer der Wohnung sitzt Hervé an seinem Schreibtisch, ihm gegenüber Aurélien, ebenfalls an einem Schreibtisch. Die Tür des Büros ist zum Eingangsbereich der Wohnung hin offen. Dank des Netzwerkes ist ihm die Anstellung als Wachmann gerade noch erspart geblieben. Aber in seiner ersten Nacht hier herrschte Stillschweigen zwischen den beiden Kollegen, und es schien ganz so, als sei ihrer Zusammenarbeit kein gutes Gelingen beschieden. Beide verschanzten sich hinter ihrer krankhaften Schüchternheit, und es war niemand da, der diese Situation auflösen konnte. Hervé war dann schließlich derjenige, der es nicht mehr ertragen konnte, und am dritten Abend das Eis brach.

»Es tut mir leid, wenn Hélène Ihnen meine Anwesenheit aufgedrängt hat. Sie hat mir ein anderes Arbeitszimmer vorgeschlagen, aber ich dachte, dass ...«

»Ich verstehe. Möchten Sie also gehen?«

»Ich? Nein, überhaupt nicht, aber Sie ...«

»Bleiben Sie bitte, wenn es Sie nicht stört.«

Damit war das Missverständnis geklärt. Seither begegnen sich die beiden Kollegen jede Nacht wie zwei alte Freunde. Sie gehören beide nicht zu denjenigen, die sich gerne aufspielen, dafür nehmen sie ihre Arbeit viel zu ernst, aber kurze, einvernehmliche Blicke und dezente Aufmerksamkeiten zeugen von einer festen Verbundenheit. Hervé und Aurélien führen die Buchhaltung des Netzwerks. Die Mitgliederbeiträge, die Mieten, die Spenden und Finanzierungen sowie die Löhne für diejenigen, die im Netzwerk arbeiten. Das ist weitaus komplizierter als eine Werbekampagne. Aber Hervé ist wieder im Vollbesitz seiner Kräfte und Fähigkeiten, seit er morgens ausschlafen und später ein Nickerchen einlegen kann.

3 Uhr. Er schaltet seinen Computer aus. Er wird am Nachmittag weiterarbeiten, während Claire sich ihren Korrekturarbeiten widmen wird. Sie werden gemeinsam still am Tisch im Wohnzimmer sitzen. Dies zählt für ihn zu den schönsten Momenten des Tages. Aber jetzt hat er es eilig, nach Hause zu kommen. Er hofft insgeheim, dass sie noch nicht schläft. Manchmal wartet sie auf ihn. Das Wohnzimmer liegt im Dunkeln, und nur die Nachttischlampe leuch-

tet noch auf das Bett. Wie eine Theaterszene, kommt es ihm in den Sinn. Sie sieht dann mit müden Augen zu ihm auf und lächelt. Er beginnt sich auszukleiden, während er von seiner Nacht erzählt, woran ihr viel liegt. Aber bevor er seinen Bericht beendet hat und sich zu ihr ins Bett legen kann, ist sie meist schon mit dem auf der Brust abgelegten Buch eingeschlafen. Er kann dieses Gesicht mit den geschlossenen Augen ansehen, ohne dieses Anblicks überdrüssig zu werden. Er bedeutet sein größtes Glück. Dem Einschlafen von Claire beizuwohnen, und noch dazu, ihren Bauch zu betrachten, der sich seit Kurzem ganz langsam zu wölben beginnt. Er hatte keine sonderliche Beharrlichkeit an den Tag legen müssen. Zunächst hatte sie noch zaghaft ihr Alter zu bedenken gegeben. Ein Baby mit vierzig Jahren – das gehört sich doch nicht, sie könnte bei der Entbindung sterben, ganz zu schweigen davon, dass sie eine alte Mutter sein würde. Und außerdem, wo sollten sie dieses Baby denn unterbringen? Er hatte ihre Zweifel rasch ausgeräumt. Und dann hatte sie ihn schweigend mit einem seltsamen, zwischen verschiedenen Gefühlen hin- und hergerissenen Gesichtsausdruck angesehen, bis sie ohne jegliche Vorwarnung in Tränen ausbrach. Sie weinte haltlos, ihr Schluchzen nahm kein Ende und glich eher einem Stöhnen, das von Krämpfen und unverständlichen Worten begleitet wurde. Er versuchte gar nicht, sie mit Worten zu trösten, sondern hielt sie einfach nur lange fest an sich gedrückt, erst erstaunt, dann glücklich darüber, dass sie sich endlich von den vielen Jahren der Scham und der Wut befreite.

Zwei Monate später brach bei ihm freudiger Jubel, bei ihr Panik aus. Das Testergebnis war positiv. Um sie zu beruhigen, musste er beim Leben seines älteren Sohnes versprechen, dass er, falls sie nicht in der Lage sein sollte, das Kind zu lieben, es für sie beide lieben würde.

Freitag, 5 Uhr. Bevor ich aufstehe, lausche ich den regelmäßigen Atemzügen von Hervé, ich betrachte die kaum merklichen Regungen auf seinem Gesicht, dann erst verlasse ich das Bett und setze mich leise in die Küche. Es ist ein unumstößliches Gesetz, den Schlaf des anderen zu schützen. Ich mag es gern, wenn ich weiß, dass er tief schläft. Um ihn nicht zu stören, habe ich die wenigen Quadratmeter anders eingerichtet und einen kleinen Klapptisch vor das Fenster gestellt, der nun als nächtlicher Arbeitsplatz dient. Wenn ich nicht schlafe oder wenn ich schon frühmorgens aufstehe, finde ich hier meinen Platz.

Ich setze Kaffee auf und schalte den Computer ein. Noch einmal gehe ich die schriftliche Darstellung des Geschäftsmodells des Netzwerks durch, den letzten Punkt einer detaillierten Präsentation seiner gesamten Funktionsweise. Hélène wird diese Texte noch heute an eine Gesellschaft in London schicken.

Meine Nächte sind immer noch nicht sehr lang, aber es sind nicht mehr die dunklen Mächte von früher, die mich heimsuchen. Tagsüber können sie mir nichts mehr anhaben, aber auch bei den ersten Anzeichen für eine vermutlich schlaflose Nacht gerate ich nicht gleich in Panik. Kann ich tatsächlich nicht schlafen, warte ich ruhig und entspannt, bis Hervé vom Netzwerk zurückkehrt.

Bei meinem ersten Besuch in jener besagten Nacht mochte ich diesen Ort auf Anhieb sehr gern. Ich hatte den Eindruck, in eine familiär geführte Pension geraten zu sein. Immer begegnete man jemandem auf dem Flur; in der Küche waren stets Leute anzutreffen, die sich dort unterhielten; in die Bücherzimmer konnte man sich ebenso zurückziehen wie in gemütlich eingerichtete Räume, die schallisoliert waren, sodass man von den Geräuschen aus den umliegenden Räumen nicht wirklich gestört wurde, sondern nur ein beruhigendes Gemurmel herüberdrang ... Ein paar Wochen verbrachte ich jede Nacht ein paar Stunden dort. Hervé und ich machten uns gegen 21 Uhr gemeinsam auf den Weg zum Hauptgebäude. Ich ging in eines der Arbeitszimmer und unterstützte Michèle bei ihren Aufgaben. Oft fand man mich später schlafend in irgendeiner Ecke. Hélène schlug mir bald vor, einen richtigen Arbeitsplatz für mich einzurichten. Aber mir wurde recht schnell klar, dass ich lieber zu Hause bleiben wollte. Damit meine ich Hervés Wohnung, aber für mich ist das jetzt mein Zuhause. Und auch wenn ich glücklich darüber bin, dass es einen solchen Ort gibt, der Leuten wie Hervé neuen Auftrieb gibt, glaube ich, dass ich nicht für das Leben in Gemeinschaft gemacht bin. Man kann schließlich nie ganz aus seiner Haut. Und Hervé versteht es auch ganz allein, mir Ruhe und Geborgenheit zu vermitteln. Er hat ein paar Freunde gefunden, die hin und wieder zum Abendessen zu uns kommen. Das reicht uns als Sozialleben voll und ganz.

Auf der kleinen Arbeitsplatte liegt das Backbuch eines ausgezeichneten Pâtissiers. Die aufgeschlagenen Seiten zeigen das Rezept für eine höchst ambitionierte Torte. Ich kann mir ein Lächeln nicht verkneifen. Hervé will hoch hinaus für den Geburtstag seines Sohnes heute Abend. Auf einem Post-it findet sich die gekritzelte Liste der noch zu tätigenden Einkäufe. Seit einer Woche fragt er unentwegt nach meiner Meinung bezüglich des Geschenks. Ich habe vorsichtig zu bedenken gegeben, dass ein Umschlag mit Geld vielleicht nicht das geeignetste Mittel ist, um ihre Beziehung zu stärken. Ich setze mich und streichele mit kreisförmigen Bewegungen sanft über meinen Bauch, als könnten diese regelmäßigen Berührungen dem kleinen Lebewesen in mir eine wohlige Geborgenheit vermitteln. In Wahrheit bin ich diejenige, die dadurch zur Ruhe kommt.

Weihnachten rückt näher, und seltsamerweise macht sich keine depressive Verstimmung bei mir bemerkbar. Es ist sogar angenehm, sich vorzustellen, Heiligabend hier gemeinsam mit dem Sohn von Hervé zu verbringen.

Eine winzige Tanne wird in eine Ecke des Wohnzimmers gestellt, und ein paar Lichterketten zieren die Wände. Dieser sparsame Weihnachtsschmuck steht jedoch der üppigen Tanne in dem Haus aus Basaltstein in nichts nach, das mir Lichtjahre entfernt zu sein scheint.

Eine ganze Weile sehe ich zu, wie der Himmel seine Farbe verändert, und trinke dabei langsam meinen Kaffee. Ich sollte mich jetzt wirklich aufraffen, der Tag vergeht schnell. Es ist Mittwoch, das ist der Tag von François. Ich hole ihn von der Schule ab, esse mit ihm zu Mittag und gehe dann mit ihm ins Krankenhaus, um Lena zu besuchen. Anschließend gehen wir, um ihn auf andere Gedanken zu bringen, ins Kino oder in einen Park. Das hängt vom Wetter und auch von der Stimmung des Kleinen ab. Dann setze ich ihn bei Michèle ab, wobei ich darauf achte, pünktlich zum Abendessen dort einzutreffen. Oft verbringe ich den Abend mit ihnen, und wenn Michèle später ins Netzwerk geht, kommt es vor, dass ich sie begleite.

Ich klimpere ein wenig auf der Tastatur herum, um Zeit zu gewinnen, dann hole ich tief Luft, als würde ich gleich vom höchsten Sprungbrett in einem Schwimmbad springen, und öffne einen neuen Ordner. Ich blicke starr auf die jungfräuliche Seite meines Bildschirms, bis tausend und abertausend kleine leuchtende Flimmerpunkte mein Sehfeld erobern.

Hervé redet seit Monaten auf mich ein, ermutigt mich unermüdlich. Und ich bin nie um eine Ausrede verlegen. Zu viele Korrekturarbeiten, zu müde, was könnte ich überhaupt Interessantes erzählen?

Erzähl von deinen Nächten, lautet seine Antwort jedes Mal.

Von unseren Nächten, den Nächten von uns allen, die wir nicht schlafen.

Dank

Mein Dank gilt Catherine, Élodie, Dominique, Jean, Couetsch und Arnaud, die mir von ihren schlaflosen Nächten erzählt haben.

Mein Dank gilt Agnès, die mir bei allen technischen Fragen zur Seite stand.

Darüber hinaus gilt mein Dank Alexandre, Élise, Mathilde und Sonia.

Eve tut alles für ihre Tochter.
Doch das Wichtigste hat sie ihr verschwiegen.

Karen Raney, *Vielleicht auf einem anderen Stern*
ISBN 978-3-453-36051-8 · Auch als E-Book

Endlich ist Eves Leben genau so, wie sie es sich immer vorgestellt hat. Sie ist Kuratorin in einem Museum, hat einen liebevollen Partner an ihrer Seite und eine Tochter, die ihr das Wichtigste ist. Doch dann wird Maddy schwer krank. Hungrig nach Leben muss die Sechzehnjährige schnell erwachsen werden – und macht sich auf die Suche nach ihrem Vater, der von ihrer Existenz nichts weiß. Eve erkennt, dass sie Maddy immer vor allem beschützen wollte. Vieles hat sie ihr deshalb verschwiegen. Nun bricht sich das Ungesagte unaufhaltsam Bahn, und je weiter Maddy sich entfernt, desto klarer wird Eve, dass sie nicht alles in der Welt kontrollieren kann.

Leseprobe unter diana-verlag.de